COLLECTION FOLIO

Dino Buzzati

L'écroulement de la Baliverna

*Traduit de l'italien
par Michel Breitman*

Gallimard

Titre original :

IL CROLLO DELLA BALIVERNA

© *Arnoldo Mondadori Editore, 1958.*
© *Robert Laffont, 1960, pour la traduction française.*

Dino Buzzati (1906-1972) a fait ses études à Milan, où son père était professeur de droit international. Il passe ses examens de droit, mais se tourne très vite vers la littérature. Il commence par des poèmes. A vingt-deux ans, il entre au *Corriere della Sera*. Il écrit plusieurs romans. Il est envoyé en Éthiopie comme correspondant de guerre, et, pendant la Seconde Guerre mondiale, il sera correspondant de guerre pour la Marine.

C'est *Le Désert des Tartares* qui l'a fait connaître, récit à la fascination infinie. Parmi ses œuvres : *Barnabò des montagnes, L'Image de pierre, Un amour, Le K*. Une pièce de Dino Buzzati, *Un cas intéressant*, a été adaptée en France par Albert Camus.

L'ÉCROULEMENT
DE LA BALIVERNA

Dans une semaine commencera le procès de l'écroulement de la Baliverna. Qu'adviendra-t-il de moi ? Viendra-t-on m'arrêter ?

J'ai peur. Inutile de me répéter que nul n'a suffisamment de haine pour témoigner contre moi ; que le juge d'instruction n'a pas le moindre soupçon de ma responsabilité ; que, même si j'étais accusé, je serais certainement acquitté ; que mon silence ne peut nuire à personne ; et que je pourrais, à la rigueur, faire spontanément des aveux sans pour cela rien changer. Ce n'est pas suffisant pour me consoler. D'ailleurs, l'ingénieur Dogliotti, sur qui pesait la principale accusation, est mort de maladie depuis trois mois déjà : seul le conseiller municipal chargé des œuvres de bienfaisance se trouvera sur le banc d'infamie. Mais ce n'est qu'un procès pour la forme. Comment pourrait-on le condamner, puisqu'il n'avait pris ses fonctions que depuis cinq jours à peine ? A la rigueur son prédécesseur pourrait être tenu pour responsable, mais il est mort, lui aussi, un mois avant la catastrophe. Et la vengeance des lois ne peut entrer dans les ténèbres de la tombe.

Deux ans se sont passés depuis cet épouvantable événement, et tous en gardent encore un souvenir vivace. La Baliverna était un édifice immense, d'aspect lugubre, construit en grosses pierres hors des murs de la ville, au XVIIe siècle, par les Frères de San Celso. Quand l'ordre eut disparu, au XVIIIe siècle, l'immeuble servit de caserne, et il appartenait encore avant la guerre à l'administration militaire. Puis il fut laissé à l'abandon et toute une foule d'évacués, de sans-logis, vint s'y installer avec l'autorisation des autorités : pauvres gens dont les bombes avaient détruit les maisons, vagabonds, pouilleux, toquards, et même une petite communauté de gitans. La municipalité, entrée en possession de l'établissement, parvint avec le temps à y mettre un semblant de discipline, inscrivant au cadastre les locataires, mettant au point les charges indispensables, éloignant aussi les individus trop turbulents. Toutefois la Baliverna, peut-être à cause d'un bon nombre de larcins survenus dans ce coin, gardait une mauvaise réputation. Dire qu'elle était une cour des miracles serait exagéré. Mais personne n'aimait s'aventurer la nuit dans ses parages.

A l'origine elle se trouvait en pleine campagne, et puis, avec les siècles, les faubourgs de la ville l'avaient presque rejointe. Mais aucune autre maison ne s'était construite dans ses alentours immédiats. Misérable et tout de guingois, le casernement surplombait les rails du chemin de fer, les terrains incultes, les misérables baraques de tôle, refuges des mendiants, disséminées entre des monceaux de détritus. La Baliverna tenait à la fois de la prison, de l'hôpital et de la forteresse. Rectangle massif, elle avait quatre-vingts mètres de long et près de la moitié de large. A l'intérieur, une immense cour sans galerie.

Il m'arrivait souvent de grimper jusque-là, les samedis après-midi et même les dimanches, en compagnie de mon cousin Giuseppe, entomologiste, qui trouvait de nombreux insectes dans les prés environnants. Ces promenades étaient pour moi un prétexte pour prendre un peu d'air et ne pas me trouver seul.

Je dois avouer que l'aspect de cet édifice lugubre m'avait toujours frappé. La couleur de ses pierres, les nombreux étais fixés dans les murs, les raccords, certaines poutres de soutien, tout dénonçait la décrépitude. La paroi postérieure, uniforme et nue, percée de quelques rares ouvertures irrégulières, ressemblant plus à des blessures qu'à des fenêtres, me semblait plus particulièrement impressionnante. Cette nudité la faisait paraître plus haute que la façade qui se trouvait agrémentée de balcons et de larges fenêtres. Je me souviens d'avoir demandé un jour à mon cousin : « Tu ne trouves pas qu'elle a l'air de pencher un peu ?... » Il s'était mis à rire : « Bien sûr! Mais c'est une illusion d'optique. Les hautes murailles donnent toujours cette impression. »

Nous nous trouvions donc là-bas, un samedi de juillet, faisant notre promenade habituelle. Mon cousin avait emmené avec lui ses deux fillettes et un de ses collègues de l'Université, le professeur Scavezzi, un zoologue lui aussi, bonhomme d'une quarantaine d'années, mollasson blafard, dont l'allure jésuite et les grands airs ne m'avaient jamais inspiré beaucoup de sympathie. Mon cousin prétendait que c'était un puits de science et, au demeurant, une fort brave personne. Moi, je le tenais pour un imbécile : tout savant qu'il était, et moi pauvre tailleur, il n'aurait pas eu besoin, sinon, de me traiter avec tant de morgue.

Arrivés à la Baliverna, nous nous mîmes à longer la paroi postérieure que j'ai décrite plus haut. Il y a là un grand terrain tout poussiéreux où des garçons jouaient souvent au ballon. De grands poteaux placés à chaque bout indiquaient les buts. Ce jour-là pourtant, aucun garçon ne s'y trouvait. Mais par contre plusieurs femmes, avec des enfants, étaient assises, engourdies de soleil, sur le bord du terrain et sur le talus plein d'herbes qui borde la route.

C'était l'heure de la sieste, des voix isolées parvenaient de temps en temps de l'intérieur de la bâtisse. Un soleil de plomb s'abattait sans aucune majesté sur la muraille sombre ; du linge séchait aux fenêtres, pendant comme des drapeaux en berne, absolument immobile ; il n'y avait pas le moindre souffle de vent.

Passionné d'alpinisme que j'étais, l'idée me vint, tandis que les autres s'occupaient à la recherche de leurs insectes, de me mettre à grimper sur les murs incohérents : les trous, les bords saillants de certaines pierres, les ferrailles encastrées çà et là dans les fissures, représentaient autant de points d'appui. Certes, je ne pensais pas grimper jusqu'en haut. Rien que l'envie de me dégourdir un peu, d'occuper mes muscles. Une envie un peu puérile, je le reconnais.

Je grimpai sans difficulté quelques mètres le long de l'encadrement d'un grand portail muré désormais. Parvenu sur la partie supérieure, je voulus m'agripper de la main droite à une sorte d'étoile de fer toute rouillée, taillée en lance, qui protégeait une petite niche (sans doute se trouvait-il jadis, dans cette cavité, une image ou une statue de saint).

Ce fer bien en main, je voulus grimper encore. Mais la lance céda, se brisant d'un coup. Je n'étais encore, par chance, qu'à quelques mètres du sol. Je tentai inutilement de me retenir de l'autre main, perdis l'équilibre, sautai dans le vide et me retrouvai sur mes pieds sans grand dommage, malgré le choc assez rude. Et la lance, brisée, me suivit.

Presque au même instant, derrière la lance en fer, une autre se détacha, plus longue, qui grimpait verticalement du centre de l'étoile jusqu'à une sorte de console. C'était sans doute un support placé là en guise de rafistolage. Tout appui lui manquant soudain, la console céda à son tour — figurez-vous une dalle de pierre large comme trois briques — mais toutefois sans tomber : elle demeura en équilibre, à moitié descellée.

Les dégâts que j'avais involontairement provoqués ne s'arrêtèrent pas là. La console soutenait un poteau, d'environ un mètre cinquante, qui servait à son tour à étançonner une espèce de balcon (je m'apercevais seulement alors de tous ces défauts qui demeuraient perdus, à première vue, sur la masse de la muraille). Le poteau avait tout simplement été encastré entre les deux saillies, sans être fixé au mur. Deux ou trois secondes après que la console se fut déplacée, le poteau se plia vers l'extérieur, et j'eus à peine le temps de sauter en arrière pour ne pas le recevoir en pleine tête. Il plongea à terre.

Etait-ce fini ? Je me hâtai de m'éloigner du mur, en direction de mes compagnons qui se trouvaient à une trentaine de mètres. Ils étaient debout, tournés tous les quatre dans ma direction. Mais ce n'était pas moi qu'ils regardaient. Ils considéraient, avec une expression que je n'oublierai jamais, le mur bien au-dessus de ma tête. Et soudain mon cousin se mit à hurler : « Mon Dieu, regarde ! regarde ! »

Je me retournai. Au-dessus du balcon, mais un peu plus sur la droite, la muraille, compacte et régulière en cet endroit, se gonflait brusquement. Quelque chose de semblable à une étoffe bien tendue derrière laquelle une flèche pointe soudain. Un bref frémissement se mit à courir d'abord tout au long de la paroi ; puis une longue protubérance apparut ; puis les pierres se disjoignirent, découvrant leurs assises pourries, et une crevasse ténébreuse s'ouvrit, béante, sous les éboulements poussiéreux.

Cela dura-t-il quelques minutes ou bien quelques instants ? Je ne saurais le dire. Prétendez si vous voulez que je suis fou, mais un grondement lugubre s'élevait pendant ce temps des profondeurs de l'édifice. Et les environs retentissaient du hurlement des chiens.

Mes souvenirs se mêlent : moi, courant à en perdre le souffle pour rejoindre mes compagnons ; les femmes sur le bord de la prairie, hurlant, debout ; une autre roulant à terre ; la silhouette d'une fille à moitié nue, penchée avec curiosité à l'une des plus hautes fenêtres, tandis que le gouffre s'étendait toujours davantage sous elle : enfin, en un éclair, la vision hallucinante de la muraille s'écroulant dans le vide. Alors, la masse entière du bâtiment, y compris les murailles de l'autre côté de la cour intérieure, tout se mit lentement en mouvement, entraîné dans une irrésistible ruine.

Un terrible grondement, semblable à celui de bombes et de bombes lâchées par des centaines d'avions libérateurs, la terre qui tremblait, un nuage de poussière jaunâtre recouvrant rapidement cet immense sépulcre.

Je me revois ensuite, rentrant vers ma demeure, anxieux de m'éloigner de cet endroit funeste, tandis que la foule, que la nouvelle avait atteinte à une vitesse prodigieuse, me regardait avec épouvante, sans doute à cause de mes vêtements tout poussiéreux. Mais ce que je ne parviens surtout pas à oublier, ce sont les regards, chargés d'horreur et de pitié, que me lançaient mon cousin et ses deux filles. Muets, ils me contemplaient comme on contemple un condamné à mort (ou bien n'était-ce que pure imagination de ma part?).

Chez moi, quand on sut ce que je venais de voir, nul ne s'étonna de mon émotion ; ni même que je dusse m'enfermer dans ma chambre durant quelques jours, sans parler à personne, refusant même de lire les journaux (je n'en aperçus qu'un, entre les mains de mon frère venu s'enquérir de ma santé : une immense photographie tenait la première page, représentant une file interminable de cercueils).

Etait-ce bien moi qui avais provoqué cette

hécatombe ? La rupture de l'étoile de fer avait-elle, par une monstrueuse progression de causes à effets, entraîné la ruine du gigantesque château tout entier ? Ou n'était-ce pas plutôt le lointain constructeur lui-même qui avait disposé, avec une malice diabolique, un jeu secret de masses en équilibre que la simple absence de ce minuscule fer de lance de malheur suffisait à mettre en mouvement ? Mais mon cousin, ou bien ses filles, ou même Scavezzo, ne s'étaient-ils pas rendu compte de ce que j'avais fait ? Et s'ils n'avaient rien aperçu, pourquoi donc, depuis lors, Giuseppe semblait-il éviter de me rencontrer ? Ou alors, est-ce moi qui me suis mis à manœuvrer inconsciemment, de crainte de me trahir, pour le voir le moins possible ?

Par ailleurs, n'est-elle pas inquiétante cette obstination du professeur Scavezzi à vouloir me fréquenter désormais ? Il n'est pas tellement riche, et pourtant voilà qu'il s'est commandé dans ma boutique de tailleur une bonne dizaine de costumes... Pendant les essayages, il conserve toujours son petit sourire hypocrite et ne cesse de m'observer... Et puis il est d'une pédanterie exaspérante : ici un pli dont il ne voudrait pas, là une épaule qui ne tombe pas bien, ou bien ce sont les boutons des manches, ou la largeur des revers, toujours, encore des retouches à faire ! Pour chaque costume, six ou sept essayages. Et de temps en temps cette question : « Vous vous souvenez de ce jour-là ? — Quel jour ? dis-je. — Eh, ce jour à la Baliverna ! » On dirait qu'il cligne de l'œil, avec des sous-entendus sournois. Moi, je dis : « Comment pourrais-je l'oublier ? » Et il hoche la tête : « Bien sûr... comment pourriez-vous ? »

Evidemment je lui fais des factures exceptionnelles, j'en rajoute même tant que je peux. Mais il feint de ne pas s'en apercevoir. « Ah oui, dit-il, chez vous on dépense pas mal d'argent. Pourtant, je l'avoue, cela en vaut la peine... » Et alors, j'en viens à me demander : est-il idiot, ou bien s'amuse-t-il à ces petits chantages ignobles ?

Oui. Il est bien possible après tout que lui seul m'ait vu casser ce damné morceau de fer. Il a peut-être tout compris, il pourrait me dénoncer, déchaîner sur moi la haine de la population. Mais c'est un fourbe et il se tait. Il vient se commander un nouveau costume, il me surveille, il goûte d'avance la satisfaction de pouvoir me mettre au pilori au moment où je m'y attends le moins. Je suis la souris, il est le chat. Patte de velours, jusqu'au moment où il m'agrippera soudain. Il attend le procès. Il se prépare au coup de théâtre. En plein milieu, il se lèvera soudain, il criera : « Je suis seul à savoir qui a provoqué l'écroulement, je l'ai vu de mes propres yeux. »

Aujourd'hui, de nouveau, il est venu essayer un complet de flanelle. Encore plus mielleux que d'habitude. « Ah, nous approchons de la fin ! — Quelle fin ? — Comment, quelle fin ? Le procès ! Toute la ville en parle ! On jurerait que vous vivez dans les nuages, eh, eh... — Vous voulez dire : l'écroulement de la Baliverna ? — Bien sûr, la Baliverna... Eh, eh, qui sait si on trouvera le vrai coupable ? »

Et puis il s'en va, en me saluant bien trop cérémonieusement. Je l'accompagne jusqu'à la porte. J'attends pour la refermer qu'il ait descendu l'escalier. Il est parti. Silence. J'ai peur.

LE CHIEN QUI A VU DIEU

I

Par pure malveillance, le vieux Spirito, riche boulanger de la commune de Tis, avait, en laissant tout son héritage à son neveu Defendente Sapori, mis une condition : pendant cinq ans, tous les matins, celui-ci devrait distribuer aux pauvres, sur un emplacement public, cinquante kilos de pain frais. A l'idée que ce neveu taillé dans le roc, plus mécréant et blasphémateur que personne dans cette localité d'excommuniés, devrait se dédier sous les regards de la foule à une de ces œuvres qu'on appelle de bienfaisance, à cette idée l'oncle avait dû rire sous cape bien des fois avant de mourir.

Defendente, unique héritier, avait travaillé dans la boulangerie depuis sa plus tendre enfance sans jamais douter que les biens de Spirito lui reviendraient presque de droit. Cette condition l'exaspérait. Mais qu'y faire ? Ficher en l'air toute cette grâce de Dieu, la boulangerie comprise ? Il s'inclina, après force jurons. En ce qui concernait l'emplacement public, il choisit le moins exposé : le porche de la courette derrière son four. Et là, on le vit chaque matin de bonne heure peser le pain, ainsi que le testament le prescrivait, l'amonceler dans un immense panier, puis le distribuer à une foule vorace de pauvres, accompagnant ces cadeaux d'insultes et de plaisanteries grossières sur le compte de son oncle défunt. Cinquante kilos par jour ! Cela lui semblait insensé, immoral.

L'exécuteur testamentaire (c'était Stiffolo, le notaire) venait très rarement, l'heure étant bien trop matinale, jouir de ce spectacle. Sa présence était d'ailleurs superflue. Nul mieux que les mendiants eux-mêmes ne pouvait contrôler la régularité de l'opération. Toutefois Defendente parvint à découvrir un remède partiel. Il posait contre un mur son grand panier dans lequel se trouvait le demi-quintal de petits pains : en cachette, il y découpa une sorte de petite porte bien camouflée. Après avoir commencé personnellement la distribution, il prit l'habitude de s'en aller, laissant sa femme et leur commis continuer le travail : le four, son commerce avaient besoin de lui, prétendait-il. En réalité, il se précipitait à la cave, grimpait sur une chaise, ouvrait en silence la grille d'une petite fenêtre au ras de la courette dans laquelle se trouvait son panier ; puis il ouvrait la porte d'osier, et soutirait du fond du panier le plus de pain qu'il lui était possible. Ainsi le panier se vidait-il rapidement. Mais comment les pauvres auraient-ils pu se douter du stratagème ? Les pains étaient distribués à une telle cadence ! C'était bien logique, après tout, que le panier se vidât si rapidement.

Au début, les amis de Defendente se levaient de

bon matin pour venir l'admirer dans ses nouvelles fonctions. Groupés à l'entrée de la cour, ils l'observaient en se moquant de lui.

— Que Dieu te bénisse! raillaient-ils. Tu te la prépares, hein, ta place au paradis? Oh, qu'il est gentil, notre philanthrope!

— Qu'il bénisse cette charogne! répondait-il en lançant les petits pains à la foule des mendiants affamés qui s'en emparaient au vol.

Et il souriait à la pensée de la merveilleuse ruse qu'il avait inventée pour tromper à la fois ces malheureux et l'âme de son oncle défunt.

II

Ce même été, le vieil ermite Silvestro, sachant que Dieu dans ce pays était fort peu représenté, vint s'établir dans les environs. A une dizaine de kilomètres de Tis, une ancienne chapelle s'élevait sur une petite colline solitaire. Silvestro s'installa dans ces ruines, prenant de l'eau à une source voisine, dormant dans un angle protégé par un restant de voûte, mangeant des herbes et des fruits sauvages. Il grimpait à tout moment de la journée s'agenouiller en haut d'un rocher, dans la contemplation de Dieu.

De cet endroit il pouvait apercevoir les maisons de Tis et les toits de quelques masures plus rapprochées: celles de la Fossa, d'Andron et de Limena. Mais il attendait en vain que quelqu'un montât jusqu'à lui. Ses prières vibrantes pour les âmes de ces pécheurs allaient au ciel sans résultat.

Cependant Silvestro continuait à adorer le Créateur, jeûnant, et bavardant, quand il était triste, avec les oiseaux. Aucun homme ne venait jamais. Un soir, il est vrai, il remarqua deux petits garçons qui l'épiaient à une distance respectueuse. Il les appela gentiment. Et ils s'enfuirent.

III

Mais chaque nuit les paysans des environs commencèrent à apercevoir d'étranges lueurs, en direction de la chapelle abandonnée. On eût dit un incendie de forêt, toutefois le halo était blanc et palpitait doucement. Frigimelica (celui du haut fourneau) s'y rendit, un soir, par simple curiosité. Cependant, à mi-chemin, sa motocyclette eut une panne. Qui sait pourquoi, il ne voulut pas se risquer à continuer à pied. De retour, il raconta qu'un halo s'étendait sur la petite colline de l'ermite ; ce n'était pas la lueur d'un feu ni d'une lampe. Les paysans ne firent aucune difficulté pour en conclure que c'était la lumière de Dieu.

Certaines nuits, on pouvait apercevoir cette réverbération de Tis même. Mais la venue de l'ermite, ses extravagances, puis enfin ces lueurs nocturnes dont il était entouré, s'abîmèrent dans l'indifférence habituelle que ces paysans professaient pour tout ce qui touchait, même de loin, à la religion. S'ils venaient à en parler, c'était comme de faits lointains, reconnus, entérinés, et personne n'insistait pour y trouver quelque explication. La phrase : « L'ermite lance ses lueurs » devint d'un usage aussi courant que : cette nuit il a plu, ou il a fait du vent.

Cette indifférence n'était nullement feinte, et la solitude dans laquelle on laissait Silvestro le prouvait bien. L'idée de se rendre en pèlerinage jusqu'à lui eût semblé le comble du ridicule.

IV

Un beau matin, tandis que Defendente Sapori distribuait ses petits pains aux pauvres, un chien fit son entrée dans la courette. C'était une bête apparemment perdue, assez grosse, au poil hérissé et à l'allure débonnaire. Il parvint, en se glissant dans la foule des mendiants dans l'attente, jusqu'au panier d'osier, s'empara d'un petit pain et s'en alla sans hâte. Non pas comme un voleur, plutôt comme quelqu'un qui est venu prendre son dû.

— Eh Médor, ici, sale bête! hurla Defendente, lançant un nom au hasard.

Et il le poursuivit. Ces sagouins ne suffisaient donc pas? Il ne manquait plus que les chiens, à cette heure!...

Mais l'animal était déjà trop loin.

Le lendemain, même scène : même chien, même manœuvre. Cette fois le boulanger suivit la bête jusqu'à la route, et il lui lança des pierres sans parvenir à l'atteindre.

Le plus drôle, c'est que le larcin se répéta ponctuellement chaque matin. Merveilleuse, cette ruse du chien à toujours choisir le moment juste; tellement juste qu'il n'a même pas besoin de se presser. Et les projectiles que lui lance Defendente ne parviennent jamais à l'atteindre. Chaque fois la foule des mendiants est secouée d'un grand rire, et le boulanger laisse éclater sa colère.

Fou de rage, voici que Defendente, un matin, se place juste à l'entrée de la cour, caché derrière le portail, un gourdin à la main. Inutile. Perdu au milieu des pauvres, qui s'amusent de la blague et n'ont aucune raison de le trahir, le chien entre et sort impunément.

— Oh, il l'a encore fait aujourd'hui! avertit un de ces gueux.

— Où est-il? où est-il? clame Defendente, sortant comme un diable de sa cachette.

— Regarde donc, regarde comme il se trotte! ricane le pouilleux, jouissant de la colère du boulanger.

En vérité le chien ne « se trotte » pas du tout : il tient le pain dans sa gueule, et s'éloigne du pas nonchalant et tranquille de ceux dont la conscience est en paix.

Feindre de l'ignorer? Non, Defendente ne peut supporter cette plaisanterie. Puisqu'il ne parvient pas à l'attraper dans la cour, il lui donnera la chasse sur la route à la première occasion. D'ailleurs, ce n'est peut-être pas du tout un chien perdu, il a peut-être un refuge fixe, peut-être un maître à qui l'on pourra demander réparation. Cela ne peut plus durer. A force de guetter cette sale bête, Sapori a dû retarder depuis plusieurs jours sa descente à la cave, il a récupéré bien moins de pain que d'habitude : autant de gros sous de perdus!

Même la tentative de contrer la bête avec un

petit pain empoisonné, disposé bien en évidence à l'entrée de la cour, a fait long feu. Le chien a reniflé le pain un instant, et puis il s'est dirigé vers le panier : c'est du moins ce qu'ont affirmé les témoins par la suite.

v

Pour être bien sûr de son affaire, Defendente Sapori alla se placer de l'autre côté de la rue, sous un portail, avec sa bicyclette et son fusil de chasse : la bicyclette pour suivre le chien, le fusil à deux coups pour l'abattre, si vraiment il n'avait aucun maître à qui demander une indemnité. Un seul regret : ce matin-là, le panier serait vidé au bénéfice exclusif des pauvres.

D'où et de quelle façon vint le chien ? Un vrai mystère. Le boulanger, qui se tenait pourtant bien aux aguets, ne le vit pas arriver. Il ne l'aperçut qu'à la sortie, tranquille, le pain entre les dents. De grands éclats de rire parvenaient de la cour. Defendente attendit que l'animal s'en fût allé assez loin, pour ne pas le mettre en éveil. Puis il sauta en selle, et en route !

Première hypothèse : le chien allait s'arrêter bientôt et dévorer le petit pain. Le chien ne s'arrêta pas. Le boulanger avait également imaginé qu'il pourrait, après un bout de chemin, se faufiler par la porte d'une maison. Rien de cela pourtant. Le pain entre les dents, la bête trottait, longeant les murs d'un pas régulier, sans jamais s'arrêter à flâner, à lever la patte, selon les mœurs canines. Où allait-il donc s'arrêter? Sapori observait le ciel gris. Ce ne serait pas étonnant qu'il se mît à pleuvoir.

Ils dépassèrent la place de Sant'Agnese, ils dépassèrent les écoles, la gare, le lavoir public. Ils étaient aux confins de la localité. Ils laissèrent même derrière eux le stade, et s'engagèrent dans la campagne. Depuis sa sortie de la cour, le chien ne s'était pas retourné une seule fois. Il ignorait sans doute qu'on le suivait.

Il fallait donc abandonner désormais l'espérance d'un patron répondant de ses frasques. C'était vraiment un chien perdu, une de ces sales bêtes qui infestent les communs des fermes, volent les poulets, mordent les veaux, épouvantent les vieillards et finissent par venir propager de vilaines maladies dans les villes.

La seule chose à faire était sans doute de lui tirer dessus. Mais pour cela, encore fallait-il s'arrêter, descendre de bicyclette, se retirer le fusil de l'épaule. Pendant ce temps la bête, sans accélérer son pas, se trouverait hors de portée. Sapori continua la filature.

VI

A force d'aller de l'avant, voici maintenant les bois. Le chien s'engage sur un petit chemin de traverse, puis sur un autre encore plus étroit, mais tout plat et facile à suivre.

Combien de route ont-ils déjà fait? Peut-être huit, et même neuf kilomètres. Pourquoi le chien ne s'arrête-t-il pas pour manger? Qu'attend-il? Ou bien porte-t-il donc le pain à quelqu'un? Voici soudain que la pente devient raide, que le chien tourne encore dans un petit sentier où la bicyclette ne peut s'engager. Heureusement, la forte pente fait ralentir le pas de l'animal. Defendente lâche son vélo, reprend la poursuite à pied. Mais il se fait peu à peu distancer.

Exaspéré, il se décide enfin à tenter un coup de feu quand, tout en haut d'une butte, il aperçoit un gros rocher : sur le rocher un homme est agenouillé. Il se souvient à temps de l'ermite, des lumières nocturnes, de tous ces contes à dormir debout. Et le chien grimpe tranquillement jusque là-haut.

Fusil en main, Defendente s'arrête à une cinquantaine de mètres. Il voit l'ermite interrompre sa prière, sauter de son rocher avec une singulière agilité, courir vers le chien qui frétille et lui dépose enfin le pain devant les pieds. L'ermite ramasse le pain, en casse un petit morceau, le met dans sa besace. Puis il sourit et restitue le reste au chien.

Cet anachorète est petit, malingre, vêtu d'une sorte de froc; son visage est plutôt sympathique, empreint d'une malice enfantine. Le boulanger se montre enfin, bien décidé à faire valoir ses droits.

— Sois le bienvenu, mon frère, lui lance Silvestro dès qu'il le voit approcher. Que viens-tu faire dans ces parages? A la chasse peut-être?

— Pour dire vrai, répond Sapori d'un ton dur, j'allais à la chasse de... d'une certaine sale bête qui tous les jours...

— Ah c'est donc toi, l'interrompt le vieillard. C'est toi qui me procures chaque jour ce pain délicieux?... un pain de luxe, dis donc! un luxe dont je ne me croyais pas digne...

— Délicieux? Et comment qu'il est délicieux! sorti tout frais du four... Je connais mon métier, mon petit monsieur... Mais mon pain n'est pas fait pour être volé!

Silvestro baisse la tête, regardant fixement les herbes.

— Ah je comprends, dit-il avec tristesse. Tu as raison de te plaindre, mais j'ignorais tout... Cela signifie que Galeone ne se rendra plus au village... Je le garderai toujours auprès de moi... même un chien ne doit pas avoir de remords... Il ne viendra plus, je te le promets.

— Bah, dit le boulanger un peu calmé. Si c'est comme ça, le chien peut bien venir lui aussi. Il y a une maudite histoire de testament, et je suis tenu de fiche en l'air tous les jours cinquante kilos de pain... aux pauvres qu'il me faut le donner, à ces bâtards sans foi ni loi... Si un de mes pains vient jusqu'ici... Pauvre de plus, pauvre de moins...

— Dieu t'en rendra grâces, mon frère... Testament ou pas, ton œuvre est miséricordieuse.

— Mais je m'en passerais bien!

— Je sais ce qui te pousse à parler ainsi... Vous autres, les humains, êtes tenus par une sorte de honte... Vous voulez vous montrer méchants, pires que vous n'êtes en vérité, ainsi va le monde!

Et les injures que Defendente s'est préparé à dire ne parviennent plus à lui sortir de la gorge. Embarrassé, ou déçu peut-être, il n'arrive pas à se mettre en colère. L'idée d'être le premier et le seul de toute la contrée à avoir approché l'ermite le flatte. Oui, pense-t-il, un ermite est ce qu'il est : faut pas s'attendre à grand-chose de bon. Mais qui peut prévoir le futur? S'il parvenait à faire une amitié secrète avec Silvestro, qui sait s'il n'en tirerait pas avantage un jour? Imaginons par exemple que le vieux fasse un miracle. Alors le petit peuple s'emballe pour lui, des prêtres, des Monseigneurs arrivent de la grande ville, on organise des cérémonies, des processions, des fêtes. Et lui, Defendente Sapori, ami du nouveau saint, envié par toute la commune, on le bombarde maire par exemple. Et pourquoi pas, après tout?

Alors Silvestro :

— Oh, comme tu as un beau fusil!

Il le lui retire soudain des mains. Juste alors, et Defendente se demande bien pourquoi, part un coup de feu qui retentit dans toute la vallée. Mais l'ermite garde le fusil bien en main.

— Tu n'as pas peur, demande-t-il, de te promener ainsi, ton fusil chargé?

Le boulanger le regarde sans aménité.

— Je ne suis plus un enfant!

— Est-ce bien vrai, reprend aussitôt Silvestro en lui rendant son arme, est-ce vrai qu'il n'est pas trop difficile de trouver une place, le dimanche, dans l'église de Tis? J'ai entendu dire qu'elle n'était pas souvent remplie...

— Elle est aussi vide qu'une main nue, réplique avec satisfaction le boulanger. (Il prend courage, ajoute :) Ah, nous sommes bien peu à tenir le coup!

— Et à la messe, combien êtes-vous d'habitude à la messe, toi et les autres?

— Oh, peut-être une trentaine, les bons dimanches. Et pour Noël... cinquante.

— Et, dis-moi, à Tis, on blasphème volontiers?

— Morbleu si on blasphème! Ah vraiment, ils ne se font pas prier pour dire des jurons.

L'ermite le regarde et secoue la tête.

— Ils y croient donc bien peu, à Dieu...

— Bien peu? insiste Defendente, riant sous cape. Une bande d'hérétiques, oui...

— Et tes fils, tu les envoies à l'église, tes fils?

— Diable si je les envoie! Baptême, confirmation, première, seconde communion!

— Vraiment, même la seconde?

— Même la seconde, bien sûr. Mon plus petit l'a... (il s'interrompt pourtant, conscient d'en avoir peut-être un peu trop rajouté).

— Tu es donc un brave père de famille, commente gravement l'ermite (mais pourquoi sourit-il ainsi?). Reviens me voir, mon frère. Et maintenant, que Dieu t'accompagne...

Il fait un petit geste, comme s'il allait bénir.

Defendente est pris à l'improviste, il ne sait que répondre. Avant même d'en avoir conscience, il a baissé la tête, il a fait le signe de croix. Heureusement qu'il n'y a pas de témoin, à part le chien.

VII

L'alliance secrète avec l'ermite était une belle chose, mais seulement quand le boulanger se perdait dans des rêves qui le menaient à la charge de maire de la commune. Dans la réalité, il fallait tenir les yeux bien ouverts. La distribution du pain aux pauvres l'avait discrédité, bien qu'il n'y fût pour rien, dans l'estime de ses concitoyens. Imaginez s'ils apprenaient maintenant qu'il avait fait le signe de croix! Personne, grâce au ciel, ne semblait s'être aperçu de son vagabondage, pas même ses commis. Mais en était-il bien sûr? Et comment arranger l'histoire avec le chien? Il ne pouvait décemment plus lui refuser son pain quotidien. Cependant il pouvait encore moins le laisser agir sous les yeux des mendiants, qui en auraient aussitôt fait toute une histoire!

C'est pourquoi le lendemain, avant même le lever du soleil, Defendente alla se poster près de sa maison sur la route qui menait à la colline. Et dès que parut Galeone, il le siffla. Le chien, l'ayant reconnu, s'approcha. Alors le boulanger, tenant le pain dans sa main, conduisit l'animal jusqu'à une petite baraque en planches, adossée contre son four et qui servait de remise à bois. Là, sous un banc, il déposa le pain pour bien signifier à Galeone que c'était en cet endroit précis qu'il lui faudrait désormais trouver sa pitance.

Effectivement, le chien vint dès le lendemain prendre le pain sous le banc. Et nul ne le vit, ni Defendente ni les mendiants.

Chaque jour, à l'aurore, le boulanger alla déposer le pain dans la baraque en planches. Et de même, tandis qu'approchait l'automne et que les journées se faisaient de plus en plus courtes, le chien de l'ermite se confondait de plus en plus avec les ombres du petit matin. Ainsi Defendente Sapori vivait-il dans une relative tranquillité, ce qui lui permit de se dédier de nouveau à la récupération du pain destiné aux pauvres, par l'intermédiaire de la petite porte secrète dans le panier d'osier.

VIII

Des semaines passèrent, des mois, et puis ce fut l'hiver, avec les dessins délicats du gel sur les fenêtres, les sentiers qui fumaient tout au long du jour, les gens emmitouflés, les moineaux décharnés trouvés roides le long des haies et un léger manteau de neige sur les collines.

Une nuit étoilée de grand gel, là-bas vers le nord, en direction de la vieille chapelle abandonnée, on aperçut de grandes lueurs blanches comme on n'en avait jamais vu encore. Cela provoqua une certaine alarme à Tis : gens qui sautaient brusquement du lit, fenêtres qui claquaient, appels d'une maison à l'autre, tapage dans les rues. Puis, quand on comprit que ce n'était qu'une des lueurs habituelles de Silvestro, rien d'autre que la lumière de Dieu venue saluer l'ermite, hommes et femmes fermèrent leurs fenêtres, se faufilèrent de nouveau sous leurs chaudes couvertures, un peu déçus, maudissant cette fausse alerte.

Le lendemain, sans qu'on ait pu savoir qui avait apporté la nouvelle, le bruit se répandit que le vieux Silvestro était mort de froid pendant la nuit.

IX

La loi faisant une obligation d'enterrer tous les morts, le fossoyeur, un maçon et deux manœuvres se rendirent près de la dépouille, accompagnés de don Tabià, le curé, qui avait toujours préféré ignorer la présence de l'ermite dans sa paroisse. Le cercueil fut placé sur une charrette tirée par un petit âne.

Nos cinq hommes trouvèrent Silvestro étendu sur la neige, les bras en croix, paupières closes, absolument dans une attitude de saint. Près de lui, assis, le chien Galeone pleurait.

Le corps fut placé dans la bière, et aussitôt les prières dites, on l'enterra sur place, près de la voûte de la chapelle où il avait coutume de dormir. Une croix de bois sur le tumulus. Puis don Tabià et ses compagnons s'en retournèrent, laissant le chien couché à plat, se pelotonnant sur la tombe. Au village, personne ne leur demanda d'explications.

Le chien ne reparut pas. Le lendemain, quand il vint pour mettre le petit pain habituel sous le banc, Defendente retrouva celui de la veille. Le matin suivant le pain était toujours là, un peu plus dur, et les fourmis avaient déjà commencé à y creuser leurs tunnels et leurs galeries. Des jours passèrent, et Sapori finit comme tout le monde par n'y plus penser.

X

Mais deux semaines plus tard, tandis qu'au café du Cygne Sapori joue à terziglio[1] avec le maire

---

1. *Terziglio* : partie de cartes qui se joue à trois, un contre deux, également appelée *calabresella* ou *tressette*. (*N.D.T.*)

Lucioni et le cavalier Bernardis, voici qu'un jeune homme occupé à regarder dans la rue s'exclame :

— Tiens donc, le chien!

Defendente tressaille et tourne aussitôt son regard. Un affreux chien, décharné, s'avance dans la rue, tout titubant. Il meurt de faim. Le chien de l'ermite — Sapori s'en souvient parfaitement — est plus gros, plus vigoureux. Mais deux semaines de jeûne sont bien suffisantes pour réduire un chien dans cet état. Le boulanger croit le reconnaître. L'animal, après être demeuré longtemps à pleurer sur la tombe, a sans doute cédé à la faim et abandonné son patron pour descendre chercher sa pitance en ville.

— Il ne va pas tarder à claboter, ricane Defendente pour bien montrer son indifférence.

— Tout de même, ce n'est pas lui, dit alors Lucioni avec un sourire ambigu, tout en rabattant ses cartes.

— Lui qui?

— Pas possible, reprend Lucioni, que ce soit le chien de l'ermite.

Le cavalier Bernardis, à l'esprit plutôt lent, s'agite soudain curieusement.

— Mais je l'ai déjà vue, cette bête, dit-il. Je l'ai vue par ici justement. Elle ne t'appartiendrait pas, Defendente?

— A moi? Et comment pourrait-il être à moi?

— Je ne crois pourtant pas me tromper, s'entête Bernardis. Il me semble bien l'avoir vu du côté de ton fournil.

Sapori ne sait plus où se mettre.

— Bah, dit-il, on en voit tellement rôder, de ces

chiens, c'est possible après tout. Moi, je ne m'en souviens pas.

Lucioni approuve de la tête, gravement, comme pour lui seul. Puis :

— Oui, oui. Ça doit être le chien de l'ermite.

— Et puis pourquoi? s'enquiert le boulanger en se forçant à rire, pourquoi est-ce que ça devrait être justement celui de l'ermite?

— Tout concorde, tu comprends? Sa maigreur, tout. Réfléchis un peu : il est demeuré quelques jours sur la tombe, les chiens font toujours ainsi... Et puis l'appétit lui est venu... Et le voici redescendu en ville...

Le boulanger se tait. Pendant ce temps, l'animal regarde autour de soi et ce regard se pose, un court moment, à travers la grande vitre du café, sur les trois hommes assis. Le boulanger se souffle dans le nez.

— Oui, recommence le cavalier Bernardis, je jurerais de l'avoir déjà vu. Et plus d'une fois que je l'ai vu, justement vers chez toi...

Et il regarde Sapori.

— Possible, possible, dit le boulanger. Moi, je ne m'en souviens pas.

Alors Lucioni, avec un sourire rusé :

— Un pareil chien, moi, je ne le garderais pas pour tout l'or du monde.

— Enragé? s'inquiète Bernardis. Tu penses qu'il est enragé?

— Qui a dit ça? Je prétends seulement que je n'aurais aucune confiance dans un chien pareil... un chien qui a vu Dieu!

— Comment, qui a vu Dieu?

— N'est-ce pas le chien de l'ermite? N'était-il pas avec lui quand les lueurs se manifestaient? Tout le monde le sait bien, ce que c'étaient que ces lueurs! Et le chien n'était-il pas aux premières loges? Tu crois qu'il ne voyait rien? Tu crois qu'il dormait devant un tel spectacle?

— Racontars! reprend le cavalier. On ne sait rien au sujet de ces lueurs. Pourquoi Dieu et pas le Diable? Cette nuit, elles y étaient encore...

— Cette nuit, dis-tu? s'exclame Defendente, envahi par une vague espérance.

— Je les ai vues, de mes yeux vues. Pas aussi lumineuses qu'avant. Mais elles avaient tout de même une belle clarté.

— Tu en es certain, cette nuit?

— Cette nuit, bon Dieu! Les pareilles aux mêmes des autres... Et qu'est-ce que tu veux que ce soit cette nuit alors?

Le visage de Lucioni se fait de plus en plus sournois.

— Et qui te dit, qui te dit que les lumières de cette nuit n'étaient pas à son intention, à lui?

— Lui qui?

— Le chien, bien sûr. Peut-être que simplement, à la place de Dieu en personne, c'était l'ermite, descendant du paradis. Il le voyait là, immobile sur sa tombe, il se sera dit: ah, mais regarde donc mon pauvre chien... Alors il est descendu pour lui dire de ne plus s'en faire, de cesser ses jérémiades, et d'aller se chercher un bifteck!

— Mais puisque c'est un chien d'ici! insiste le cavalier Bernardis. Je vous jure que je l'ai vu tournicoter près du fournil.

XI

Defendente rentre à la maison, la tête toute chavirée. Quelle histoire ennuyeuse : plus il cherche à se persuader que ce n'est pas possible, plus il en arrive à se convaincre que c'est vraiment le chien de l'ermite. Rien de grave, bien sûr. Mais va-t-il falloir recommencer à lui donner son pain chaque matin? Il se dit : si je lui coupe les vivres, il va revenir voler le pain dans la cour; et qu'est-ce que je fais alors? Je le chasse à coups de pied au derrière? Un chien, qu'on le veuille ou non, qui a vu Dieu? Et qu'est-ce que j'en sais d'abord de tous ces mystères?

Ce ne sont pas des choses tellement simples. D'abord : l'esprit de l'ermite est-il vraiment apparu à Galeone, la nuit précédente? Et qu'a-t-il bien pu lui dire? Qu'on l'avait roulé? Peut-être que le chien comprend maintenant le langage des humains, qui peut savoir si un jour ou l'autre il ne se mettra pas à parler lui aussi? Il faut s'attendre à tout quand Dieu s'en mêle, et les précédents ne manquent pas. Quant à lui, Defendente, il s'est déjà suffisamment couvert de ridicule. Si maintenant les mauvaises langues venaient à savoir les craintes qu'il éprouve!

Avant d'entrer chez lui, Sapori va jeter un coup d'œil dans la baraque en planches. Le vieux bout de pain d'il y a quinze jours ne se trouve plus sous le banc. Le chien est-il donc venu, l'a-t-il emporté avec les fourmis et tout le tremblement?

XII

Mais le lendemain le chien ne vint pas prendre son nouveau pain, ni le jour suivant. C'est bien ce qu'espérait Defendente. Silvestro mort, toute illusion de pouvoir se servir de son amitié était morte également. En ce qui regardait le chien, mieux valait qu'il restât éloigné. Pourtant, en retrouvant dans la baraque vide le morceau de pain qui attendait toujours, le boulanger ressentit comme une déception.

Ce fut bien pis encore quand — trois jours plus tard — il revit Galeone. Le chien allait, apparemment oisif, sur la Grand-Place où pinçait le froid, et il ne ressemblait plus guère à celui qu'on avait aperçu à travers les vitres du café. Maintenant il se tenait bien droit sur ses jambes. Il ne titubait plus, et s'il était toujours aussi maigre, son poil était lisse, ses oreilles droites et sa queue en panache. Qui donc l'avait nourri? Sapori regarda tout autour de lui. Les gens passaient, indifférents, comme si l'animal n'existait même pas. Avant midi, le boulanger alla déposer un nouveau pain frais, et même un morceau de fromage, sous le banc habituel. Le chien ne vint pas.

De jour en jour Galeone ragaillardissait; son poil avait le lustre et l'épaisseur des chiens de maître. Quelqu'un s'occupait certainement de lui; et même sans doute plusieurs à la fois, en cachette les uns des autres. On craignait peut-être que l'animal ait vu trop de choses, on espérait peut-être s'attirer à bon marché la grâce de Dieu sans pour autant se faire moquer par le village. Ou bien le village tout entier avait-il eu la même idée ? Et chaque maisonnée, le soir venu, essayait-elle d'attirer l'animal dans l'obscurité pour se concilier ses bonnes grâces avec des petits plats délicats ?

C'était peut-être pour cela que Galeone ne venait plus chercher le morceau de pain : maintenant il avait trouvé mieux ! Mais nul n'en parlait jamais, et même quand par hasard le nom de l'ermite venait dans la conversation, on s'empressait de bavarder d'autre chose. Et dès que le chien apparaissait dans la rue, les regards passaient outre, comme s'il ne se fût agi que d'un chien vagabond parmi tant d'autres qui pullulaient partout dans le monde. Et Sapori se rongeait en silence, ainsi que font les gens quand ils s'aperçoivent que l'idée géniale qu'ils ont eue les premiers, d'autres, plus audacieux, s'en sont clandestinement emparés et s'apprêtent à en tirer des avantages immérités.

XIII

Qu'il ait vu Dieu ou non, il est bien certain que Galeone était un chien bizarre. Avec une componction presque humaine il allait de maison en maison, pénétrait dans les cours, les boutiques, les cuisines, demeurait là de longues minutes à regarder les gens. Et puis il s'en allait en silence.

Qu'y avait-il de caché derrière ces deux bons yeux mélancoliques ? L'image du Créateur s'y était inscrite, selon toute vraisemblance. Laissant quelles traces ? Des mains tremblantes offraient à l'animal des parts de gâteau, des cuisses de poulet. Galeone, repu, fixait son regard dans les yeux de chacun, semblant deviner toute pensée. Alors les gens quittaient la place, incapables de résister plus longtemps. Jusqu'alors, à Tis, on administrait le bâton et les volées de pierres aux chiens sauvages et turbulents : avec celui-ci, nul n'aurait osé.

Peu à peu, tous se sentirent engagés à l'intérieur d'une espèce de complot, mais ils n'avaient pas le courage d'en parler. De vieux amis se regardaient dans les yeux, y cherchant en vain une silencieuse confession, chacun espérant pouvoir retrouver un complice. Mais qui allait d'abord se dévoiler ? Seul Lucioni, intrépide, revenait sans cesse sur ce sujet : « Tiens, tiens ! voici encore notre brave sale chien qui a vu Dieu ! » annonçait-il avec effronterie sitôt qu'apparaissait Galeone. Et il ricanait, lançant des clins d'œil à la ronde. La plupart du temps, les gens faisaient semblant de ne pas avoir compris. Ils demandaient sans trop insister des explications, secouaient la tête d'un air compatissant et murmuraient : « Des histoires ! Mais c'est ridicule ! sornettes de bonnes femmes ! » Se taire, ou pis encore s'unir aux ricanements du Maire eût été trop compromettant. Ils escamotaient l'affaire comme s'il se fût agi d'une plaisanterie stupide. Toutefois, si le cavalier Bernardis était présent, sa réponse était toujours la même :

— Le chien de l'ermite ? Tu parles ! Je vous dis que c'est une bête d'ici. Depuis des années il rôdaille dans Tis et je le vois, chaque jour que fait le bon Dieu, du côté du fournil !

XIV

Un jour qu'il était descendu à la cave, pour s'y livrer à son entreprise de récupération habituelle, Defendente, après avoir enlevé la grille de la petite fenêtre, se préparait à ouvrir la porte du panier d'osier. Dehors, dans la cour, on entendait les cris des mendiants faisant la queue, la voix de la femme et du commis du boulanger s'appliquant à les contenir. La main experte de Sapori libéra l'ouverture du panier, et les pains se mirent à rouler rapidement dans un sac. En cet instant précis, il lui sembla voir du coin de l'œil une chose noire qui se mouvait dans la pénombre de la cave. Il se retourna d'un coup. C'était le chien.

Immobile près de la porte d'entrée, Galeone observait tranquillement la scène, imperturbable. Mais ses yeux semblaient phosphorescents. Sapori en resta pétrifié.

— Galeone, Galeone, se mit-il à balbutier d'un ton caressant, mielleux! Allons, tout doux, Galeone!... Viens, attrape!

Et il lui lança un petit pain. Mais l'animal n'y prêta pas même attention. Il se tourna lentement, comme s'il en avait vu bien assez, et s'en alla par l'escalier.

Sitôt qu'il fut seul, le boulanger se lança dans un chapelet d'horribles imprécations.

XV

Un chien a vu Dieu, il en a senti le parfum. Qui sait quels mystères lui ont été révélés? Et les hommes se regardent les uns les autres, cherchant une aide, un secours, mais tous se taisent. Que l'un d'eux pourtant se décide à ouvrir la bouche... « Et si c'était une obsession? » se demande-t-il soudain. « Si les autres n'y pensaient même pas? » Alors il fait comme si de rien n'était.

Galeone va d'un lieu à un autre avec une extraordinaire familiarité, il entre aussi bien dans les auberges que dans les étables. Quand on l'attend le moins, le voici dans un coin, immobile, vous regardant fixement, puis vous flairant. Même la nuit, quand les autres chiens dorment, sa silhouette apparaît à l'improviste contre un mur blanc, avec ce pas traînant qui le caractérise, un pas de paysan. Il n'a donc pas de maison? Pas de niche?

Les humains ne se sentent plus jamais seuls, même quand ils sont chez eux toutes portes fermées. Ils tendent sans arrêt l'oreille : un bruissement sur l'herbe, dehors, une douce, une prudente marche sur les pavés de la rue, un jappement lointain, *Bouc, bouc, bouc,* fait Galeone, un bruit bien typique. Ni âpre, ni coléreux, pourtant on l'entend dans toute la localité.

— Bon, ça ne fait rien, c'est peut-être moi qui me suis trompé dans les comptes! dit le courtier après avoir rageusement disputé pour quatre sous avec sa femme.

— Bref, pour cette fois, je passe l'éponge. Mais, à la prochaine incartade... annonce Frigimelica, celui des hauts fourneaux, renonçant d'un seul coup à licencier son manœuvre.

— Et, à bien y réfléchir, c'est une adorable personne, conclut par une pirouette, en contradiction formelle avec ce qu'elle venait de dire, Mme Biranze, qui parlait avec sa patronne de la femme du Maire...

Bouc, bouc, bouc, fait le chien perdu, il aboie peut-être contre un autre chien, contre une ombre, un papillon, la lune, ou bien peut-être encore pour quelque chose qu'il vient de voir, de comprendre, comme si la méchanceté humaine traversait les murs, les routes et les champs, pour parvenir à lui. Et les ivrognes qu'on vient de chasser de l'auberge rectifient instinctivement la position, sitôt qu'ils entendent son cri rauque.

Galeone paraît à l'improviste dans le réduit où Federici, l'ingénieur, s'applique à écrire une lettre anonyme dans laquelle il avertit son patron, propriétaire de la fabrique de pâtes, que le comptable Rossi entretient des rapports avec des éléments subversifs. « Ingénieur, qu'es-tu en train d'écrire? » semblent dire les deux gros yeux bien doux. Federici, d'un air bon enfant, lui montre la porte : « Allons, sois gentil, va-t'en, va-t'en! » et n'ose prononcer les injures qui lui montent au cœur. Puis il colle son oreille contre la porte, pour bien s'assurer que l'animal s'en est allé. Puis enfin, pour plus de sûreté, il jette sa lettre au feu.

Par le plus grand des hasards, Galeone paraît au pied de l'escalier de bois qui mène à l'appartement de la trop belle et trop effrontée Flora. La nuit est bien avancée, mais les marches grincent sous les pas de Guido, le jardinier, père de cinq enfants. Voici donc que deux yeux brillent dans l'obscurité. « Mais ce n'est pas ici, bon sang! s'exclame l'homme d'une voix haute, comme s'il était sincèrement irrité d'une méprise. On se trompe toujours dans cette obscurité... Ce n'est pas la maison du notaire! » Et il redescend en toute hâte.

Ou bien on entend son aboi sourd, doux grondement de reproche, tandis que Pinin et le Gionfa, après avoir pénétré dans le garage du chantier, se sont déjà emparés de deux bicyclettes.

— Toni, voici quelqu'un! murmure Pinin, sans toutefois s'y méprendre.

— Oui, je crois bien moi aussi, reprend le Gionfa. Vaut mieux se tailler...

Et ils se sauvent, les mains vides.

Ou bien encore il lance un long gémissement, comme une plainte, juste à la porte du four, au moment précis que Defendente, après s'être enfermé à double tour, descend dans la cave pour voler une nouvelle fois le pain des pauvres, pendant la distribution matinale. Le boulanger serre les dents : mais comment fait-il donc pour tout savoir, ce maudit clébard? Defendente essaie de hausser les épaules. Pourtant les soupçons ravagent son cœur : si Galeone parvenait à le dénoncer, à le faire prendre, l'héritage partirait en fumée... Et Defendente, le sac vide sous son bras, remonte dans la boutique.

Quand s'arrêtera cette persécution? Le chien ne s'en ira-t-il donc jamais? S'il reste à Tis, combien d'années vivra-t-il encore? N'y a-t-il aucun moyen de le faire disparaître?

XVI

Un fait demeure certain : après des siècles de négligence, voici que l'église paroissiale se repeuple. Le dimanche, les vieilles amies se retrouvent à la messe. Elles ont toutes une excuse, bien sûr : « Vous savez, avec ce froid, le seul endroit bien protégé, c'est tout de même l'église. Ses murs sont tellement épais, voilà pourquoi... Ils ont emmagasiné la chaleur durant l'été, et maintenant ils la rendent! » Et une autre : « Oh, don Tabià, notre curé, est un bien brave homme... Il m'a promis des semences de fleurs japonaises, vous savez, celles qui sont d'un si beau jaune!... Mais voilà... Si je ne me montre pas un peu à l'église, lui, dur comme il est, fera semblant de ne pas s'en souvenir... » Une autre enfin : « Comprenez-moi, madame Erminia! Je veux faire un entre-deux de dentelle, semblable à cet autre là-bas, sur l'autel du Sacré-Cœur. Et je ne peux pas l'emporter à la maison pour le copier... Il faut que je vienne jusqu'ici pour bien l'étudier... Et ce n'est pas si facile, vous pouvez m'en croire! » Elles écoutent, elles sourient aux explications de leurs amies, seulement préoccupées de faire croire à leur petite excuse personnelle. Et puis : « Oh, don Tabià nous regarde! » susurrent-elles comme des écolières, et elles plongent avec ensemble dans leur livre de messe.

Aucune ne venait sans raison valable. Mme Er-

melinda, par exemple, qui voulait faire enseigner le
chant à sa fillette, tellement passionnée de
musique! Eh bien, elle n'avait trouvé personne
d'autre que l'organiste de l'église. Et elle n'y venait
que pour entendre sa progéniture entonner le
Magnificat. La repasseuse était obligée de donner
rendez-vous à sa mère dans l'église, car son mari ne
voulait pas la voir à la maison. Et jusqu'à la femme
du médecin : elle s'était malencontreusement foulé
un pied, quelques minutes à peine avant la messe,
juste sur la Grand-Place. Force lui avait été
d'entrer, pour s'asseoir un peu... Au bout des nefs
latérales, près des confessionnaux gris de poussière,
là où les ombres sont plus denses, des hommes se
tenaient comme sur un gril. Dans sa chaire,
don Tabià lançait autour de lui des regards étonnés, ne parvenant pas à trouver ses mots.

Pendant ce temps Galeone, goûtant les faibles
rayons du soleil sur le parvis, semblait s'accorder
un repos bien mérité. A la sortie de la messe il ne se
dérangeait pas, lorgnant débonnairement la foule :
les femmes se glissaient rapidement par le portail,
s'éloignaient dans tous les sens. Aucune ne daignait
lui accorder le moindre coup d'œil; mais tant
qu'elles n'avaient pas tourné à l'angle de la place,
elles sentaient ses regards plantés dans leurs reins
comme des pointes d'acier.

XVII

Et l'ombre de n'importe quel chien désormais,
pour peu qu'elle ressemble vaguement à celle de

Galeone, fait sursauter tout un chacun. On vit dans les transes. Dès qu'il y a un peu de monde dans les rues, au marché, ou pendant les promenades du soir, le quadrupède est toujours là; il semble se moquer de l'indifférence absolue de tous ces gens qui ne manquent pourtant jamais, dès qu'ils sont seuls, de l'appeler en secret des noms les plus affectueux, et de lui offrir gâteaux et douceurs. « Ah, ce qu'on était bien, dans le temps! » s'exclament maintenant les hommes, comme ça, d'une façon générale, sans rien préciser d'autre. Mais il n'y a personne qui ne comprenne aussitôt. Dans le temps — ce qui veut dire, sans toutefois le préciser — lorsqu'on pouvait faire toutes ses petites cochonneries, se saouler, courir la gueuse dans les campagnes, et même voler un petit peu, faire les cent coups, et le dimanche flâner au lit jusqu'à midi. Les commerçants pèsent maintenant les aliments dans du papier léger, ne trichent plus sur la mesure, la maîtresse ne bat plus sa servante, Carmine Esposito, le prêteur sur gages, a fait ses malles pour aller tenter sa chance ailleurs, le brigadier Venariello passe ses journées allongé sur un banc au soleil, devant la porte de la gendarmerie, il se meurt d'ennui et se demande si tous les voleurs ne sont pas morts aussi, personne ne s'amuse plus à blasphémer comme avant, et pourtant on y prenait tant de goût! On ne blasphème plus qu'en rase campagne, et encore après d'infinies précautions, après s'être bien assuré qu'aucun chien ne se cache derrière les buissons.

Mais qui oserait se révolter? Qui aurait le courage de chasser Galeone à coups de pied, ou de lui administrer une côtelette avec de l'arsenic, comme c'est pourtant dans les plus secrets désirs de tout un chacun? On ne peut même pas espérer dans la Providence : la Sainte Providence, logique avec elle-même, s'est sûrement mise du côté de Galeone. Mieux vaut s'en remettre au hasard.

Le hasard d'une nuit d'orage, avec des éclairs, la foudre, une nuit d'apocalypse. Mais le boulanger Defendente Sapori n'a pas les oreilles dans sa poche, et le fracas du tonnerre ne l'empêche pas d'entendre une rumeur insolite en bas, dans la cour. Ce sont sûrement des voleurs.

Il saute du lit, s'empare de son fusil dans l'obscurité et regarde au travers des persiennes. Il y a deux hommes, à ce qu'il croit voir, qui sont en train d'essayer d'ouvrir la porte du magasin. Et la lueur d'un éclair lui permet d'apercevoir aussi, en plein milieu de la cour, imperturbable malgré une pluie diluvienne, un gros chien noirâtre. C'est encore lui, ce maudit, venu tenter de dissuader les deux voleurs.

Defendente murmure un épouvantable juron, arme son fusil, ouvre lentement un volet, juste assez pour passer le canon du fusil. Il attend un nouvel éclair et vise le chien.

Le premier coup de feu se perd dans le tonnerre. « Au voleur, au voleur! » commence à hurler le boulanger, et il recharge en hâte son fusil, tire une nouvelle fois dans l'obscurité, entend des pas pressés qui s'éloignent, puis des voix qui emplissent la maison et des portes qui battent : sa femme, ses enfants, ses mitrons accourent épouvantés.

— M'sieur Defendente! crie une voix dans la

cour, m'sieur Defendente vient de tuer un chien!

Galeone — on peut se tromper, naturellement, surtout par une telle nuit, mais ce chien lui ressemble trop — Galeone gît, tout raide, dans une flaque d'eau : une chevrotine lui a traversé le front. Mort sur le coup. Il ne remue même plus les jambes. Mais Defendente ne va pas le regarder. Il descend juste vérifier que la porte du magasin n'a pas été fracturée et, constatant que tout est en ordre, il souhaite bonne nuit à toute la compagnie, retourne se blottir dans ses draps. « En fin de compte!... » se dit-il, et il se prépare à dormir du sommeil du juste. Toutefois, il ne parvient plus à fermer l'œil.

XVIII

Le lendemain matin, alors qu'il faisait encore nuit, les deux petits commis de la boulangerie emportèrent la dépouille du chien et coururent l'ensevelir dans un champ. Defendente n'avait pas osé leur ordonner le silence : cela leur aurait mis la puce à l'oreille. Mais il voulait s'arranger pour que la chose se fît le plus simplement du monde, sans parlotes.

Qui vendit la mèche? Le soir, au café, le boulanger s'aperçut vite que tous les habitués le regardaient fixement : mais les regards se détournaient aussitôt, comme pour ne pas lui causer d'alarme.

— Alors on a tiré cette nuit, hein? dit tout d'un

coup le cavalier Bernardis. Belle bataille, hein, cette nuit, au fournil?

— Qui sait qui cela pouvait être, répliqua Defendente d'un ton badin. Ces vauriens voulaient piller mon magasin. Des chenapans sans envergure. J'ai tiré deux fois, à l'aveuglette, et ils ont filé...

— A l'aveuglette? s'enquit alors Lucioni d'un ton insinuant. Et pourquoi ne les as-tu pas visés, pendant que tu y étais?

— Avec cette obscurité! Comment veux-tu que j'y voie quelque chose! J'ai entendu gratter contre la porte du bas, et j'ai tiré, à tout hasard.

— De telle sorte... de telle sorte que tu as envoyé dans l'autre monde une pauvre bête qui ne t'avait rien fait de mal.

— Ah oui, dit le boulanger comme s'il n'y attachait guère d'importance. J'ai attrapé un chien. Dieu sait comment il avait pu entrer là! Chez moi, il n'y a jamais de chiens.

Et ce fut le silence. Ils étaient tous là à le regarder. Puis Trevaglia, le libraire, se dirigea vers la porte de sortie.

— Bon, au revoir, messieurs...

Et, martelant intentionnellement les syllabes :

— Au revoir vous aussi, monsieur Sapori!

— Très honoré, répondit le boulanger en lui tournant le dos.

Que voulait dire cet imbécile? Est-ce que par hasard ils allaient lui tenir rigueur d'avoir tué le chien de l'ermite? Au lieu de lui en être reconnaissant? On les avait libérés d'un cauchemar, et voilà maintenant qu'ils pinçaient du bec. Qu'est-ce qui leur prenait ? Ils ne pouvaient pas être sincères, pour une fois ?

Bernardis mit les pieds dans le plat, comme toujours.

— Vois-tu, Defendente... Il y en a qui disent que tu aurais bien mieux fait de ne pas tuer cet animal...

— Et pourquoi ? Est-ce que je l'ai fait exprès ?

— Exprès ou non, vois-tu, c'était le chien de l'ermite, à ce qu'ils disent, et à ce qu'ils disent il aurait mieux valu le laisser tranquille, ils disent que cela va nous attirer des ennuis... Tu sais bien comme les langues sont mauvaises !

— Et qu'est-ce que j'en sais, moi, des chiens d'ermite ? Dieu de Dieu, ils veulent peut-être me faire un procès, cette bande d'abrutis ?

Defendente tenta de rire. Puis ce fut Lucioni qui parla.

— Du calme, du calme, mes amis... Qui a dit que c'était le chien de l'ermite ? Qui a lancé ce racontar ?

Defendente, haussant les épaules :

— Ah, s'ils ne le savent même pas eux-mêmes !

Le cavalier intervint.

— Ceux qui le disent, ce sont ceux qui l'ont vu ce matin tandis qu'on l'enterrait... Ils disent que c'est lui, vraiment lui, avec sa petite touffe de poils blancs en haut de l'oreille gauche.

— Et le reste, tout noir ?

— Oui, noir, répondit quelqu'un dans la foule.

— Assez gros ? avec la queue en panache ?

— Exactement.

— Bref, le chien de l'ermite ?
— Oui, celui de l'ermite.
— Alors, regardez-le, votre chien ! s'exclama Lucioni, en faisant un grand signe en direction de la rue. Encore plus vivant et d'attaque que jamais !

Defendente devint aussi pâle qu'une statue de plâtre. Galeone marchait dans la rue, de son pas décontracté. Il s'arrêta un instant devant les vitres du café, regarda les hommes assemblés, puis continua son chemin en toute tranquillité.

XIX

Pourquoi les mendiants ont-ils désormais l'impression de recevoir chaque matin plus de pain que d'habitude ? Pourquoi les troncs à aumônes, qui depuis des années et des années demeuraient toujours vides, tintent-ils maintenant ? Pourquoi les enfants, jusqu'alors tellement récalcitrants, fréquentent-ils avec tant d'enthousiasme l'école ? Pourquoi les raisins restent-ils sur leur cep jusqu'aux vendanges sans que personne les ait grappillés ? Pourquoi ne lance-t-on plus de cailloux et de coups de bâton sur la bosse du pauvre Martino ? Pourquoi ces choses et tant d'autres encore ? Nul n'osera le confesser, les habitants de Tis sont rustres et forts en gueule, mais la vérité ne sortira jamais de leur bouche : ils ont peur d'un chien, non pas d'être mordus, peur tout simplement que le chien les juge mal.

Defendente ne décolérait pas. Quel esclavage !

Même la nuit, on ne parvenait plus à respirer. Quel poids, la présence de Dieu, quand on ne la désire pas ! Et Dieu, pour une fois, n'était pas une vague histoire, une fable, il ne se cantonnait pas dans l'église entre les cierges et l'encens : non, il se rendait partout, d'une maison à l'autre, transporté, pour ainsi dire, par un chien. Un tout petit morceau du Créateur, un intime souffle, était entré en Galeone et, par les yeux de Galeone, voyait, jugeait, prenait bonne note de tout.

Quand donc le chien vieillirait-il ? Si au moins il s'affaiblissait, s'il lui fallait demeurer tranquille dans un coin. Perclus, immobile sous le poids des ans, il n'aurait plus ennuyé personne...

Et les années passèrent en effet, l'église ne désemplissait pas, même en jour de semaine, les filles ne couraient plus sous les portails, passé minuit, roucouler avec les soldats, Defendente remplaça le panier d'osier tout usé par un nouveau dans lequel il ne tailla aucune ouverture secrète. Et le brigadier Venariello, pour mieux dormir auprès de la porte de la gendarmerie, se fit faire un coussin de paille.

Les années passèrent, Galeone vieillit, sa démarche se fit plus lente, plus décontractée que jamais, jusqu'au jour où une sorte de paralysie le prit aux membres postérieurs et où il dut cesser de se promener.

Par malchance, l'accident lui arriva sur la Grand-Place, tandis qu'il sommeillait sur un petit mur près de l'église, à cet endroit précis où le terrain soudain va en forte pente jusqu'au fleuve. Au point de vue de l'hygiène, c'était une position privilégiée, car l'animal pouvait faire ses besoins corporels en bas du mur, contre un talus plein d'herbes, sans pour autant salir le mur ni même la place. Toutefois, c'était un emplacement découvert, exposé à tous les vents et sans aucun abri contre la pluie.

Cette fois encore, évidemment, personne ne fit mine de s'intéresser au chien qui, tout tremblant, gémissait à fendre l'âme. L'agonie d'un chien perdu n'est pas un spectacle édifiant. Les gens qui y assistaient, devinant à ses vains efforts quelle chose lui était arrivée, se sentirent toutefois un coup au cœur, comme une espérance nouvelle. D'abord le chien ne pourrait plus vadrouiller, il ne pourrait même plus se remuer d'un mètre. Mieux encore : qui oserait lui donner à manger sous les yeux de tous? Qui aurait osé le premier confesser qu'il entretenait des rapports secrets avec l'animal? Qui se serait le premier exposé au ridicule? Il découlait de tout cela une ferme espérance que Galeone allait mourir de faim.

Avant d'aller manger, les hommes se promenaient comme d'habitude sur les trottoirs de la place, parlant de choses et d'autres, de la nouvelle assistante du dentiste, de la chasse, du prix du bois, du dernier film arrivé à Tis. Et leurs vestes effleuraient le museau du chien qui dépassait un peu, haletant, le bord du mur. Les regards passaient au-dessus de l'animal infirme, admirant mécaniquement le majestueux panorama du fleuve, tellement beau au crépuscule du soir. Vers huit heures, de gros nuages venaient du nord, il commençait à pleuvoir, et la place devenait déserte.

Mais au cœur de la nuit, malgré l'insistance de la pluie, voici que des ombres rasent les murs comme pour tramer quelque complot. Courbées, furtives, elles se dirigent d'un pas rapide vers la place et là, confondues dans les ténèbres des portails et des arcades, elles guettent l'occasion propice. Les réverbères à cette heure ne diffusent qu'une faible lumière, laissant de grandes plaques d'ombre. Combien se trouve-t-il d'ombres? Peut-être des dizaines. Elles portent à manger au chien, mais chacune d'elles ferait n'importe quoi pour ne pas être reconnue. Le chien ne dort pas : au ras du mur, contre le décor noir de la vallée, deux points verts et phosphorescents; et de temps en temps une plainte brève, lamentable, qui retentit sur la place.

C'est une longue manœuvre. Visage caché par un foulard, béret bien enfoncé sur le front. voici que quelqu'un se décide à rejoindre le chien. Nul n'ose sortir des ténèbres pour tenter de le reconnaître : on tremble déjà bien trop pour soi-même.

L'un après l'autre, laissant de longs intervalles pour éviter de se rencontrer, des personnages bien camouflés viennent déposer quelque chose sur le petit mur de l'église. Et les plaintes s'arrêtent.

Au matin, on trouva Galeone dormant sous une couverture imperméabilisée. Sur le mur, à côté de lui, tous les bienfaits de Dieu s'amoncelaient : pain, fromage, morceaux de viande, jusqu'à une écuelle emplie de lait.

XX

La commune croyait pouvoir respirer, puisque le chien était paralysé. Mais l'illusion fut brève. Tout en haut de son mur, l'animal dominait du regard une grande partie des maisons. Une bonne moitié de Tis au moins se trouvait sous son contrôle. Et seul Dieu savait combien ses regards pouvaient être perçants. D'ailleurs, même dans les maisons des faubourgs, qui n'étaient pas sous sa domination, sa voix arrivait parfaitement. Et puis, comment reprendre désormais les habitudes du passé? C'eût été reconnaître qu'on avait changé de vie seulement à cause du chien, confesser un secret superstitieusement gardé, avec tant de soins, et depuis tant d'années. Défendente lui-même, dont le fournil échappait à l'aire de vision de Galeone, ne reprit pas ses célèbres blasphèmes, et il ne tenta pas de recommencer son œuvre de récupération des petits pains.

Le chien mangeait maintenant bien plus qu'auparavant, et, comme il ne faisait pas un mouvement, il grossissait comme un cochon. Il pouvait vivre longtemps de la sorte. Avec les premiers froids, revint l'espoir de le voir mourir. Aussi protégé qu'il fût par son imperméable, il demeurait exposé à tous les vents. La maladie pourrait bien l'attraper.

Mais une fois encore ce maudit Lucioni ruina toutes les illusions. Un soir, à l'auberge, en plein milieu d'une histoire de chasse, il se mit à raconter que son chien braque, il y avait de cela bien longtemps, ayant passé toute une nuit sous la neige, était devenu enragé. On avait dû l'abattre d'un coup de fusil. Son cœur lui en saignait encore, rien que de s'en souvenir.

— Et ce sale cabot là-bas... (c'était évidemment le cavalier Bernardis qui mettait encore la conversation sur un sujet désagréable...), cet ignoble bâtard paralytique, sur son mur à l'église, que des imbéciles que je ne veux pas nommer s'obstinent à gaver de nourriture, dis-moi, il n'y a pas de danger, j'espère, avec ce sale cabot?

— Oh, qu'il devienne enragé s'il le veut! fit Defendente. De toute façon, il n'est pas capable d'un mouvement!

— Qui te l'a dit? rétorqua Lucioni. La rage multiplie les forces. Je ne verrais rien d'étonnant à ce qu'il se mette à sauter comme un cabri!

Bernardis en demeura interdit.

— Mais... alors?

— Oh, moi je m'en moque. J'ai toujours près de moi un ami sûr...

Et Lucioni sortit un gros revolver de sa poche.

— Evidemment, dit Bernardis, tu n'as pas d'enfant! Si tu avais trois petits garçons, comme moi, tu ne t'en moquerais pas, sois-en certain...

— Je vous l'ai dit. A vous de réfléchir maintenant!

Et le maire faisait reluire le canon de son pistolet en se le passant sur la manche.

XXI

Combien d'années ont donc passé depuis la mort de l'ermite ? Trois, quatre, cinq, qui s'en souviendrait ? Aux premiers jours de novembre, l'auvent en bois qui doit servir à protéger le chien est presque prêt. En termes indifférents, puisqu'il s'agit évidemment d'une chose de bien peu d'importance, on en a parlé même au conseil municipal. Et personne n'a avancé la proposition, tellement plus simple, de tuer la bête, ou de la transporter ailleurs. Stefano, le menuisier, a été chargé de construire l'abri de telle sorte qu'on puisse le fixer par-dessus le mur, après l'avoir peint en rouge afin de ne pas déparer la façade de l'église. Quelle indécence, quelle stupidité ! crient les gens à l'envi, pour bien montrer que l'idée vient des autres. La peur du chien qui a vu Dieu n'est donc plus un secret ?

Mais l'auvent ne sera jamais posé. Un des mitrons de Defendente, qui tous les matins à quatre heures passe sur la place pour se rendre au travail, aperçoit un beau jour une chose immobile et noire au pied du petit mur. Il s'approche, il tâte, et court d'un seul souffle jusqu'au fournil.

— Eh bien, qu'arrive-t-il ? demande Defendente, en le voyant entrer tout essoufflé.

— Il est mort ! Il est mort ! balbutie le garçon haletant.

— Qui est mort ?

— Ce maudit chien... Je l'ai trouvé par terre : il était dur comme une pierre !

XXII

Respirèrent-ils ? Se laissèrent-ils aller à une folle joie ? Cet assommant petit morceau de Dieu avait enfin disparu, c'était vrai, mais trop de temps avait passé désormais. Comment revenir en arrière ? Comment tout reprendre au début ? Les jeunes gens avaient grandi dans des mœurs différentes. La messe du dimanche était une distraction, après tout. Et le son des blasphèmes semblait exagéré, factice. On avait compté sur un grand soulagement, et rien n'était venu.

Et puis : reprendre les coutumes de jadis, n'était-ce pas une fois encore tout reconnaître ? Avoir tant peiné pour cacher sa honte, et maintenant la montrer au grand jour ? Une ville qui s'était acheté une conduite par crainte d'un chien ! Mais on en aurait ri jusqu'au-delà des frontières.

En attendant : où allait-on enterrer l'animal ? Dans le jardin public. Non, non, surtout pas au cœur du pays, on l'avait assez subi comme ça. Dans les égouts ? Les gens s'interrogeaient du regard, sans oser se prononcer. « Cela n'est pas dans le règlement », fit enfin remarquer le secrétaire de mairie, tirant tout le monde d'embarras. L'incinérer dans le haut fourneau ? Et s'il provoquait une infection ? Alors, qu'on l'enterre en rase campagne, c'est encore ce qu'il y a de mieux. Mais où dans la campagne ? Qui l'acceptera ? On commençait déjà à se disputer, personne n'en voulant sur ses terres.

Et si on l'enterrait à côté de l'ermite ?

Le chien qui avait vu Dieu, enfermé dans une petite caisse, est donc chargé sur une charrette et part vers les collines. C'est dimanche, bon nombre de personnes y trouvent un prétexte à aller se promener. Six, sept voitures chargées d'hommes et de femmes suivent la caisse, et chacun s'efforce de paraître gai. Certes, bien que le soleil brille, les champs déjà pris par le froid et les arbres tout dénudés n'offrent pas un spectacle bien réjouissant...

On arrive à la colline, on descend de voiture, on continue à pied en direction des ruines de l'antique chapelle. Les enfants courent devant.

— Maman! Maman! entend-on crier soudain de là-haut. Vite! Venez vite voir!

La foule hâte le pas, rejoint la tombe de Silvestro. Depuis ce jour lointain des funérailles, personne n'est jamais revenu jusqu'ici. Au pied de la croix de bois, exactement sur le tumulus qui recouvre la dépouille de l'ermite, il y a un petit squelette. La neige, les vents, la pluie l'ont tout usé, l'ont fait gracile et blanc. Le squelette d'un chien.

JUSQU'A LA DERNIÈRE
GOUTTE DE SANG

Dès qu'on sut que les flibustiers s'approchaient de notre île, un comité de défense fut nommé dont j'eus l'honneur de faire partie. Perdus au milieu de l'océan, il nous faut malheureusement ne compter que sur nous-mêmes. Nos forces de gendarmerie, à cette époque, étaient bien maigres et dotées d'armes plus décoratives qu'autre chose. Nous n'avions pas de chef militaire. Pourtant, il fallait nous défendre. Nous autres, au comité, pensâmes à demander conseil à Son Excellence Imagine, le fameux général, en retraite depuis pas mal d'années parmi nous, dans son château de famille.

Le général Antonio Imagine était bien vieux désormais. Certes, il se montrerait incapable d'assumer en personne le commandement de notre défense et de venir se planter sur les escarpements de la falaise : il n'en demeurait pas moins notre plus illustre concitoyen. Il pourrait donner aux habitants de l'île, sevrés de discipline militaire, d'utiles conseils ; et un discours venant de lui ne manquerait pas d'enflammer les âmes de la population, qui se trouvait dans le plus grand désarroi.

A notre demande d'entretien, il nous fut répondu que le général était souffrant. Comme il y avait urgence, Son Excellence consentit finalement à nous recevoir. Toutefois, on nous pria de ne pas le fatiguer et de demeurer le moins longtemps possible.

A quatre heures de l'après-midi, nous nous rendîmes donc au palais Imagine qui domine sombrement, orgueilleusement, le quartier populeux des Basse. Un domestique nous accompagna dans l'escalier. Les immenses verrières teintes, les lourdes tentures tamisaient la lumière à un tel point que toutes les lampes étaient allumées. On nous mena dans l'antichambre où une très digne et très grave dame nous renouvela les recommandations. « Je vous en prie... soyez sages... Depuis quelque temps, il ne se ressemble même plus... Il bat la campagne... bref, il va plutôt mal... vous vous en apercevrez vous-mêmes... » Elle donnait de fréquents coups d'œil circulaires, semblant faire allusion à de sinistres sous-entendus. Enfin, elle ouvrit lentement une porte.

C'était la chambre à coucher du général : meublée, tapissée dans un style vieillot, avec des bahuts sombres, de lourdes incrustations sur les murs, d'épais tapis, une infinité de portraits, de photographies, et deux paravents placés dans les coins pour cacher sans doute les objets les plus intimes. Tout cela bien rangé, en excellent ordre. Mais nous demeurions interdits sur le seuil car le lit, aux draps blancs bien tirés, illuminé par une lampe, nous parut vide. Et nous ne distinguions personne dans la chambre.

Et puis voilà qu'une petite chose grise, un animalcule, se mit à remuer entre les draps. Après nous être approchés, nous découvrîmes un oiseau, à peu près de la taille d'un gros moineau, qui faisait des efforts désespérés pour se cacher la tête sous l'oreiller. Il semblait un de ces volatiles perdus, abandonnés, qui viennent battre aux fenêtres des fermes dans les soirées glacées de l'hiver : décharné, étique, les plumes ternes et hérissées comme celles d'un canari malade. La dame qui nous accompagnait fit encore un pas en avant, hochant la tête : « Ces messieurs voient par eux-mêmes, murmurait-elle, que Son Excellence a plutôt changé depuis quelque temps... Il ne faut pas la bousculer... »

On nous avait bien dit que le général Imagine était au pire, que le souvenir de son ancienne gloire, mêlé à la pensée de cette dernière guerre que nous avions perdue, le consumait littéralement. Mais à ce point! Sincèrement, aucun d'entre nous ne l'eût jamais imaginé : un oisillon éperdu et décharné!

Notre président, le docteur Azanà, homme d'action, se tourna vers la dame, lui demandant à voix basse :

— Mais pourquoi ne lui donnez-vous plus à manger? Je ne sais pas, moi, un peu de viande hachée?

— Ah, ne m'en parlez pas, soupira la dame. Pas moyen de rien lui faire avaler...

Puis, se penchant vers la bestiole, elle reprit d'une voix forte, comme si elle avait affaire à un sourd :

— Excellence, Excellence, excusez-moi... Mais voici ces messieurs du comité!

L'oiseau, plus exactement : le général Imagine, releva d'un coup sa tête de l'oreiller, sous lequel il avait enfin réussi à la cacher en partie, et il parvint à se tenir bien droit sur ses petites pattes, en nous regardant. Une voix fluette, curieusement ferme cependant, tout empreinte de dignité et de militarisme, sortit de son bec.

— Bonjour, messieurs, prenez place, je suis à votre disposition.

Cela dit, comme si la fatigue avait été excessive, il retomba d'un coup en haletant sur son drap.

Nous mesurions l'ennui de cette situation. Vraiment le général était à la dernière extrémité, il ne pourrait guère nous être utile. On ne pouvait même pas espérer qu'il fît un bref discours à la population. D'ailleurs, comment aurait-il pu l'écrire ? En se fourrant le bec dans l'encrier peut-être ?

Le docteur Azanà ne se troublait pas.

— Excellence, commença-t-il d'un ton solennel. Les pirates sont déjà en vue de l'île. Nous n'avons pas de chef militaire. Il nous faut nous défendre nous-mêmes. Jamais nous n'aurions osé venir vous importuner, si nous n'avions été certains de trouver en vous un guide éclairé !

Quelques instants passèrent puis, de nouveau, le vieux général parvint en tremblotant à se remettre sur ses petites pattes. Sur les plumes de sa maigre poitrine, à gauche, je distinguai de minuscules taches multicolores : tout ce qui restait sans doute de ses innombrables décorations.

Il ouvrit le bec, sa voix ténue mais autoritaire reprit :

— Mes braves, dans les temps jadis, je n'avais

qu'une devise : *jusqu'à la dernière goutte de sang*...

Il scandait chaque syllabe, ouvrant et fermant son bec à petits coups secs. De toute évidence, prononcer ces mots lui procurait un immense plaisir. Mais de quelle aide cela pouvait-il nous être ?

Le docteur Azanà insista, spécifiant :

— Excellence, nous hésitons encore. Faudra-t-il commencer la résistance dès la plage de débarquement, ou bien du haut de nos murailles ?

L'oiseau, qui commençait déjà à s'infléchir vers ses oreillers, se redressa une fois encore, baissa le bec en signe de méditation, puis demanda brusquement :

— De combien de fusils disposez-vous ?

— Nous en avons amassé plus de cinq cents..., répondit Azanà.

Ces paroles firent visiblement se regonfler le général. Il fut soudain aussi gros qu'une pelote de laine. Le phénomène était impressionnant. Un flux inattendu d'énergie et de foi semblait l'agiter. Roide, il approuva de la tête.

— Magnifique ! Ah, qu'ils sont braves, mes concitoyens !... Et cinq cents fusils, pour commencer, ce n'est pas mal du tout !

— A dire vrai, fit remarquer notre président, ce ne sont que des fusils de...

— Misérables barbares ! interrompit le général, haussant dans le feu du discours une aile déplumée. Nous allons leur préparer un accueil digne d'eux ! Nous ne négligerons aucune stratégie et nous agirons sans retard... Ah, mes bons amis, je vous remercie d'avoir réchauffé le cœur d'un vieux, d'un fidèle soldat!... Je sens qu'un vent d'épopée va passer sur notre petite île!... Et si je périssais... non, je ne puis rien demander de mieux au Tout-Puissant!

Par exemple, nous ne nous attendions pas à ce que le général Imagine, réduit en un tel état, une telle condition, voulût diriger toutes nos opérations! Nous nous trouvions fort embarrassés. Comment pouvoir contraindre nos hommes d'obéir à un oiseau?

Mais une nouvelle idée semblait s'être fait jour dans l'esprit du général : car son assurance fléchit d'un seul coup, ses plumes perdirent rapidement de l'ampleur, et des paroles angoissées filèrent de son bec.

— Mais dites-moi... dites-moi, mes chers enfants... Combien d'hommes ont-ils à bord de leur rafiot? Cent? Deux cents?

— D'après les renseignements que nous avons pu obtenir, répondit Azanà, il s'agit de vingt-deux bâtiments... Nous pensons donc qu'environ sept mille hommes...

— Tchip, tchip, fit le général durement touché. Sept mille, avez-vous dit?

— Sept mille, Excellence.

Il eut un petit sursaut, sembla se vider à l'improviste de toute vie, et s'abandonna languissant sur son drap.

— Doux Jésus! s'exclama la dame, consternée. Il s'évanouit maintenant... Je le savais... Vous ne pouvez demeurer plus longtemps, messieurs... Je vous en prie, je vous en prie, prenez la porte...

Quand il vit que nous nous levions, le général parut s'épouvanter plus encore.

— Non, non, se mit-il à piauler avec véhémence. Attendez... je ne me sens pas bien... tchip, tchip... Pour dire vrai, je ne puis accepter... mais il est de mon devoir de vous mettre en garde... rien qu'un conseil... la stratégie qui s'impose doit être très prudente...

— Prudente? En quel sens, Excellence? s'enquit Azanà, stupéfait de cette subite volte-face.

— Je veux dire... émit d'une voix plaintive la légendaire *tenaille de fer* (c'est ainsi qu'on l'avait surnommé jadis, à cause de l'efficacité de ses manœuvres d'enveloppement)... nous ignorons encore quelles sont les intentions de ces étrangers... Et s'ils venaient en amis?... Si leur but n'était qu'un honnête commerce?... Dans ce cas, messieurs...

— Le sac et le feu, partout où ils arrivent, répliqua sévèrement le docteur Azanà. Ce sont là, Excellence, leurs intentions.

L'oiseau semblait prostré. Nous le vîmes s'agiter sur son drap comme un bébé qui fait des caprices.

— Mais ce n'est pas la peine d'écouter les racontars, suppliait-il. Ne vous entêtez pas... Votre irruption m'a bouleversé... je n'avais pas bien compris... et vous vous êtes mépris sur mes paroles... je suis vieux... je suis vieux... j'ai besoin de vivre tranquille... sur les navires flibustiers, il y a de braves soldats et d'honnêtes gens... Je serais le premier à vous exhorter à la lutte... l'honneur du drapeau, je puis le dire, a toujours été ma loi suprême... Mais il ne s'agit pas d'une guerre maintenant... vous devriez plutôt, à ce qu'il me semble, dignement fêter ces navigateurs...

Mais Azanà, avec sécheresse :

— Excellence, nous nous défendrons.

Dans sa colère, l'oiseau tendait son bec, croassant.

— Brec, brec... l'impatience vous aveugle, jeunes gens !... Les étrangers ne viennent, je le sais parfaitement, qu'avec d'excellentes intentions... la beauté de notre île les attire...

Nous nous regardions, effarés.

— Excellence, reprit notre président, presque menaçant, en avançant d'un pas. Nous nous défendrons !

Il se reprit à gémir.

— Non, non, non, je ne me ferai pas votre complice... Que ma position soit bien précisée à l'avance... je suis un militaire... brec, brec... je me refuse à entrer dans une aussi folle machination !

C'était pitié que de le voir. Un tremblement fébrile faisait vibrer ses plumes. Et je me demandais : de quoi une telle ruine peut-elle avoir peur ? Dans l'espoir de sauver quel trésor caché notre grand condottière rampe-t-il ainsi misérablement devant des gens qu'il connaît à peine ? Qu'attend-il encore de la vie !... Comme il voyait qu'il ne parviendrait pas à nous convaincre, il tentait de nouveau, par petites saccades, de se faufiler sous l'oreiller.

Dégoûté, je soulevai d'une main l'oreiller, afin que l'insigne stratège pût s'y cacher tout entier. Ce qu'il fit d'ailleurs immédiatement. Puis nous nous en allâmes en silence.

GARAGE EREBUS

Vous êtes-vous jamais demandé comment certains jeunes gens, sans valeur ni fortune, arrivaient à passer leur temps à baguenauder dans des voitures de milliardaire qui semblent plutôt des aéronefs à destination de la lune ? Ils sont d'extraction plus que modeste, sans profession avouée, n'ont l'air ni d'aventuriers ni de truands, ce sont des types médiocres, incapables au demeurant de prononcer deux mots sensés de suite. Vous les voyez passer sur les artères élégantes, sur les autoroutes, raides, inexpressifs, les mains nonchalamment abandonnées sur le volant, semblables à des idoles d'Incas. Ils étaient peut-être vos compagnons à l'école et, dans ce temps-là, vous ne leur auriez même pas donné dix sous. Maintenant ils triomphent. Pourquoi ? Comment sont-ils devenus riches ? Où ont-ils pêché cette fortune ? Ils disparaissent au bout de la route, ronronnant, et vous pensez à autre chose.

Quel est donc leur secret ? Eh bien, il se trouve tout au fond d'une cour, au 5 de la rue Ferulana, là où les piliers du portail sont striés de raies jaunes et

bleues, et où les grandes lettres au néon indiquent :
Garage Erebus. Leur secret a pour nom Onofrio et
n'est rien d'autre, en apparence, qu'un vieux
garagiste à l'accent livournais. Mais en vérité
Onofrio est bien autre chose, beaucoup plus. Rares
sont ceux qui connaissent son véritable pouvoir,
quelques-uns le devinent seulement, et personne
n'ose le dire ouvertement.

Je l'ai connu parce que, dans ma jeunesse, alors
que je terminais mes études secondaires, j'accompagnais chez lui mon ami Sergio Balza, rejeton d'une
noble famille, qui avait la passion des automobiles.
En ce temps-là, Onofrio — je parle d'il y a une
quarantaine d'années — était absolument semblable
à aujourd'hui. Un petit vieux fluet et boiteux qui,
tout ricanant, vous remettait d'aplomb en moins de
deux les moteurs les plus rebelles aux efforts de
n'importe quel autre mécanicien. La cour était
parfaitement identique à maintenant, semblable le
petit réduit où se tenait le patron : c'était alors un
certain Crosti, et maintenant Onofrio en personne.

A cette époque, Sergio ne possédait pas de
voiture. Et quand je lui demandais : « Mais peut-on
savoir ce que tu vas fabriquer dans ce garage ? » il
répondait : « Rien, j'ai plaisir à bavarder avec
Onofrio. C'est un personnage tellement amusant ! »

Quand je l'accompagnais là, Sergio trouvait
toujours un moyen de faire des apartés avec
Onofrio, et ils demeuraient de longs moments à
papoter. De temps à autre, le rire déplaisant du
vieillard me parvenait. Et je demandais ensuite à
Sergio : « Mais de quoi parlez-vous ? Qu'est-ce que
vous êtes en train de combiner ? — Des choses qui

ne t'intéressent pas », répondait-il, à la façon de ces adultes qui disent aux enfants : des choses de grandes personnes.

La métamorphose de Sergio remonte à cette époque. A l'école, c'était un cancre : il se mit à attraper des sept et des huit sur dix. Il n'avait jamais un sou en poche : il commença à se promener vêtu comme un prince. Il était laid et disgracieux : on lui connut bien vite des filles formidables, et lui-même semblait s'être embelli. Un jour enfin, il arriva au lycée au volant d'un bolide rouge, flambant neuf, sur lequel les gens se retournaient dans la rue.

Un héritage ? Un coup de fortune de son père ? Une mine d'or ? Quand on l'interrogeait, Sergio secouait gaiement la tête, et évitait de répondre. Peu de temps après, il abandonna les études. De loin, nous pûmes le suivre, parcourant une parabole fantastique, emporté par une sorte de fatalité, comme un personnage de roman. Il s'éloigna de nous en direction du grand monde, parfois sa photographie parut sur les journaux, on annonça son mariage avec une certaine princesse Turn und Taxis. Puis il disparut. Ses nouvelles furent de plus en plus vagues, fragmentaires. Un voile trouble le cacha à nos yeux. Des bruits coururent : scandale mondain, procès en Espagne, retour tapageur à la débauche, chute dans les bas-fonds...

Entre-temps, j'étais parvenu à connaître son secret. Je savais qui était en réalité Onofrio. Bien autre chose que garagiste ! C'était Satan, le vieux Serpent, camouflé en bleu de travail. D'ailleurs, Sergio avait-il pu obtenir gratuitement toutes ces richesses, ces cadeaux, ces femmes, ce succès, ces superbes autos? Qu'avait-il donné en échange? Dans la vie tout se paie, point par point. Et vous-même savez aussi bien ce que coûtent certaines fortunes, quel est leur prix, établi par le plus vieux marché du monde : l'âme!

Ce fut Sergio d'ailleurs qui me le fit comprendre un jour, peu avant de s'en aller. Il me disait : « Ne pense pas à ces choses, tu ne devrais même pas connaître leur existence, elles ne sont pas faites pour toi, tu es un garçon honnête. Et puis, quel besoin en aurais-tu? Tu es intelligent, brillant élève, de bonne famille, tu te feras un chemin sans ces trucages... » Sergio m'aimait vraiment beaucoup.

De fait, j'étais un garçon brillant, en classe je n'avais jamais besoin d'examen de passage, tout m'était facile, et il me semblait ignoble de vendre, pour obtenir des succès, la meilleure part de nous-même. Surtout à un bonhomme comme Onofrio, à un sale petit vieillard tout dégouttant d'huile et de graisse d'auto!

Ainsi je poursuivais mon chemin, et s'il m'arrivait de rencontrer le garagiste (je ne demeurais pas loin de chez lui), je le toisais avec mépris. Il tentait parfois, boitillant avec peine, de me suivre en murmurant avec une servilité enjôleuse : « Monsieur, monsieur, venez donc me voir un de ces jours. Faites-moi cette faveur, j'y tiens vraiment, peu importe que vous n'ayez pas d'argent liquide, nous nous arrangerons toujours... » Et je pressais le pas, le plantant là.

Je poursuivais mon chemin, sûr de moi. J'étais

intelligent, honnête, travailleur, en parfaite condition physique, un jeune homme exemplaire, et n'avais certes aucun besoin de troquer mon âme pour faire fortune. Pauvre Onofrio, il pouvait toujours attendre...

Et me voici pourtant, presque vieux, lassé et déçu par la vie, incapable désormais d'espoir, un vaincu, un infirme, une ruine. J'entre au garage Erebus. Soumis, enfin.

Onofrio trône dans son petit réduit, il feint de se perdre dans ses papiers.

— Bonjour, dis-je.

— Bonjour, reprend-il d'une voix neutre.

— Mais tu ne me reconnais pas ?

— C'est-à-dire, pour vous parler franchement...

— J'accompagnais toujours ici le comte Balza, tu ne t'en souviens pas ?

— Ah, le comte Balza... il y a si longtemps... Pardonnez-moi, j'ai vieilli... (Mais c'est faux, il n'a pas changé d'un cheveu.)

— Tu t'en souviendras quand même de toutes ces autos que le comte Balza achetait chez toi ? La Counsel, la Rolls, la Super-Dewoitine, la Maxer à huit cylindres, tu ne t'en souviens plus ?

— Ah, reprend-il d'une voix fluette. Bigre si je m'en souviens ! Les Maxer, c'étaient des voitures de grand luxe !

— Mais de moi, Onofrio, tu ne te souviens pas ?

Il me regarde longuement, écarquillant les yeux. J'ai l'impression que ses maigres épaules sont secouées, comme par un bref rire intérieur. Puis, à voix basse :

— Vous voulez une auto?
— Non, dis-je avec douceur.
— Une belle auto d'occasion? Ecoutez. Vous avez de la chance : il n'y a pas même une demi-heure...
— Non, ce n'est pas pour cela que je viens.

Maintenant Onofrio sourit vraiment, de son sourire louche, la peau se plisse tout autour de ses yeux. On ne voit plus qu'un tout petit point de ses prunelles.

— Une voiture neuve alors? Oh je pourrais facilement vous en obtenir une, sans...

Je l'interromps.

— Non, non, non, te dis-je. Ce n'est pas pour une voiture.

Il me regarde, me jauge. Pourquoi ne parle-t-il pas?

— Onofrio, jadis tu étais gentil. Tu me disais : venez me voir, j'y tiens vraiment beaucoup, décidez-vous à me faire ce plaisir, voilà ce que tu disais alors, et tu ne parlais pas d'automobiles...

— Monsieur, je ne comprends pas...

— Et le comte Balza, tu ne t'en souviens pas? Il ne venait pas pour les automobiles... Tu la connais, son histoire... Eh bien, je voudrais, moi aussi...

Soudain le soleil qui plongeait dans la blanche courette du garage a disparu, caché par un gros nuage noir, et le tapage de l'autre côté de la boutique a cessé. C'est le silence. Et voici qu'Onofrio n'est plus le vieux mécanicien parvenu à devenir patron de son garage, son visage semble s'être fait maintenant de cire, il resplendit d'une infâme lueur.

— Allons, Onofrio, à quoi joues-tu? Ce que tu as procuré au comte Balza, je ne peux donc pas l'obtenir aussi?

— Monsieur! murmure-t-il en un faible reproche.

— Ce qu'il t'a donné, je puis te le donner aussi bien!

— Monsieur! répète-t-il.

— Tu ne nies plus, hein? Tu admets qu'alors tu avais acheté son...

Mais le courage me manque de prononcer le ridicule, le terrible petit mot : l'âme! Tellement absurde en un tel lieu. C'est lui qui le profère :

— L'âme, hein? (quelle odieuse, quelle voix glaciale) l'âme! En échange de la fortune, de la gloire, de l'amour, du bonheur?... C'est cela, n'est-ce pas, monsieur, que vous voulez dire?

Le souffle coupé, je fais signe que oui.

— Et maintenant vous voici!... Ah, comme il est courageux, courageux!... Vous vous êtes tout de même décidé?... Mais il vous a fallu du temps, hein?... Depuis des années que je vous attendais, oui justement vous... De nombreuses, nombreuses années... Mais vous pensiez ne pas avoir besoin de moi, n'est-ce pas?... Vous ne veniez jamais... Vous pouviez vous débrouiller tout seul, pas vrai? Vous me méprisiez, avouez-le, vous me méprisiez...

— Non, tout au plus, c'était de la peur.

— Mais aujourd'hui on n'a plus peur, n'est-ce pas, monsieur? Aujourd'hui on ne méprise plus, aujourd'hui on a compris des tas de choses qu'on n'avait pas comprises hier, aujourd'hui oui, on est disposé, hein?... (Il fit une longue pause, branlant la tête.) Mais aujourd'hui, que peut faire le vieil Onofrio? Il est trop tard, cher monsieur. Le vieil Onofrio, veuillez m'en croire, n'est plus en mesure de vous servir...

— Pourquoi? Ne te paierais-je pas de la même monnaie que le comte Balza?

— Eh non, eh non, monsieur. Puisque vous m'obligez à vous parler franchement... Votre âme! En toute honnêteté, dites-moi : qu'est-ce que je peux en faire maintenant? Dites-moi : qu'est-ce que je pourrais en faire?...

Et il me montre de l'index le mur voisin.

Sur le mur pend un grand miroir, réclame d'une marque d'essence. Et mon visage se reflète dans ce miroir, mon visage souffreteux, mes cheveux gris, toutes ces années passées, la longue route (je marchais gonflant la poitrine, sûr de moi, sûr de tenir bon jusqu'au bout!).

— Alors, dites-moi, répète l'odieux vieillard, mais dites-moi : qu'est-ce que je pourrais en faire? Le comte Balza, ah oui, celui-là m'a donné des satisfactions! Mais il avait dix-huit ans, le comte Balza! Dix-huit ans! Vous me comprenez, mon bon monsieur?

Et moi j'en ai cinquante-huit. Et le peu qui m'en reste ne servirait guère au Grand Ennemi, ici présent dans le bleu de travail d'Onofrio. Quels vices, quelles débauches, quelles trahisons, quelle cruauté, quels mensonges, quelles perfidies, quels sacrilèges, quels crimes puis-je honnêtement lui offrir, moi qui n'ai jamais vécu que dans la probité, tout figé désormais dans une pauvre règle de vertu? Où puiser l'énergie d'aller festoyer à la table du péché? Il me faudrait la jeunesse, l'enthousiasme avide de mes vingt ans, la volonté de surpasser les autres, le cœur dur, la fougue sauvage : alors, oui, je pourrais servir le diable. Mais moi, pauvre de moi...

— Adieu, monsieur, dit Onofrio en me voyant sur le point de partir.

Est-ce une illusion, ou bien vibre-t-il vraiment dans sa voix quelque chose qui semble de la pitié?

Je me mets en route, humilié, vaincu. Le Diable lui-même m'a claqué la porte au nez. Un orage s'apprête dans le ciel. Là-bas, au-dessus des gazomètres, il tonne. Bientôt il pleuvra.

Je me sens tellement seul. En passant devant la cathédrale, je regarde le portail à tout hasard. Il semble fermé. Peut-être est-il seulement poussé. Il suffirait de m'y appuyer, il suffirait d'une ombre de courage. A l'intérieur c'est la paix, peut-être.

Mais je poursuis mon chemin. Je ne ralentis même pas mon allure. Je fouille avec anxiété dans mes poches, il pourrait y rester quand même encore une cigarette.

IL ÉTAIT ARRIVÉ
QUELQUE CHOSE

Le train n'avait encore parcouru que quelques kilomètres (et la route était longue, nous ne nous arrêterions pas avant le lointain terminus, courant ainsi pendant dix heures de file) quand, à un passage à niveau, j'aperçus de la fenêtre une jeune femme. Ce fut par hasard, j'aurais pu aussi bien regarder tout autre chose, mais mon regard tomba sur elle qui n'était point belle, ni même d'allure plaisante, n'avait enfin rien d'extraordinaire, et je me demande vraiment pourquoi je m'étais mis à la regarder. Elle s'était évidemment appuyée contre la barrière pour jouir de la vue de ce train express, rapide du Nord, symbole, aux yeux des populations ignares, de milliards, de vie facile, d'aventures, de splendides valises de cuir, de célébrités, de stars de cinéma, merveilleux spectacle revenant une fois par jour et, par surcroît, absolument gratuit.

Toutefois, quand le train passa devant elle, elle ne regardait pas dans notre direction (et pourtant elle devait être là, à nous guetter, depuis au moins une heure), mais, la tête tournée en arrière, elle prêtait toute son attention à un homme qui arrivait en courant du bout de la route et hurlait quelque chose qu'évidemment nous ne pouvions entendre : comme s'il accourait en toute hâte pour avertir cette femme d'un péril. Ce ne fut qu'un instant. Le train les dépassa en un éclair, et je me mis à me demander quel malheur cet homme avait pu annoncer à la jeune femme venue nous contempler. J'allais m'endormir, au rythme berceur du train, quand tout à fait par hasard — il ne pouvait certainement s'agir que d'une simple coïncidence — je notai qu'un paysan, debout sur un petit mur, appelait, appelait de toutes ses forces en direction de la campagne, les mains en porte-voix. Ce ne fut encore cette fois qu'un instant, car l'express continuait sa course, mais j'eus le temps d'apercevoir six ou sept personnes qui accouraient à travers les champs, les labours, sans s'occuper des dégâts qu'ils pouvaient causer. Ce devait être pour une chose d'importance. Ils venaient de toutes les directions, l'un d'une maison, l'autre débouchant d'une haie, ou d'une vigne, de n'importe où, se dirigeant tous vers le petit mur sur lequel le jeune homme qui criait était grimpé. Ils couraient, Dieu qu'ils couraient ! semblant épouvantés par quelque avertissement soudain qui les intriguait fort, leur enlevant toute tranquillité. Mais je le répète, ce ne fut qu'un instant, un éclair, et je n'eus pas le temps de me livrer à d'autres observations.

Comme c'est étrange, pensais-je, en si peu de kilomètres voici déjà deux exemples de gens recevant une nouvelle imprévue... C'est du moins ce que j'en concluais. Désormais, vaguement troublé, je scrutais la campagne, les routes, les villages, les fermes, en proie à l'inquiétude et à de mauvais pressentiments.

Peut-être mon état d'esprit en était-il la cause, mais il me sembla, plus j'observais les gens, les paysans, les charrons, etc., qu'une animation inhabituelle les tenait tous. Enfin, pourquoi ces va-et-vient dans les cours, ces femmes affolées, ces chariots, ce bétail? Partout c'était la même chose. Nous allions trop vite pour que je pusse bien distinguer tout, mais j'aurais juré que c'était vraiment partout la même chose. Peut-être y avait-il dans cette région une fête? Peut-être les gens se préparaient-ils à se rendre au marché? Mais le train roulait, et les campagnes étaient toutes la proie d'une sorte de ferment : à ce que j'en pouvais voir par la confusion dans laquelle elles se trouvaient. Alors je fis le rapport entre cette femme au passage à niveau, le jeune homme sur son mur, le va-et-vient des paysans : il était arrivé quelque chose et nous autres, dans le train, n'en savions rien.

Je contemplai mes compagnons de voyage, ceux du compartiment, ceux qui restaient debout dans le corridor. Ils ne s'étaient aperçus de rien. Ils semblaient tranquilles et une dame en face de moi, d'environ soixante ans, s'apprêtait à s'endormir. Ou bien soupçonnaient-ils quelque chose malgré tout? Oui, oui, eux aussi étaient inquiets, les uns comme les autres, et ils n'osaient parler. Je pus les surprendre plus d'une fois, tournant brusquement les yeux, regarder avec crainte le paysage. Et plus spécialement la dame qui somnolait, elle justement, lorgnait entre ses paupières mi-closes pour aussitôt me surveiller, comme si je l'avais démasquée. De quoi avaient-ils donc peur?

Naples. En général le train s'arrête. Mais pas notre express ce jour-là. Les vieilles maisons filaient au ras de nos regards, et dans les obscures venelles nous pouvions voir des fenêtres illuminées, et des hommes et des femmes dans leurs chambres — ce ne fut qu'un instant — occupés à faire leurs bagages, à boucler des valises, à ce qu'il me semblait. Mais ne me trompais-je point, n'était-ce pas seulement une fantaisie de mon imagination?

Ils se préparaient à partir. Pour quelle destination? Ce n'était donc pas une heureuse nouvelle qui embrasait les villes et les campagnes. Une menace, un péril, l'avertissement d'un immense malheur. Puis je me disais : bah, si c'était tellement grave, on aurait aussi fait arrêter le train; et le train roulait au contraire sans accroc, toujours avec les signaux de voie libre, des aiguillages parfaits, comme pour un voyage inaugural.

Un jeune homme à côté de moi s'était levé, semblant vouloir se dégourdir un peu. En fait, il cherchait à mieux voir et se penchait au-dessus de moi pour être plus près de la vitre. Dehors, c'était la campagne, le soleil, les routes blanches, et sur ces routes des camions, des attelages, des groupes de gens à pied, de longues caravanes semblables à celles qui se rendent vers les sanctuaires pour honorer un saint. Mais c'était une vraie foule, de plus en plus compacte à mesure que le train montait au nord. Et tous se dirigeaient dans la même direction, courant au sud, fuyant un péril au-devant duquel nous nous rendions au contraire directement, à une vitesse folle, nous précipitant vers la guerre, la révolution, l'épidémie, le feu, quoi d'autre encore? Nous ne le saurions que dans cinq heures, à l'arrivée, et ce serait sans doute trop tard alors.

Personne ne pipait mot. Personne ne voulait être le premier à céder. Evidemment, chacun de nous doutait de soi, comme je doutais moi-même, dans l'incertitude que toute cette panique fût réelle, ou simplement une idée folle, une hallucination, une de ces pensées absurdes qui se présentent parfois dans le train quand on est un peu las. La dame devant moi poussa un soupir, feignant de s'éveiller, et leva son regard machinalement, comme par hasard, pour le fixer sur la poignée du signal d'alarme. Tous tant que nous étions regardions ce signal, avec la même pensée. Mais personne ne parla, n'eut l'audace de rompre le silence, ou n'osa simplement demander aux autres s'ils n'avaient pas remarqué par hasard, au-dehors, quelque chose d'alarmant.

Les routes grouillaient maintenant de voitures et de gens, qui se dirigeaient tous vers le sud. Les trains que nous croisions étaient bondés. Et les regards de ceux qui nous voyaient passer, volant avec tant de hâte au nord, étaient emplis de stupeur. Les gares combles. Des gens nous faisaient des signes, d'autres nous hurlaient des phrases dont nous ne percevions que les voyelles, comme des échos de montagne.

La dame en face de moi se mit à me regarder fixement. Ses mains surchargées de bijoux tripotaient nerveusement un petit mouchoir, tandis qu'elle me suppliait du regard : si vous pouviez parler, à la fin, si vous pouviez nous sortir de ce silence, poser ces questions que nous attendons tous comme une délivrance et dont nul n'ose se charger d'abord...

Voici une nouvelle ville. Le train ayant ralenti un peu pour pénétrer en gare, deux ou trois personnes se levèrent, ne pouvant résister à l'espoir que le mécanicien s'arrêtât. Mais nous passâmes, tourbillon tapageur, au long des quais où une foule inquiète se pressait, haletante, vers un convoi en partance, au milieu d'amoncellements chaotiques de bagages. Un petit garçon tenta de courir après nous avec un paquet de journaux, en brandissant un dont un large titre en noir barrait toute la première page. Alors, d'un geste vif, la dame en face de moi se pencha à la fenêtre, parvint à saisir la feuille au vol, mais le vent de la course la lui arracha. Il ne lui resta qu'un morceau entre les doigts. Ses mains se mirent à trembler tandis qu'elle le dépliait. C'était un petit morceau triangulaire. On y lisait l'en-tête et seulement quatre lettres du large titre. « IONE », voilà ce qu'on lisait. Rien d'autre. Et sur le revers de la feuille, des bribes d'une chronique inintéressante.

En silence, la dame leva un peu le bout de papier, pour bien nous le faire voir à tous. Mais nous avions déjà tous regardé. Et chacun de nous feignit de n'y attacher aucune importance. Plus grandissait la peur, plus nous nous obligions les uns les autres à cette retenue. Nous courions comme des fous vers une chose qui finissait en *ione*, une chose qui devait être épouvantable puisqu'en apprenant la nouvelle des populations entières s'étaient immédiatement enfuies. Un fait nouveau, terrible, immense, avait brisé la vie de notre pays; hommes et femmes ne pensaient qu'à se sauver, abandonnant leurs maisons, leur travail, leurs affaires, tout enfin, tandis que notre train maudit roulait avec la régularité d'un chronomètre, comme ces soldats honnêtes qui remontent le cours de l'armée en déroute, pour rejoindre leur tranchée où déjà l'ennemi installe son bivouac. Et par décence, à cause d'une misérable dignité humaine, aucun de nous n'avait le courage de réagir. Oh les trains, ce qu'ils peuvent ressembler à la vie!

Il restait deux heures encore. Dans deux heures, à l'arrivée, nous pourrions connaître le sort qui nous était réservé. Deux heures, une heure et demie, une heure, le crépuscule tombait déjà. Nous pouvions voir au loin les lumières de cette ville tant désirée, et leur splendeur immobile, réverbérant dans le ciel un halo jaunâtre, nous rendit un peu de courage. La locomotive émit son sifflement, les roues crissèrent sur le labyrinthe des aiguillages. La gare, l'arc noir des marquises, les lampadaires, les affiches, tout était à sa place comme à l'accoutumée.

Mais, quelle horreur! L'express continuait sa route et je m'aperçus que la gare était déserte, les quais et les salles vides et nus, sans aucun visage humain, où que je portasse mes regards. Le train s'arrêta enfin. Tout le monde se mit à dévaler les marchepieds, en direction de la sortie, à la recherche de nos semblables. Je crus apercevoir, dans l'angle à droite au fond, un peu dans la pénombre, un employé avec sa petite casquette qui s'éclipsait par une porte, terrorisé. Qu'était-il advenu ? N'allions-nous plus trouver dans la ville âme qui vive ? Jusqu'à ce que la voix d'une femme, haut perchée, violente comme un coup de feu, nous donnât un frisson. « Au secours ! au secours ! » hurlait-elle, et le cri se répercuta sous la voûte vitrée, avec cette sonorité vide des lieux à jamais abandonnés.

LA GROSSE COULEUVRE

Dans la grande Vallée des Calatroni... mais est-il juste de nommer vallée une terre désolée, plate, sans aucun accident, sans aucune colline, sans aucune pierre? Le long de cette route qui porte le nom d'Imbarcata... et il suffit que passe un camion pour que s'élève un immense nuage de poussière qui grimpe et grimpe et puis s'étend et retombe sur les petites fleurs, sur des feuillages qui furent verts, et sur le dos des hannetons, des charançons (ils semblaient hier les cuirassiers du roi!) recouvrant tout d'un voile de misère. Là... je veux dire dans les villages de Lunazzo, de Folcida, Donde et Corsellina, là où les murs des anciens châteaux se confondaient avec les maisons des bouviers, dans ces villages pantelants au milieu des roseaux pourris — juillet apporte un brouillard humide et les bourdonnements de grosses mouches infectieuses — là où jamais aucun visiteur ne vient, ni même un promeneur, ni une marchande de cuillères, pas même une voiture de saltimbanques dépenaillés, là où personne, jamais un chrétien ne met les pieds (et pourtant on vous parlera, sur les journaux, de campagnes et de vallées où des milliers de bourgeois vont passer leurs vacances, avec des fêtes, des banquets, des illuminations, des régates, des concerts et tout et tout). Que peuvent donc espérer ces endroits déshérités où seul vient se couler un soleil gluant, où tout, maisons, routes, humains et chats et buissons, tout empeste le fumier?

Eh bien : quand vient l'été dans la vallée, avec sa perpétuelle désolation de poussière, de taons et de lassitude, et que jamais au grand jamais les beaux messieurs endimanchés ne s'arrêtent avec leurs splendides autos au café Bellavista de Lunazzo pour y commander un café crème, une liqueur douce, une eau gazeuse, alors, comme pour une revanche rageuse, chaque année on reparle du serpent. Cela pourrait presque sembler une chose concertée, tant elle se répète avec régularité. Pourtant tout vient spontanément, peut-être à la rigueur comme une vengeance inconsciente, comme pour dire : mais nous aussi nous existons, souvenez-vous-en! Alors Toni Sùbbia revient des champs, couvert de sueur et de poussière jaune. Il annonce qu'il a vu le serpent.

— Quelle taille avait-il?

— Comme ça, je te dis, grand comme cette pièce.

— Aussi grand que celui qu'avait vu Sacerin l'année dernière?

— Non, non, le mien est bien plus grand. Ce doit être un python boa, un dragon.

— Mais sans écailles?

— Lisse comme une anguille.

— Que faisait-il?

— Il avançait la tête d'une façon... Ah, que je crache le sang s'il n'avait pas la tête grosse comme celle d'un enfant !

Vieille et simple histoire que celle du serpent. Et d'ailleurs, que pourrait-on inventer pour obliger le monde à se souvenir de ce coin perdu, renié par Dieu ? Mais qu'on y pense : Toni Sùbbia est un pauvre d'esprit, un gros benêt pour être franc, il serait bien incapable d'imaginer tout seul une chose pareille s'il ne l'avait pas vraiment vue, de ses yeux vue. Alors ?

Alors le vieux Giulio Venereccoli, l'ancien instituteur, conseiller municipal, se fait apporter dans son coin, au café Bellavista, du papier, de l'encre et une plume. Et il rédige selon toutes les formes de l'art (depuis sept ans que cela dure, les phrases sont toujours à peu près les mêmes) son compte rendu pour l'*Informatore*. « Les laborieuses populations des Calatroni — c'est le début — vivent depuis quelques jours dans une atmosphère d'alarme, d'agitation, à cause d'une... » Ce n'est pas que Venereccoli soit correspondant de l'*Informatore*. Sans doute le voudrait-il, dans le secret de son âme, mais un journal ne peut s'assurer de correspondant dans des endroits aussi éloignés. Et Venereccoli agit à ses risques et périls. Lors des inondations de 47 on lui a « pigé » 500 lires, et pour la visite du Cardinal encore 150. D'ailleurs il agit surtout pour sa satisfaction personnelle. Même s'il sait parfaitement que sa prose ne verra jamais le jour. « Il s'agit — voici sa phrase préférée —, il s'agit d'un reptile de proportions inusitées, sur le compte duquel on se perd dans des conjectures, des hypothèses mêlées de doute et d'ironie. Certains même n'hésitent pas à penser... »

Maintenant il relève la tête, retire ses lunettes, il a terminé. Suit la lecture publique aux gros bonnets du village. C'est pour Venereccoli un moment fort plaisant. Il boit un verre, se lève avec solennité, et sa voix vibre, pleine d'emphase. « Les laborieuses populations des... » A la fin, tout le monde applaudit. Et invariablement le bon docteur Lenoci, pharmacien du village, hoche pensivement la tête. « Ah, dit-il, il en faudrait, il en faudrait, mon cher Venereccoli, des plumes comme la vôtre ! »

Puis c'est l'enveloppe, le timbre pour exprès, l'expédition. A partir de ce moment notre brave Sùbbia monte la garde au café, dans l'attente des interviews. Et, de fait, deux jours ne sont pas écoulés qu'arrive à bicyclette, sur la route de l'Imbarcata, Ezio Santomasi, le journaliste, correspondant accrédité de l'*Informatore,* écrasé par la chaleur et la poussière, venu pour cette occasion de Voltigo, à une bonne vingtaine de kilomètres.

Santomasi est un quadragénaire, papetier de profession, chargé d'un corps pesant et d'une nombreuse famille. Chaque été, quand approchent les grosses chaleurs, il pense : maintenant l'histoire du serpent ne va plus tarder. De fait, elle ne tarde pas. C'est son calvaire. « Le serpent... le serpent — et il pédale lentement sous le soleil — cent fois maudit, damné serpent ! » Oui certes, il aura le plaisir de voir ensuite un beau titre imprimé suivi, en plus petits caractères, de « Enquête de notre envoyé particulier » et, tout au bout de l'article, ses initiales. Seulement maintenant, c'est la chaleur, les affreux moustiques et les taons !

Le voici, vautré sur une chaise, devant une table du café Bellavista, prenant des notes en toute hâte, tandis que Sùbbia raconte son histoire.

— Et alors, qu'as-tu fait ?

— Alors, alors... eh, facile de dire alors... répond le paysan avec un petit rire idiot. Eh, c'était une ben mauvaise affaire !

— Mais qu'as-tu fait ?

— Moi ? Et qu'est-ce que je devais faire ?

— Enfin, tu es resté planté là ? Ou bien tu as coupé la corde ? Ou bien tu as tenté de le tuer ?

— Le tuer, moi ?... (Nouveau rire.) Le tuer dites-vous ? Mais vous savez peut-être pas quel animaux c'était ? Long comme une charrette, avec les brancards et tout le reste...

— Cela, tu me l'as déjà dit. Donc, tu t'es enfui ?

— Eh, j'aurais voulu vous voir à ma place, oui, j'aurais voulu ! Enfui comme le vent, dame oui, monsieur... Grand comme une charrette, je vous le jure, avec les brancards et tout le reste.

— Et il sifflait ?

L'autre se prend à penser, puis :

— Ah, oui-da qu'il sifflait !

— Et de quelle couleur était-il ?

— Quelle couleur ? De quelle couleur voulez-vous qu'il soit ? Un serpent : couleur de serpent... Et puis, dame, gros comme mon mollet... Et long, long, je ne saurais pas vous dire... Tiens, une charrette, et puis les brancards et tout le reste...

L'interview n'en finit plus, tant Sùbbia est un rustre ignare. Et les gens tout autour se taisent.

Seul Venereccoli tente parfois d'intervenir, à la façon des interprètes, pour aider le paysan.

Puis Santomasi remonte à bicyclette et reprend sa route poussiéreuse à travers les roseaux pourrissants. Le pire est fait. Il ne maudit plus son sort. Il tourne déjà dans sa tête le début de son article. Et ses regards circonspects explorent la végétation alentour. Mais tout est immobile, les herbes, les étangs desséchés, et même le brouillard. Rien que le chant des cigales, obsédant, et le tapage ininterrompu des taons.

Pourquoi Sùbbia s'obstine-t-il au café? Pourquoi le laisse-t-on faire son malin? Voici la raison : parce que les autres vont arriver maintenant, les touristes, les savants avec leurs lorgnettes, les gens du cinéma, les automobiles, les camionnettes de la radio. L'auberge sera bourrée, affaires d'or! Les naturalistes, les chasseurs, les reporters des grands journaux étrangers, les ministres, les stars, tout ce beau monde ne tardera pas à venir. Et lui, Sùbbia, passera ses journées à raconter, à servir de guide dans les marais pour indiquer l'endroit exact...

Espoirs! Les jours passent, quand paraît le journal avec le petit article sur le serpent, on le cloue au mur, et puis rien d'autre. Les journées torrides, engourdies, somnolentes, s'ajoutent les unes aux autres, et la poussière, et la sueur. Mais il ne se montre âme qui vive, ni journalistes, ni beaux messieurs en automobile, ni expédition américaine de chasse aux fauves. Rien que les habituels marchands de bestiaux, avec leurs bœufs malodorants. Ils entrent, haletants, et l'aubergiste s'approche en faisant des mines mystérieuses.

— Vous voyez, messieurs, cet homme là-bas, assis dans le coin?

— Oui, pourquoi?

— C'est celui qui a vu le serpent géant.

— Quel serpent géant?

— Comment? Ces messieurs ne savent pas?

— Et qu'est-ce qu'on devrait savoir? répondent-ils avec insolence. Nous sommes ici pour nos affaires. Fichez-nous la paix avec vos serpents!

Les illusions s'envolent. L'été approche de sa fin, les marécages jaunissent. On ne croit plus au serpent, même ceux qui ne juraient que par lui. Et Sùbbia lui-même, à force de ruminer, commence à hésiter : mais l'a-t-il vraiment vu? Est-ce que par hasard cela ne serait pas plutôt un abus d'alcool? Ou même un rêve? Jusqu'au jour où quelqu'un démontrera que Sùbbia a vraiment vu quelque chose, d'accord, mais que ce n'était qu'un tronc d'arbre pourri, précisément à l'endroit indiqué, et que chacun peut d'ailleurs aller contempler de ses propres yeux. Alors le temps se remet à broyer, jusqu'à l'abrutissement, les misérables indigènes de la vallée. Et les sonorités de la cloche se perdent, aux vêpres, dans un grand concert offert par les grenouilles.

Adieu donc serpent, être étrange, aventure, roman, peur bénie! L'automne approche, et puis l'hiver avec ses épais brouillards et les gens enfermés dans leurs habitations. Que pourra-t-on se raconter à la veillée?

Non, non, paysans, en garde! La couleuvre géante existe : à moins d'une demi-lieue de Lunazzo, enfouie dans un étang vaseux. Immense, noire, et longue, mais longue, comment calculer la longueur d'un reptile enroulé des dizaines et des dizaines de fois sur lui-même ? Tout autour, dans un vaste rayon, plus aucune vie ne subsiste. Tous les habitants des marécages sont au courant. Le monstre gît dans l'eau, le ventre étendu dans le bourbier, il ronfle doucement. Les insectes, les grenouilles, les crapauds, les oiseaux aquatiques, tous le savent, et les lièvres aussi, les belettes, les rats. Seul l'homme ignore encore. S'il savait, la nouvelle courrait le monde, des avions à réaction viendraient de partout et même de l'Australie. C'est là le miracle, le prodige des siècles, la gloire et la consolation des deshérités.

Mais les humains ne le savent pas. Et ils se disputent, ils crient à voix rauque, ils s'empiffrent de polenta froide, et l'automne ils sont pris par les fièvres. A même pas une demi-lieue de distance ! Rien que la langue du serpent, pour en donner une idée, est aussi longue qu'une grosse fourche. Parfois, dans son sommeil, l'affreux se met à tousser : alors une onde concentrique se propage, secouant tous les roseaux de la vallée sur des kilomètres et des kilomètres. Mais l'homme ne le sait pas. Ainsi va la vie, notre destin n'est qu'à deux pas, semblable au grand serpent. Nous observons tout autour de nous, avec défiance, et nous ne voyons rien.

LE FRÈRE TRANSFORMÉ

Quand nous étions enfants, mon jeune frère, que Dieu l'ait en sa sainte garde, indiscipliné, énervé, sans aucune volonté de travailler, donnait énormément de fil à retordre. Après toute une gamme de punitions sans résultat, et comme il avait fait exploser un gros pétard en pleine classe sous prétexte que c'était carnaval, il fut expulsé de l'école et notre père se vit contraint de le mettre interne au collège.

Rien au monde ne nous faisait plus peur que le collège. Lorsque nous passions sous les murs de l'immense et sombre édifice, nous cherchions tous les deux à découvrir, de l'autre côté des fenêtres, un de ces pauvres malheureux : qu'ils fussent malheureux, nous n'en avions aucun doute; ils nous semblaient d'emblée des personnages d'un autre monde, inexplicables. Le simple mot collège nous donnait un frisson, bien plus que, par exemple, tous les « galères, bagne, gibet et potence » que nous promettait notre famille.

Quand je sus la nouvelle, je compris aussitôt que

Carlo — c'est le nom de mon frère — en était consterné. Mais son orgueil lui interdisait de le confesser. Il feignit même d'en rire avec arrogance, puis me confia en secret qu'il s'évaderait au plus tard au bout d'une semaine. « Je préfère crever, je te dis, plutôt que de rester là-dedans. »

En conséquence, dans le cas qu'il ne pût réaliser sa fugue dès les premiers jours, mon frère s'arrangea pour maintenir avec moi des communications clandestines. D'abord, il me faudrait venir entre quinze et seize heures, chaque jour, sous le grand mur qui clôturait la cour du collège; c'est à cette heure-là qu'avait lieu la récréation en plein air. Carlo, pour signaler sa présence, devait siffloter les premières mesures d'une chanson; et je devais lui répondre de la même manière. Alors je devais m'approcher du portail d'entrée, qui se trouvait toujours hermétiquement fermé, recouvert d'une plaque de tôle pour empêcher de voir à l'intérieur : mais il devait être possible d'échanger en cet endroit quelques paroles.

Et si Carlo ne parvenait pas à rejoindre le portail ? Dans ce cas, il devait tenter de me jeter, par-dessus le mur, une boule de papier contenant le message. Ou bien, dernière ressource, il me communiquerait où en était la situation par des sifflements convenus. Pour tout simplifier, il m'indiqua six petits airs différents qui signifiaient respectivement : « Je m'échapperai ce soir, difficulté imprévue, je suis découvert, tout va bien, de mal en pis, lance-moi une cigarette. »

Encore fallait-il prévoir que tous ces subterfuges fissent long feu; et que Carlo fût contraint, pour communiquer avec moi, de m'envoyer une lettre, soumise évidemment à la censure. Il établit donc un code secret des phrases conventionnelles. Par exemple : « Ici on mange très bien » signifiait « on crève de faim ». « Les professeurs sont tous très gentils » signifiait « ce sont des ordures » et ainsi de suite. Nous n'avions pas prévu de phrases conventionnelles en cas de conditions favorables, tant il nous semblait absurde qu'il pût y avoir quelque chose de bon dans ce collège.

Et ce n'est pas tout. Comme notre fantaisie attribuait au directeur de cette prison une sévérité démoniaque, nous nous accordâmes sur un préalable d'importance : en dehors du répertoire, bien défini, des phrases à double sens, il ne me fallait croire à aucun mot de tout ce que Carlo, pour quelque raison que ce fût, pourrait m'écrire. Les éventuels renseignements extra, non prévus par le code, seraient précédés de l'expression « Mon frère chéri » (au lieu de « mon cher frère ») et toujours suivis du mot « donc ». Enfin : s'il se voyait dans l'obligation, par ses écrits, par ses paroles, de démentir ou d'annuler nos accords secrets, cela signifiait qu'on l'avait contraint à écrire, à parler ainsi : je ne devais pas en croire un mot.

Il quitta la maison un lundi matin, tandis que je dormais encore, et je ne pus donc le voir. Mais le lendemain, dès quatre heures de l'après-midi, j'étais en faction sous le grand mur. J'avais préparé trois petits paquets, contenant chacun une cigarette, pour les lancer de l'autre côté du mur.

J'attendis en vain. Cet après-midi-là il pleuvait, et la récréation en plein air n'eut pas lieu.

Le lendemain il pleuvait encore. Mais j'eus de la chance. Tandis que je me promenais sur le trottoir, le parapluie ouvert, espérant que peut-être, malgré le mauvais temps, les collégiens pourraient se rendre dans la cour, je sentis que quelqu'un me regardait fixement. J'examinai tout autour de moi et ne découvris d'abord personne. Puis, levant les yeux, je le vis : installé à une fenêtre du premier étage, ouverte Dieu sait pourquoi, Carlo me regardait. Il portait l'uniforme en toile grise du collège et se tenait immobile, avec une raideur qui ne lui était pas familière. Il se trouvait peut-être là depuis plusieurs minutes. Pourquoi ne m'avait-il pas appelé tout de suite ? Un petit sifflement aurait suffi.

« Carlo, Carlo ! » appelai-je à mi-voix, pensant que peut-être il ne m'avait pas vu. Quelle absurdité : évidemment qu'il m'avait vu ! Vu et observé, longuement, et sans remuer un cil. Pour quelle raison ? Derrière lui, invisible à mes regards, un « pion » le surveillait peut-être ? Mais soudain, sans sourire, il me montra la paume de sa main droite, en un signe qui semblait vouloir dire : attends, ne t'agite pas, reste tranquille. Comme si ce devait être moi et non pas lui qui devais m'armer de patience !

Il demeura quelques secondes encore à la fenêtre. Les vitres dépolies jusqu'à mi-hauteur furent refermées. Et je m'en allai fort perplexe. Pourtant ce n'était pas le projet de fugue qui me tourmentait. Une chose était bien certaine pour moi : avant peu

Carlo serait expulsé du collège, je le connaissais trop bien ; il était exclu que ses professeurs pussent le supporter longtemps encore.

Pour tenir ma parole, je retournai chaque jour au collège, vers trois heures de l'après-midi. J'entendais les voix des garçons de l'autre côté du mur, des disputes rapidement éteintes, de rares éclats de rire. Je ne parvenais jamais à reconnaître la voix de Carlo. J'attendais le sifflement dont nous étions convenus, mais il ne vint pas. Je tentai alors de siffler moi-même. Rien. Pendant trois jours. Etait-il malade ?

Finalement le cinquième jour, après avoir tenté de nombreux appels, dans l'espoir d'attirer son attention, je vis tomber à mes pieds une boule de papier, lancée de la cour. Je la dépliai. Il y avait écrit : « Tout va bien. Ta venue inutile. » C'était peu mais je respirai : rapidement désormais, peut-être le soir même, Carlo allait tenter son évasion.

Mais un jour passa, deux, puis trois, et aucune réclamation ne nous parvint du collège. Carlo ne s'était pas enfui. Enfin je reçus une lettre. « Cher frère, écrivait-il, je tiens à te faire savoir que je me trouve ici parfaitement bien et que tout le monde est très gentil avec moi. Bien des choses que je voyais naguère sous une fausse lumière se sont éclaircies pour moi, et je prévois désormais un avenir fort différent de ce que je croyais. Ne t'inquiète pas pour moi. On m'a dit que tu venais tous les jours devant le collège, dans l'espoir de me voir ou de me parler. Je connais ton affection pour moi, aussi dois-tu me promettre de n'en plus rien faire. Baisers de ton frère Carlo. »

Je n'en revenais pas. Cela semblait une atroce plaisanterie. Ça, une lettre de Carlo? Mis à part qu'il n'avait jamais été capable d'écrire aussi correctement, aucun de ces mots-là ne pouvait être de lui, et le ton général était d'autant plus surprenant que je ne parvenais pas à y découvrir de sous-entendu. Pas même une phrase de notre code secret ne s'y trouvait. Plus déconcertant que tout était le post-scriptum : « Tu te souviens sans doute que je t'avais indiqué un langage conventionnel, avant de venir au collège, afin de te faire parvenir de mes nouvelles. Ne tiens absolument aucun compte de ces idioties. Elles seraient bien inutiles d'ailleurs, car nous jouissons ici de la plus grande liberté. »

Une fausse lettre? Non, aucun doute sur l'écriture. Alors? Comment Carlo avait-il pu, avec cette indomptable arrogance que je lui connaissais, changer aussi rapidement d'idée? Et pas seulement d'idée, même son caractère semblait s'être radicalement transformé, comme si Carlo était devenu un autre être humain, complètement différent.

Je ne sais plus bien moi-même pourquoi cette incompréhensible transformation m'emplit d'une mystérieuse horreur, comme si l'on m'avait annoncé que Carlo était mort et qu'un étranger prétendait occuper sa place. Sans me demander si c'était bien ou mal, je ne pus m'empêcher de tout raconter à mon père, qui se mit à rire de mes craintes, sans doute, mais demeura lui aussi — je m'en aperçus facilement — profondément impressionné.

Quels tourments, quelles longues journées

inquiètes dans l'attente de le revoir. Il fallut presque un mois avant qu'on ne lui donnât l'autorisation de venir passer un dimanche en famille. Je n'oublierai jamais ce matin-là. La sonnette d'entrée retentit à l'heure prévue, et je courus pour aller lui ouvrir. Un simple coup d'œil me suffit. Le visage, le corps, le ton de la voix étaient bien ceux de Carlo; mais un autre se trouvait à l'intérieur; bien éduqué, tranquille, raisonnable; même ses gestes étaient devenus, par un obscur enchantement, calmes et mesurés. Lui qui naguère ne faisait pas un pas sans casser quelque chose.

— Et alors? demandai-je.
— Alors quoi?
— Mais ne m'avais-tu pas juré que tu t'évaderais du collège?
— Qu'est-ce que ça veut dire? reprit-il. A cette époque je ne savais pas comment on s'y trouvait!
— Mais ils sont gentils avec toi?
— Oh! oui alors.
— Ils ne t'ont jamais battu?
— Battu? Pourquoi? Quelle idée!...

Et il souriait avec condescendance. Et il me regardait. Et il me semblait qu'une petite ombre ternissait le fond de ses yeux, comme un inavouable secret, la véritable explication, quelque chose qu'il ne pouvait me révéler.

Depuis lors, il demeura transformé. Après trois mois il quitta le collège, alla dans une autre école, puis nous nous rendîmes en vacances ensemble; il ne redevint plus jamais le garçon qu'il était auparavant. Il grandit, tranquille, soumis, tout occupé par ses études, le parler châtié, discipliné d'une façon presque abjecte. Il grandit, devint un homme, et quand je lui demandais ce qu'on lui avait fait au collège, il donnait des réponses évasives, ou feignait même de ne pas comprendre. Il conservait toujours cependant cette ombre inquiète dans la profondeur de ses regards, comme si en ce jour désormais lointain sa véritable vie avait été tranchée, et qu'il se trouvait à jamais obligé de réciter une leçon qui n'était pas la sienne, et qu'il lui était absolument interdit d'en expliquer les raisons.

Il a presque quarante ans maintenant. C'est un bon père de famille, il s'est fait une belle position sociale, c'est un citoyen modèle, estimé de ses collègues et de ses supérieurs. Nous nous aimons bien. Pourtant, chaque fois que je le rencontre, une folle espérance surgit en moi, celle de le voir, aussi grand, aussi lourd qu'il soit désormais, faire une cabriole, dire des gros mots, lancer des pierres dans une vitrine. En somme, je souhaite qu'il redevienne lui, mon véritable frère que j'ai perdu depuis ce lundi matin à jamais écoulé. Non. Il ne fait aucune bêtise, ne profère aucun juron, il demeure dignement assis dans son fauteuil, ouvre le journal, lit l'article de fond.

— Ecoute, lui dis-je parfois, quand il me semble que notre ancienne confiance est sur le point de resurgir. Là-bas, au collège, tu t'en souviens, tout allait vraiment pour le mieux ?

— Bien sûr, répond-il. Pour le mieux...

Et il me regarde avec cette indéfinissable tristesse.

Pourquoi? J'en suis encore à me le demander, la nuit, sans trouver le repos. Que lui a-t-on fait dans ce collège maudit? De quelle façon est-on parvenu à l'éteindre, à le métamorphoser en larve? Pourquoi ne se rebelle-t-il pas? Pourquoi n'a-t-il pas le courage de me parler?

SIC TRANSIT

Quand il sortit de chez lui, à trois heures et demie, le ministre des Finances, l'honorable Claudio Ricci, ne trouva pas devant sa porte l'auto qui venait toujours le chercher. Il chercha à droite, chercha à gauche. Rien. Fort ennuyé, il rentra pour téléphoner au ministère. « Je suis Ricci, dit-il au téléphone, donnez-moi le secrétariat. »

Aucune réponse. Des glop glop dans l'appareil, une voix lointaine qui appelait « allô, allô », un gargouillis, une déchirure, la communication fut coupée.

Il appela de nouveau. « Je t'ai dit de me donner le secrétariat. Dépêche-toi », ordonna-t-il au standardiste, sentant la colère le prendre.

De nouveau, les glop glop. Puis la voix du standardiste : « Excusez-moi, mais le secrétariat ne répond pas. — Comment, il ne répond pas? Impossible. Il y a sûrement quelqu'un. Appelle, appelle, te dis-je. Je suis le ministre... » A cet instant il s'aperçut qu'il parlait dans le vide : de l'autre côté du fil, c'était le silence, ce néant plein de mystérieuses résonances. Une fois encore la communication avait été coupée.

— Ah, ils vont m'entendre, les drôles! se mit à crier Ricci.

Dans sa hâte de punir les responsables, il sortit de chez lui, rejoignit à pied la place voisine où se trouvait une station de taxis. Et il se fit conduire au ministère en taxi.

Devant le ministère il y avait un jardin entouré d'une grille. Au portail, un gendarme arrêta l'automobile.

— Les voitures privées n'entrent pas par ici, lança-t-il d'un ton péremptoire.

Ricci se pencha à la fenêtre.

— Allons, allons, dit-il, qu'est-ce que c'est que cette histoire? Je suis le ministre!

Un gradé approcha, probablement le chef du poste :

— Qui êtes-vous, s'il vous plaît? Quel nom avez-vous dit? Mais Son Excellence est déjà entrée depuis plus d'une heure.

— Ah, je vous en prie! (Ricci haussait la voix.) Vous devriez tout de même connaître votre ministre, tout au moins de vue! Allons, laissez-moi passer!

L'autre s'obstinait pourtant.

— Son Excellence a sa voiture privée, je ne l'ai jamais vue en taxi...

— Mon auto n'est pas venue aujourd'hui. Je me demande pourquoi, peut-être un accident...

Il s'arrêta soudain, pris d'une pensée : mais je suis en train de me justifier, c'est un comble!

Le premier gendarme donna un coup de coude à

son chef, lui dit quelque chose à voix basse : peut-être le brusque doute d'avoir commis une gaffe.

— Bah, meugla le gradé.

Il fit un signe du menton comme pour dire : et puis débrouillez-vous!

Le taxi traversa le jardin. Près de l'entrée principale, il y avait une petite porte devant laquelle une file interminable de gens attendait son tour d'entrer. Ricci voyait cette file chaque matin, mais il s'arrêta pour la première fois ce jour-là, observant ces gens durant quelques instants avec une curieuse sensation de gêne. C'était pourtant une belle journée, le ciel était tout bleu, il y avait du soleil, la plupart de ces hommes avaient l'air contents.

Après avoir congédié son taxi, il gravit le perron en haut duquel se trouvait le portier, en livrée verte, une lourde canne d'or à la main. Mais pourquoi cet individu ne rectifiait-il pas la position à son approche? Pourquoi ne le saluait-il pas? Etrange. C'était un nouveau portier, avec des moustaches.

— Pardon, où allez-vous?

L'homme barrait le passage avec sa canne.

Ricci perdit patience.

— Mais vous êtes tous fous aujourd'hui? se mit-il à hurler. Je suis le ministre!

Il chassa d'une main le portier, le repoussant jusqu'à une colonne, entra en toute hâte dans le vestibule et se dirigea vers l'ascenseur.

— Nardella, oh Nardella, arrive! cria le portier derrière lui comme s'il appelait à l'aide.

Et voici qu'en effet le portier en chef se présenta. Lui aussi avait un visage inconnu.

— Monsieur, monsieur, où allez-vous? s'enquit-il en rejoignant Ricci d'un bond.

Ricci se retourna, lui pointant l'index sur la poitrine.

— Et toi plutôt, toi, toi qui es-tu qui ne connais même pas ton ministre?

A ce moment apparut enfin un employé que Ricci connaissait. Il sembla se troubler, rougit, s'interposa, prit Ricci par un bras et l'attira dans un coin avec un empressement respectueux. Il lui dit :

— Monsieur le professeur, prenez patience, par ici, par ici s'il vous plaît, prenez patience, ce sont les ordres, par ici, par ici...

Et il le conduisit, par un couloir, jusqu'à l'entrée de l'escalier secondaire, celui réservé au public.

— Mais peut-on savoir ce qui vous prend? Qu'est-il arrivé? C'est la révolution?

L'autre se justifiait.

— Oh, monsieur le professeur (pourquoi donc ne l'appelait-il plus Excellence?), ne me le demandez pas à moi, je ne sais rien, je suis un pauvre homme, par pitié ne me créez pas d'ennuis... Si vous voulez monter, par ici, monsieur le professeur.

Rien à faire. Ricci, abasourdi, grimpa l'escalier quatre à quatre, la tête emplie d'une terrible confusion. Coup d'Etat? Destitution à l'improviste? Quelle autre étrangeté avait pu survenir? La Fleur, son chef de cabinet, allait sans doute lui expliquer le mystère. Mais Dieu que cet escalier était long, et abrupt. Il haletait en parvenant à l'étage.

Il n'avait jamais pénétré dans les bureaux par cette entrée. Il y avait une sorte d'antichambre, un va-et-vient continuel de gens au milieu desquels Ricci passa comme un bolide.

— La Fleur, criait-il hors de lui, où se trouve le bureau de La Fleur! Qu'on me conduise immédiatement chez La Fleur!

Un tel tapage faisait se retourner les gens, stupéfaits. Un vieil huissier accourut. « Monsieur », lui dit-il, mais sans aucune ombre d'acrimonie, comme s'il justifiait parfaitement en son for intérieur cette fougue.

— Monsieur, ne criez pas comme ça, je vous en prie. Après, c'est à moi qu'on s'en prend! Suivez-moi, si vous voulez parler avec M. La Fleur, suivez-moi, mais par pitié ne criez plus...

— Enfin, tu ne me reconnais pas? Mais je suis le ministre! Tu ne me reconnais pas? répétait Ricci, tout essoufflé, tandis que le vieux le conduisait dans un dédale de couloirs et de bureaux.

Soudain, il se sentait d'une lassitude extrême.

Heureusement, ils étaient arrivés.

Une pièce avec de vieux meubles à dorures et une quantité de chaises le long des murs. Six à sept personnes attendaient déjà. Harassé, Ricci alla s'asseoir. Il pensait : il est absolument nécessaire de ne pas se laisser emporter par la colère, je dois parvenir à me contrôler, l'important est de pouvoir parler avec La Fleur, il démêlera cet imbroglio.

De temps à autre une porte s'ouvrait, et un petit

jeune homme faisait signe à l'une des personnes qui attendaient.

Trois heures passèrent ainsi.

Finalement vint son tour. Le jeune homme le reçut dans un vaste bureau presque nu, l'invita à s'asseoir sur un banc et ne lui laissa pas même ouvrir la bouche. Il émit aussitôt, avec la rapidité d'une machine, ces phrases bout à bout :

— La Fleur n'est pas là aujourd'hui il ne vient pas mon brave et moi je suis pressé je te prie de te dépêcher d'être bref et de répondre immédiatement oui ou non voilà il reste encore ici une place disponible pour faire le ménage surtout le soir quand les bureaux sont fermés les appointements sont de vingt-deux mille plus la prime et l'indemnité de vie chère tu comprends c'est un traitement de faveur.

— Mais je..., commença Ricci en se remettant sur pieds.

Le jeune homme leva sa main droite, serrant entre ses doigts un coupe-papier.

— Je t'en prie je t'en prie, s'exclama-t-il, je te l'ai déjà dit mon brave je suis plutôt pressé réponds-moi donc si tu acceptes ou si tu refuses.

— Je... je..., balbutiait Ricci.

— Parfait alors fais-moi une belle signature ici.

Mécaniquement, Ricci signa un long formulaire. Encore un peu de patience — se recommandait-il intérieurement — l'important est de demeurer dans la place, de ne pas me faire jeter dehors, à aucun prix, et puis tout pourra s'éclaircir.

Le jeune homme agita une sonnette, un huissier en uniforme se présenta.

— Voici, dit-il en lui désignant Ricci, mons... (il s'interrompit pour la première fois, évidemment il voulait dire « monsieur » mais se retint à temps) celui-là, c'est le nouvel homme de peine tu lui expliques ce qu'il doit faire tu lui donnes les outils le bleu de travail etc. Son Excellence doit déjà être sortie son bureau est vide pour commencer fais-le-lui donc un peu nettoyer.

Ainsi, vêtu d'une grande combinaison, un balai, un seau et des chiffons en main, Ricci pénètre dans son propre bureau. C'est une grande, une immense pièce, splendide, avec des dorures, des téléphones, des cartes épinglées au mur, tous les somptueux signes du pouvoir.

— Bon, je te laisse maintenant, dit l'huissier (il éteint le grand lustre, laissant seulement une lampe de bureau allumée). Je te recommande : la poussière !... (il médite un instant, puis reprend :) la poussière, la poussière... et la cendre de cigarette. Je reviendrai dans une heure.

Demeuré seul, Ricci court à son grand bureau et tous les papiers qu'il y trouve sont nouveaux pour lui : dossiers, documents, mémoires qu'il n'a jamais vus, absolument jamais. Quant à ses affaires, ses plumes, ses notes, ses cigarettes, où sont-elles ? Il tente en vain d'ouvrir les tiroirs du bureau, ils sont tous fermés à clef.

Dieu, qu'il se sent las désormais. Las, vidé, une épave. Il tombe plus qu'il ne s'assied sur « son » fauteuil, pose ses coudes sur la table, se prend la tête entre les mains.

Il comprend maintenant : ce n'est pas la révolution, pas un limogeage, pas une équivoque : rien que son destin qui vient de s'accomplir. Comme la montée est dure, c'est la montée qui prend le meilleur de la vie. Mais on tombe aussitôt le sommet atteint, un bref instant suffit pour se retrouver là d'où l'on était parti dans sa jeunesse. Et comme les hommes ne pensent pas à cela, ils sont pris par surprise, ils pleurent, ils invoquent le Ciel, ils s'épuisent à vouloir remonter. Et même si l'écroulement est progressif, si l'on a tout son temps pour y penser, nous nous en apercevons toujours trop tard, seulement quand nous sommes au fond. Et celui qui est tombé — telle est la loi — celui qui s'est abaissé ne serait-ce que d'un mètre, ne pourra jamais plus se relever.

Ricci se reprend — combien de temps a-t-il passé? — tandis qu'on le secoue rudement. Il ouvre les yeux. Il regarde. L'huissier lui donne allégrement des bourrades sur les épaules et semble s'amuser à sa vue.

— Votre Excellence ne se gêne plus! Compliments! On pousse un petit roupillon, hein?... (Et pan, nouvelle bourrade.) Commode, pas vrai, ce fauteuil? Commode, pas vrai? Toi, par exemple, tu es un type ambitieux!...

Et il part en un terrible éclat de rire.

— Excusez-moi, supplie Ricci humblement, excusez-moi, excusez-moi, répète-t-il.

Alors il s'agenouille sur le tapis, prend un chiffon, se met à épousseter le fauteuil. (Ainsi demain matin Son Excellence, à son retour, s'arrêtera peut-être un instant à cette brève pensée: Oh, qu'ils sont consciencieux! Comme ils ont bien fait le ménage!)

UN VER A LA MAISON

Aujourd'hui j'étais à la fenêtre et voici qu'un homme passe dans la rue, environ de mon âge, de taille moyenne, brun, petite moustache, vêtu avec décence. Il lève les yeux par hasard, me voit, agite la main en souriant et crie : « Bonjour Andrea! »

Qui est-ce? Ce visage ne m'est pas inconnu mais je ne parviens pas à lui donner un nom. Un camarade d'école, de régiment? De toute façon je ne veux pas être impoli, je le salue à mon tour. Il fait alors un signe de tête, comme pour dire : « Eh, tu te souviens du temps jadis? » Embarrassé, je me retire dans ma chambre.

Je l'ai rencontré dans la rue. Il m'a embrassé.

— Je t'ai tout de suite reconnu, l'autre jour! Je me suis tout de suite dit : mais c'est Andrea Filari!... Tandis que toi... dis-moi la vérité! pourtant c'est curieux que tu ne m'aies pas reconnu.

— Tu sais, dis-je, il faut me pardonner... Depuis si longtemps... Et ma mémoire est si défaillante...

Son visage est neutre, ovale, ses yeux noirs, fluides, d'une grande douceur.

— Mais je suis Molla, Egidio Molla! En quatrième, en cinquième, au collège!... Comment peux-tu l'avoir oublié? Des frères... nous étions plus que des frères... Et puis ma famille s'en est allée à Rimini... et tu m'as écrit tant de lettres alors; un tas comme ça, je les ai toujours.

— Excuse-moi, dis-je encore sans toutefois parvenir à me souvenir de lui. Excuse-moi, tant d'années ont passé. Maintenant bien sûr, quand j'y pense... Oui, maintenant, je te remets parfaitement. Et, dis-moi : qu'est-ce que tu fais de beau?

Suivent les renseignements : moi antiquaire dans la vieille boutique de mon père, marié, sans enfants. Lui vieux garçon, « publiciste » de profession, chef des relations extérieures d'une grosse entreprise chimique; il écrit dans des revues; dans l'ensemble toutefois j'ai l'impression qu'il ne doit pas facilement joindre les deux bouts. Suivent les promesses vagues de se revoir à nouveau. Je lui donne mon numéro de téléphone privé, lui celui de la pension où il vit.

— Ah, quel plaisir de t'avoir retrouvé, mon vieil Andrea! Je ne sais pas, mais j'ai comme le pressentiment que cette rencontre me portera chance...

J'essaie d'en rester là au contraire. Je ne suis pas à mon aise. Comme c'est étrange : j'ai beau faire des efforts, fouiller parmi mes souvenirs du collège, il n'y reste pas même l'ombre d'Egidio Molla.

Cet après-midi, quand l'orage a éclaté, je suis allé fermer les fenêtres en toute hâte. Et qui vois-je, en bas, dans la rue? Molla, debout sous le déluge, s'escrimant avec une bicyclette, probablement à cause d'un pneu crevé ou de la chaîne. Dans cette rue bordée uniquement de villas, aucun endroit pour se mettre à l'abri. Je ne bronche pas, mais il m'aperçoit aussitôt. Il rit, fait un signe désinvolte comme pour dire : « Il faut prendre son mal en patience! »

Que faire? Le laisser se noyer là? Je descends, je lui ouvre, je l'invite à entrer, il est complètement trempé. Je le présente à ma femme, il semble intimidé, il est tout sourire et compliments. Il se meut avec langueur, s'arrête, muet, me regardant longuement avec ses yeux lourds d'Oriental.

— Elle va refleurir, elle va refleurir, tu verras, me susurre-t-il soudain comme s'il me révélait une magnifique nouvelle encore ignorée du commun des mortels.

— Quoi donc?

— Mais notre ancienne amitié, non?

Ce genre d'attendrissement m'énerve, spécialement entre hommes : cela me semble désuet, insipide.

— Possible, dis-je froidement. En attendant, puisqu'il pleut toujours, viens visiter ma maison.

J'ai, je l'avoue, un faible pour ma maison. Mes meubles sont tous d'époque, mes tableaux de valeur. Et puis il y a ma bibliothèque qui séduirait n'importe qui : c'est un salon entièrement tapissé de livres, plus de vingt mille; pour la plupart des livres d'histoire, en particulier l'histoire de la Révolution française. Molla — autant l'appeler Egidio pendant que j'y suis — ne se lasse pas d'admirer.

— Fantastique, fantastique... ah, ce serait pour moi une vraie mine, un paradis. Tu sais, je suis en train d'écrire un bouquin, j'y travaille depuis deux ans, sur les maréchaux de Napoléon. Et toi, ici, tu as tout sous la main, à ce que je vois... Des textes que j'ai cherchés partout en vain. Dis-moi, Andrea, est-ce que cela te déplairait si... Mais non, non, ce serait trop d'embarras pour vous...

Je demande, sans aucun enthousiasme :
— Dis toujours!
— Non, non. Je me garderai bien d'être importun avec mes amis, avec un véritable ami comme toi!
— Allons, parle...
— Bon, je pensais : si tu me permettais de venir parfois consulter certains livres... Oh, je ne vous ennuierai pas... je ne ferai aucun bruit... je me calfeutrerai dans un coin...

Il n'a pas perdu de temps. Le lendemain il était là. A neuf heures moins le quart, je n'étais même pas encore sorti. Il entre sur la pointe des pieds, comme pour passer inaperçu. Il me tend un paquet.
— J'ai pensé t'être agréable... Je parierais que cette œuvre manque à ta collection... ce sont des livres qui appartenaient à mon grand-père.

J'ouvre le paquet. Beau cadeau : édition courante de Taine, celle qu'on trouve à deux cents lires chez les petits bouquinistes.

Mais, avec ma lâcheté habituelle, je feins d'être enthousiasmé. Je le remercie, je le prie de s'installer à mon bureau. Il proteste.
— Non, non. C'est ta place... absolument pas.

Vois : je m'installe avec mes notes sur cette petite table là-bas. Et toi, fais comme si je n'existais pas.

Je rentre vers une heure de la boutique. Je demande à ma femme.

— Il est encore dans la bibliothèque?
— Je crois, oui. Le pauvre, il n'est vraiment pas gênant.

Nous nous mettons à table. Le bruit de la vaisselle parvient sûrement jusqu'à lui. Ma femme s'étonne.

— Mais à quelle heure mange-t-il?
— Qu'est-ce que j'en sais!

Nous tendons l'oreille, cherchant à surprendre quelque signe de vie de l'autre côté du mur : quel ennui, tandis qu'on mange, de savoir que quelqu'un jeûne dans la pièce voisine.

Pendant quatre jours il est demeuré enfermé dans la bibliothèque, sans arrêt, de neuf heures du matin jusqu'à la fin de l'après-midi. Aujourd'hui me femme — jamais encore elle ne l'avait fait — l'a invité à s'arrêter pour manger avec nous.

— Non, non, madame... a-t-il répliqué. C'est exclu, absolument exclu... Et puis d'ailleurs je ne prends jamais rien à midi... Il ne manquerait plus que cela... je vous dérange déjà tous les jours. Andrea est tellement gentil avec moi... L'amitié est une chose sacrée, mais délicate aussi. Il faut se garder de passer certaines limites...

Evidemment Maria s'est vue contrainte d'insister. Il a tenu bon, la regardant fixement de ses yeux de limace. Maria a insisté encore : qu'il accepte, tout au moins pour lui faire plaisir. Egidio s'est rendu à cet argument, vraiment comme s'il faisait un sacrifice. Et il n'a mangé que deux bouchées.

Comme Egidio restait désormais dans la bibliothèque jusqu'au soir, nous avons fini par le garder même à souper. L'appétit lui est revenu maintenant. Disons même : il goinfre. Et il continue à répéter à ma femme : « Vous êtes une magicienne, vous induiriez un saint en tentation, vous savez spiritualiser, transformer en poésie la triste nécessité de se nourrir... » Il a toujours eu le goût de ce vocabulaire ampoulé.

Cette nuit, vers deux heures, il m'a semblé entendre des bruissements dans la bibliothèque. Des souris? Je me lève et vais voir. C'est lui, Egidio, toujours parmi les livres.

— Tu ne rentres donc pas chez toi? Excuse-moi mais tu sais, il faut que je descende t'ouvrir la porte et, je te l'avoue, j'ai sommeil.

— C'est moi qui t'ai éveillé? fait-il consterné. Oh, je suis vraiment navré... Je pensais passer la nuit ici, je m'y suis habitué. Allons, allons, Andrea, je ne veux pas que tu prennes froid à cause de moi, retourne te coucher.

Il m'entraîne dans ma chambre (Maria dort dans une autre pièce) et comme une maman avec son petit, il s'amuse à me border, puis il s'assied sur le bord du lit et bavarde.

— Ah je parie que tu vas facilement t'endormir maintenant... Moi-même, à ta place... si tu connaissais mon lit à la pension! Le tien au moins, on peut l'appeler un vrai lit... deux personnes y tiendraient facilement, et encore il resterait de la place.

Tiens, regarde si on ne pourrait pas coucher à deux (pour plaisanter, il s'est allongé à côté de moi, lui par-dessus, moi par-dessous les couvertures)... ah, quelle splendeur... comme j'aimerais... veinard, va !...

Il s'amuse à fermer les yeux, feint de ronfler.

Il feint ? Pour une feinte, elle est bien réussie. Je le secoue.

— Egidio! Egidio!

Rien.

— Egidio, éveille-toi!

Rien. Il s'est endormi, il ronfle, il dort comme une souche.

Il a passé la nuit dans mon lit. Moi sur le divan dans le boudoir. Je ne pouvais supporter sa présence à mon côté, c'était plus fort que moi. Et ce matin c'est lui qui m'a éveillé. Je l'ai découvert agenouillé à mes pieds, au bord des larmes.

— Andrea, Andrea! je m'en vais! Je ne peux plus rester!... Pardonne-moi si... ce que j'ai fait est affreux... te voler ton lit! Tu as compris, bien sûr, que je m'étais évanoui. Mais ce n'est pas une excuse, oh non... Quelqu'un de moins aimable que toi aurait pu penser des choses... que je voulais abuser, à cause de ces livres que je t'ai offerts... un autre m'aurait fichu à bas du lit... Et puis d'ailleurs, Andrea, il faut que je te dise tout... Je ne puis venir dans une maison où la bonne me manque de respect...

— Qui, Carolina ?

— Oui, Carolina justement. Je l'ai entendue, de mes propres oreilles, bavarder avec une autre domestique. Elle disait : *il s'en ira bien un jour ou l'autre, ce maudit escroc!* C'est ce qu'elle a dit, textuellement... Voilà. Tu vois à quel point la médisance peut souiller même les plus purs sentiments d'amitié?

Il sanglotait. Et, au milieu des larmes, ces regards sérieux, pleins de componction.

Nous l'avons tant supplié, qu'il a fini par rester. Il est resté, mais d'un air un peu fâché. Nous avons dû donner ses huit jours à la vieille et fidèle Carolina (après douze ans de service!). Egidio mange avec nous matin et soir. Puis il va dormir dans mon lit. Il est le patron maintenant. Toujours timide néanmoins, réservé, plein d'empressement. Quand nous nous trouvons seuls, ma femme et moi, nous évitons, qui sait pourquoi, d'en parler. Honte? Peur d'être trop sincères? Ou bien, y a-t-il quelque chose entre Maria et lui?

Aujourd'hui, Egidio m'a tenu un long, un fort pathétique discours. Il veut me payer sa dette, d'une façon ou de l'autre. Il m'a demandé de le prendre avec moi dans ma boutique : il tiendra les registres, recevra les clients, affirme-t-il, fera le ménage, n'importe quoi pourvu qu'il se rende utile.

Depuis deux semaines il travaille au magasin. Il a décidé de faire l'inventaire. Il soutient que c'est une chose indispensable. Total : tout est sens dessus dessous, et tout le long du jour Egidio travaille. Mais est-ce bien utile? Au contraire. Je sais bien comment tout cela va finir. C'est pourquoi, afin d'éviter toute dispute ultérieure, j'ai tenté de lui faire accepter des appointements. Il s'est indigné.

— Suis-je ou ne suis-je pas ton meilleur ami ? Mon premier devoir est de t'aider.

Après quoi, sans rien dire bien sûr, il s'est donné la mine d'une victime se sacrifiant pour le bien d'autrui.

Je le tuerai. Rien d'autre à faire. Ce soir. Je lui tirerai une balle pendant son sommeil et je ferai croire à un suicide.

Revolver au poing, vers trois heures du matin, je suis entré dans sa chambre, qui se trouvait naguère la mienne. Comme les volets étaient ouverts, les réverbères de la rue me donnaient suffisamment de lumière. J'ai mis près d'un quart d'heure pour parvenir au lit. Je marchais pieds nus, envahi par une joie inexprimable. Il ronflait comme un porc, à son habitude. Parvenu au lit, j'ai mis le revolver près de sa tempe. A cet instant précis — feignait-il de dormir ? s'était-il aperçu de ma manœuvre ? — Egidio a levé la main, mettant sa paume sur le canon du revolver comme pour parer le coup. Je ne sais comment cela s'est produit : une balle est partie.

La lumière faite, le lit était tout dégoûtant de sang. Egidio avait la paume gauche perforée.

— Oh Andrea, Andrea, pourquoi ? pourquoi ?... Que t'ai-je fait ? Nous étions deux frères... deux frères... et tu veux m'assassiner... pourquoi ? Pourquoi, Andrea, as-tu fait cela ? sanglotait-il désespérément.

Et voici qu'arrive Maria, terrorisée.

— Ce n'est rien, madame, assure Egidio, assis sur le lit, tamponnant la blessure avec un mouchoir.

Ne vous affolez pas... un simple accident. Mais non, madame, ne me regardez pas ainsi... Vous devriez me connaître désormais... n'ayez aucune crainte... je me tairai, je me tairai, je le jure... j'emporterai ce secret dans ma tombe... Il ne manquerait plus que cela; après toutes vos bontés pour moi : que j'aille le dénoncer à la police!...

Je suis son esclave désormais. La maison lui appartient. C'est lui qui commande les repas. C'est lui qui tient les comptes. Même Maria a compris, et elle se tait. Sur l'enseigne de ma boutique d'antiquités, un peintre est en train de rectifier le nom de la firme. Il y avait écrit : « Filari ». Maintenant on lira « Filari et Molla ».

Oui, c'est ainsi. Depuis hier Egidio est mon associé, avec des papiers dûment notariés. Moitié moitié. Et il n'a pas déboursé un sou. Toujours timide, plein d'égards, modeste, doux, humble enfin. Quand nous sommes seuls tous les deux, ses regards visqueux passent et repassent de mes yeux à la cicatrice de sa main, de la cicatrice à mes yeux. Et il me sourit avec douceur, à la façon de ces gens qui savent pardonner.

LA MACHINE
A ARRÊTER LE TEMPS

La première grande tentative pour ralentir le temps fut faite dans la province de Grosseto, à Marsicano. D'ailleurs l'inventeur, le célèbre Aldo Cristofari, était lui-même de Grosseto. Ce Cristofari, professeur à l'Université de Pise, s'intéressait à ce problème depuis plus de vingt ans et avait fait dans son laboratoire des expériences sensationnelles, en particulier sur la germination des haricots. Mais la science officielle le tenait pour un visionnaire. Jusqu'au jour où, sous l'impulsion du financier Alfredo Lopez, la société pour la construction de Diacosia fut constituée. Dès lors, Aldo Cristofari fut tenu pour un génie, bienfaiteur de l'humanité.

Son invention consistait en un champ électrostatique d'un genre spécial, dénommé « Champ C », à l'intérieur duquel les phénomènes naturels utilisaient pour s'accomplir un temps bien plus long que la normale ; en conséquence il en allait de même pour le cycle de la vie. Dans les premières expériences positives, ce retard n'avait pas dépassé cinq, six pour mille ; on ne pouvait en conséquence presque pas s'en apercevoir. Mais le principe étant trouvé, Cristofari fit de très rapides progrès. A Marsicano, il pensait pouvoir réaliser un ralentissement de presque la moitié. Ce qui signifie qu'un organisme d'une vie moyenne de dix ans pourrait atteindre, s'il était traité dans le « Champ C », l'âge de vingt ans.

L'installation fut faite dans une région de collines, et son rayon d'action n'était que de huit cents mètres. Dans un cercle d'un diamètre d'un kilomètre et demi, les animaux et les plantes allaient donc grandir, vieillir, deux fois moins vite que sur le reste de la terre. L'homme pouvait d'ores et déjà espérer atteindre deux siècles de vie. C'est pourquoi d'ailleurs — à cause du nombre « deux cents » en grec — on choisit le nom de Diacosia.

L'endroit était presque totalement inhabité. Les rares paysans qui y demeuraient eurent à choisir entre rester ou être relogés ailleurs avec une forte indemnité. Ils choisirent tous de s'en aller. La zone fut entourée d'une barrière infranchissable, avec une seule porte d'entrée, sévèrement contrôlée. En peu de temps d'immenses gratte-ciel surgirent de terre, ainsi qu'une gigantesque maison de santé (pour les incurables désireux de prolonger le peu de vie qui leur restait), des cinémas, des théâtres, et toute une forêt de somptueux palais. Au milieu de tout, une antenne circulaire d'une quarantaine de mètres de hauteur, semblable à celles du radar. Le « Champ C » allait vivre tout autour d'elle. La centrale d'alimentation était complètement souterraine.

L'installation terminée, on fit savoir au monde

entier que, dans les trois mois, la ville serait habitable. Y pénétrer, et par-dessus tout y demeurer, coûtait des sommes folles. Pourtant des milliers de personnes, de tous les coins de la terre, furent tentées. En quelques jours les souscriptions épuisèrent les possibilités de logement. Puis commença la peur. De telle sorte que l'afflux se trouva lui-même ralenti.

Que craignait-on ? D'abord quiconque s'établissait dans la ville ne pouvait en sortir impunément, du moins s'il était demeuré un certain laps de temps. De fait, imaginons un organisme habitué à ce nouveau rythme lent d'existence physique. Portons-le à l'improviste hors du « Champ C », là où la vie court à une vitesse double : tous ses organes devront accélérer leur rythme de travail d'un seul coup ; et s'il est aisé de ralentir pour celui qui court, il n'en est pas de même pour qui, allant lentement, doit soudain se lancer dans une course folle. Ce violent déséquilibre pouvait avoir des conséquences dangereuses, et même mortelles.

D'autre part, il était formellement interdit à tous ceux qui y avaient vu le jour de quitter la cité. C'était logique d'ailleurs : un organisme formé à ce régime ralenti ne pouvait passer dans une ambiance, disons : de double somme, sans courir le risque de s'éreinter aussitôt. Sans doute prévoyait-on de construire tout autour du « Champ C » des chambres spéciales d'accélération ou de ralentissement, pour acclimater graduellement ceux qui sortaient ou qui entraient, et leur éviter ainsi tout traumatisme (pièces semblables aux chambres de décompression à l'usage de ceux qui remontent des profondeurs de la mer). Mais c'était tout un appareillage délicat, encore à l'état de projet. On ne pouvait guère compter dessus avant de nombreuses années.

En somme, les citoyens allaient vivre sans doute plus longtemps que les autres hommes, mais en exil. Adieu patrie, adieu les vieux amis, adieu les voyages, et tout l'éventail des amours et de la connaissance. C'était une sorte de prison à vie, quels que fussent le luxe et les commodités qu'on pouvait y apporter.

Ce n'est pas tout. Ces dangers que représentait une évasion pouvaient aussi bien se produire par une avarie de l'installation. Il est vrai qu'il y avait deux machines d'alimentation, et que si l'une venait à s'arrêter, l'autre y remédiait automatiquement. Mais si elles se brisaient en même temps? Si l'énergie électrique manquait tout à coup? Si un cyclone, un orage abattait l'antenne? S'il y avait la guerre, un attentat?

Diacosia fut inaugurée par un premier groupe de citoyens, au nombre de onze mille trois cent soixante-cinq. C'étaient pour la plupart des quinquagénaires. Cristofari, qui n'entendait pas s'établir dans la ville, était absent. Il était représenté par un certain Stoermer, un Suisse, directeur de l'installation. La cérémonie fut simple. Au pied de l'antenne d'émission, qui pointait dans le jardin public, Stoermer annonça à midi précis que, désormais, les habitants de Diacosia allaient vieillir deux fois moins vite. Un léger bourdonnement sortit de l'antenne, agréable à entendre d'ailleurs. Tout d'abord, nul ne s'aperçut de rien. Ce fut seulement le soir que certains se sentirent envahis par une sorte de torpeur, comme s'ils se trouvaient assujettis, entravés. Rapidement les gens se mirent à parler, à marcher, à mastiquer avec une lenteur inhabituelle. La tension de la vie s'affaissa. Chaque acte devenait plus difficile.

Environ un mois plus tard, dans la revue *Technical Monthly,* de Buffalo, le prix Nobel Edwin Mediner publia un article qui sonna pour Diacosia comme un glas funèbre. Mediner soutenait que l'expérience de Cristofari portait en elle une grave menace. Le temps — nous allons résumer avec nos pauvres mots sa démonstration —, le temps a tendance à se précipiter et, s'il ne rencontrait la résistance de la matière qui lui fait frein, il prendrait un rythme progressivement accéléré, jusqu'à l'infini. C'est pourquoi retarder son allure coûte d'immenses efforts, tandis qu'un rien suffit à l'accélérer : ainsi sur un fleuve est-il dur d'aller contre le courant, et facile au contraire d'aller avec lui. A ce propos Mediner énonçait la loi suivante : pour ralentir les phénomènes de la nature, l'énergie nécessaire est directement proportionnelle au carré du retard que l'on obtient, tandis que pour accélérer, l'accélération est directement proportionnelle au cube de l'énergie employée. Exemple : pour avoir une accélération 1 000 il suffit d'une énergie 10 ; mais la même énergie utilisée en sens inverse n'obtient un retard que de 3. Dans le premier cas, en fait, l'intervention humaine agit dans le sens normal du temps, lequel — s'il est possible de s'exprimer ainsi — ne demande pas mieux. Eh bien — c'est du moins ce qu'écrivait

Mediner — le « Champ C » était de telle nature qu'il pouvait agir dans les deux sens. Il suffisait donc d'une erreur de manœuvre, d'une avarie minime, pour intervertir l'émission ; alors, au lieu de prolonger la vie du double, la machine se mettrait à la dévorer goulûment. En quelques minutes les citoyens de Diacosia vieilliraient de dizaines et de dizaines d'années. Suivait la démonstration mathématique.

Les révélations d'Edwin Mediner provoquèrent une onde de panique dans la cité de la longue vie. Plusieurs personnes, passant outre au risque de rentrer brusquement dans une « ambiance accélérée », prirent la fuite. Toutefois les garanties que donna Cristofari sur l'efficience de ses appareils, ajoutées au fait qu'il ne se passait rien, apaisèrent les craintes. La vie de Diacosia continua, monotone, avec ses jours égaux, calmes et incolores. Même les plaisirs, il est vrai, semblaient énervants, stupides, les palpitations, les délires de l'amour n'avaient plus la vigueur fulgurante de jadis et les nouvelles, les voix, jusqu'aux musiques provenant du monde extérieur semblaient d'une telle précipitation qu'elles en étaient désagréables. On avait en somme moins de goût à vivre, malgré les distractions continuelles. Mais que cet ennui était de peu d'importance si l'on pensait aux lendemains, quand l'un après l'autre les contemporains auraient disparu tandis que, au contraire, les habitants de Diacosia se sentiraient toujours valides et jeunes ! Et puis même les fils des contemporains mourraient l'un après l'autre, et eux seraient toujours là ! Et puis ce serait le tour des petits-fils et des arrièrepetits-fils des contemporains dont ils liraient les faire-part de deuil, eux : toujours vivants, avec encore des dizaines et des dizaines d'années devant eux... C'était cette pensée qui régentait la communauté, qui calmait les âmes inquiètes, qui résolvait les jalousies et les disputes : car l'anxiété devant le temps qui passe n'avait plus cours, l'avenir se présentait comme un paysage immense, et les gens se disaient face aux contrariétés : Pourquoi m'en faire ? J'y penserai demain, rien n'est pressé.

Au bout de deux années la population était montée à cinquante-deux mille âmes, parmi lesquelles déjà les premiers nouveau-nés diacosianiens qui devaient atteindre leur maturité vers quarante ans. Après dix années, plus de cent vingt mille créatures fourmillaient sur ce kilomètre carré et lentement, oh bien plus lentement que dans les autres villes où le temps galopait, s'érigeaient de vertigineux gratte-ciel. Diacosia était désormais la huitième merveille du monde, des caravanes de touristes se promenaient le long de l'enceinte, observant à travers les grilles cette humanité tellement différente de la leur ; cette humanité qui ne se remuait que lentement, comme frappée d'un début de paralysie.

Le phénomène dura vingt-deux ans. Et quelques secondes à peine suffirent pour l'anéantir à jamais. Comment la tragédie advint-elle ? Fut-ce la volonté d'un homme qui la provoqua ? Ou le hasard ? Un des techniciens avait-il, dévoré d'un amour malheureux ou bien d'une maladie, voulu mettre fin à ses tourments en déclenchant la catastrophe ? Perdit-il la raison simplement parce qu'il se trouvait excédé par cette vie égoïste et vide, seulement préoccupée de se survivre à elle-même? Inversa-t-il enfin l'action des machines, libérant les forces vandales du temps?

C'était le 17 mai, belle journée toute tiède de soleil. Sur les prés, tout au long de la grille périphérique, stationnaient des centaines de curieux, les regards fixés sur leurs semblables dont la vie devrait être doublée. La douce voix de l'antenne, avec des résonances de cloche, harmonieuse, parvenait jusqu'à nous. Car celui qui écrit ce récit était présent, observant un groupe de trois petits garçons et d'une fillette qui jouaient à la balle.

— Quel âge as-tu? demandai-je au moins petit de tous.

— Vingt et un ans depuis le mois dernier, répondit-il d'une voix gentille mais d'une lenteur exagérée.

D'ailleurs, même leur façon de courir était étrange : tout en mouvements lents, mous, flasques, comme dans les films tournés au ralenti. Et la balle à son tour rebondissait avec beaucoup moins d'élasticité que chez nous.

De l'autre côté de la barrière commençaient les allées d'un jardin, et les palaces s'élevaient une cinquantaine de mètres plus loin. Un peu de vent agitait les feuilles des arbres, mais lourdement, semblait-il, comme si ces feuilles étaient en plomb. Soudain, il était environ trois heures de l'après-midi, le ronronnement lointain de l'antenne s'accrut, se fit intense, grimpa comme une sirène d'alarme, devint un sifflement aigu et insupportable. Je ne pourrai jamais oublier ce qu'il advint alors. Aujourd'hui encore, après tant et tant d'années, il m'arrive de m'éveiller en sursaut la nuit, au songe de cette horrible vision.

Les quatre petits enfants s'allongèrent monstrueusement sous mes yeux, je les vis croître, grandir, grossir, devenir adultes, la barbe se mit à pousser au menton des garçons. Ainsi transformés, et à demi nus, car leurs vêtements d'enfants avaient craqué sous la pression de cette croissance fulgurante, ils furent pris de terreur. Ils ouvraient la bouche pour crier, mais de leur bouche ne sortait qu'une rumeur étrange, comme je n'en avais jamais entendu. Dans le tourbillon du temps déchaîné, les syllabes s'empilaient les unes sur les autres, comme sur un disque que l'on eût fait tourner à une vitesse folle. Ce bouillonnement devint bien vite un râle, qui se transforma en un hurlement désespéré.

Ces malheureux, cherchant un moyen de se sauver, nous virent et se précipitèrent sur le grillage. Mais la vie brûlait tout au-dedans d'eux-mêmes. Ce furent des petits vieux qui parvinrent à la grille six ou sept secondes plus tard, des petits vieux aux cheveux et à la barbe blancs, flasques et osseux. L'un d'eux parvint à agripper une main squelettique sur un des fers de lance du grillage. Mais il retomba aussitôt sur le corps de ses compagnons. Morts. Et des corps décrépits de ces pauvres enfants s'exhala aussitôt une odeur pestilentielle; ils se putréfièrent, leurs chairs tombèrent, leurs ossements apparurent, et même ces ossements — sous mes yeux — s'éparpillèrent en une poussière blanchâtre.

Ce fut seulement alors que le hurlement maudit de la machine commença de diminuer, puis il tomba tout à fait et se tut. La prophétie de Mediner s'était accomplie. Pour des causes qui demeureraient à jamais ignorées, la machine avait changé de direction, et quelques secondes avaient suffi pour engloutir trois quarts de siècle.

Un sombre silence sépulcral tenait désormais la ville. L'ombre de l'abjecte décrépitude planait sur les gratte-ciel, l'instant d'auparavant resplendissants de gloire et d'espérance; de sinistres crevasses striaient les murs, des suintements noirs, d'immenses, d'horribles toiles d'araignée putréfiées... Arbres momifiés, sans aucune feuille. Et partout, la poussière. Poussière, paralysie, silence. Il ne restait des deux cent mille humains, riches et heureux, rien qu'un nuage blanc de poussière qui planait çà et là, comme dans certaines tombes surgies de l'antiquité.

LES SOURIS

Qu'est-il advenu de mes amis Corio? Que se passe-t-il dans leur vieille maison de campagne qu'on appelle la Doganella? Depuis bien longtemps ils m'invitaient chaque été pour quelques semaines. Cette année, pour la première fois, ils n'en ont rien fait. Giovanni m'a écrit quelques lignes d'excuse. Une lettre curieuse, faisant allusion d'une façon vague à des difficultés, des ennuis de famille, mais qui n'explique rien.

Ah, combien de jours heureux ai-je vécus dans leur maison, dans la solitude des bois! Vieux souvenirs, aujourd'hui pour la première fois vous surgissez, petits faits qui me semblaient alors banals, indifférents. Vous vous révélez à l'improviste.

Par exemple celui-ci : pendant un été désormais lointain, longtemps avant la guerre — c'était la seconde fois que j'étais l'hôte des Corio...

Je m'étais retiré dans ma chambre, au deuxième étage, une chambre qui donnait sur le jardin, celle-là même qui était la mienne chaque année, et me préparais à me coucher. Soudain j'entendis un petit bruit, un grattement au bas de la porte. J'allai ouvrir. Une souris minuscule fila entre mes jambes, traversa la chambre et courut se cacher sous la commode. Elle trottait gauchement, j'aurais facilement pu l'attraper. Mais elle était tellement gracieuse, fragile...

Le lendemain matin, par hasard, j'en parlai à Giovanni.

— Ah oui, dit-il distraitement, les souris se promènent de temps en temps dans la maison.

— Elle était si petite... Je ne me suis pas senti le courage de la...

— Oui, je comprends. Pas d'importance...

Il se mit à parler d'autre chose, comme si mon discours lui déplaisait.

L'année suivante. Nous étions en train de jouer aux cartes, un soir, il pouvait être minuit, minuit et demi. Un clac, son métallique, comme d'un ressort, nous parvient de la pièce voisine — le salon, où à cette heure toutes les lumières étaient éteintes. Je m'inquiète.

— Qu'est-ce que c'est?

— Je n'ai rien entendu, répond Giovanni évasif. Et toi, Elena, as-tu entendu quelque chose?

— Non, reprend sa femme en rougissant un peu. Pourquoi?

— Mais il me semble, dis-je, que de l'autre côté, dans le salon... un bruit métallique...

Je remarque combien ils semblent embarrassés.

— Ah, c'est à moi de faire les cartes?

A peine dix minutes plus tard, nouveau clac,

dans le couloir cette fois, aussitôt suivi d'un faible petit cri, un cri de bête.

— Dis-moi, Giovanni : vous avez posé des souricières ?

— Pas à ma connaissance. N'est-ce pas, Elena ? A-t-on posé des souricières ?

Elle :

— Qu'est-ce qui vous prend ? Pour le peu de souris que nous avons !

Une année passe encore. A peine suis-je entré dans la maison que je remarque deux chats splendides, pleins d'une vigueur extraordinaire : chats tigrés, à forte musculature, au poil soyeux comme seuls en ont les chats qui se nourrissent de souris. Je dis à Giovanni :

— Ah, vous vous êtes quand même enfin décidés ! Ils doivent faire de ces carnages ! Je parie qu'ils ne chôment pas !

— Bah, répond-il, s'ils ne devaient vivre que de souris, les pauvres...

— Je les trouve pourtant bien gras, tes minous !

— Oh oui, on les soigne. Tu sais, dans la cuisine, ils peuvent manger tout ce qu'ils veulent.

Une autre année encore. En arrivant dans la maison pour passer mes vacances habituelles, je retrouve les deux chats. Mais ils ne se ressemblent plus guère : ils ont perdu toute leur vigueur, ils sont décrépits, essoufflés, étiques. Ils ne se glissent plus en frétillant d'une pièce à l'autre. Au contraire, toujours fourrés entre les jambes de leurs maîtres, somnolents, privés d'initiative. Je m'enquiers :

— Sont-ils malades? Comment peuvent-ils être tellement décharnés? N'ont-ils plus de souris à se mettre sous la dent?

— Tu l'as dit! répond vivement Giovanni Corio. Ce sont les chats les plus stupides de la création. Ils ne s'intéressent à rien depuis qu'il n'y a plus de souris dans la maison... On n'en voit même pas la trace!

Satisfait, il part dans un grand éclat de rire.

Un peu plus tard Giorgio, l'aîné des enfants de Corio, me prend à part avec des mines de comploteur.

— Tu sais pourquoi? Ils ont peur!

— Qui a peur?

— Les chats, ils ont peur. Papa ne veut jamais qu'on en parle, ça l'ennuie. Mais c'est pourtant vrai que les chats ont peur...

— Peur de qui?

— Tiens donc! des souris! En un an ces sales bêtes, elles n'étaient qu'une dizaine, sont devenues plus de cent... Et pas les petites souris de jadis! On jurerait des tigres. Plus grandes qu'une taupe, le poil hirsute, toutes noires. En fait, les chats n'osent plus s'attaquer à elles.

— Et vous ne faites rien?

— Bah! il faudra bien faire quelque chose, seulement papa ne s'y décide jamais. Je ne comprends pas pourquoi, mais c'est un sujet de conversation qu'il vaut mieux laisser de côté. Ça l'énerve, je te dis...

Et l'année suivante, dès la première nuit, un immense branle-bas au-dessus de ma chambre, comme une foule en train de courir. Patapoum, patapoum. Pourtant je sais parfaitement qu'il n'y a personne là-haut, rien que les greniers inhabités, emplis de vieux meubles, de caisses, de chiffons. Bigre, quelle cavalerie! me dis-je. Elles doivent être drôlement grosses, ces souris. Un tel chahut que je parviens difficilement à m'endormir.

Le lendemain, à table, je demande :

— Mais vous ne prenez donc aucune précaution contre les souris? Elles ont fait une de ces sarabandes cette nuit dans le grenier!

Je vois aussitôt le visage de Giovanni s'obscurcir.

— Les souris? De quelles souris veux-tu parler? Grâce au ciel, il n'y en a plus dans cette maison.

Le grand-père et la grand-mère surenchérissent.

— Souris fabuleuses! Imaginaires! Tu as rêvé, mon pauvre petit!

— Pourtant, dis-je, je vous assure que c'était une vraie révolution, et je n'exagère pas. Le plafond en tremblait par moments!

Giovanni est devenu tout pensif.

— Tu sais ce que cela pourrait être? Je ne t'en ai jamais parlé, parce que ces choses impressionnent parfois, mais nous avons des esprits dans cette maison. Je les entends souvent moi aussi... Et certaines nuits ils ont vraiment le diable au corps!

Je me mets à rire.

— Non mais, tu me prends pour un loupiot! Je t'en fiche des esprits! C'étaient des souris, je te le garantis, de grosses souris, des mulots, des rats... Et, à propos, qu'est-il arrivé à tes fameux chats, on ne les voit plus?

— On les a laissés partir, si tu veux le savoir...

Mais, ma parole, tu es complètement obnubilé avec tes rats! Tu ne sais parler de rien d'autre!... Après tout cette maison est une maison de campagne, on ne peut tout de même pas prétendre...

Je le dévisage, éberlué : pourquoi se met-il dans une telle colère? Lui, d'habitude tellement calme, gentil.

Plus tard c'est encore Giorgio, le fils aîné, qui me fait le point de la situation.

— N'écoute pas papa, me dit-il. Tu as bel et bien entendu des rats, parfois nous n'arrivons pas à nous endormir, nous non plus. Si tu les voyais, ce sont des monstres, oui : noirs comme du charbon, les poils aussi drus que des branches... Et si tu veux le savoir, les chats : eh bien, ce sont eux qui les ont fait disparaître... C'est arrivé pendant la nuit. On dormait depuis un bon bout de temps quand, soudain, des miaulements épouvantables nous ont réveillés. Il y avait un vrai sabbat dans le salon! On a tous sauté du lit, mais on n'a plus trouvé nos chats... Rien que des touffes de poils... des traces de sang un peu partout.

— Vous ne faites donc rien? Les souricières? Le poison? Je ne comprends pas que ton père ne s'occupe pas de...

— Si! C'est même devenu son cauchemar. Mais il a peur maintenant, lui aussi. Il prétend qu'il vaut mieux ne pas les provoquer, que ce serait pis encore. Il dit que cela ne servirait à rien d'ailleurs, qu'ils sont trop nombreux désormais... Il dit que la seule chose à faire serait de mettre le feu à la baraque... Et puis, et puis tu sais ce qu'il dit? C'est peut-être idiot, mais il dit qu'il vaut mieux ne pas se mettre trop ouvertement contre eux...

— Contre qui ?

— Contre eux, les rats. Il dit qu'un jour ou l'autre, quand ils seront encore plus nombreux, ils pourraient bien se venger... Je me demande, des fois, si papa n'est pas en train de devenir un peu fou. Est-ce que tu penses qu'un soir je l'ai surpris en train de jeter une grosse saucisse dans la cave ? Un amuse-gueule pour les chères petites bêtes ! Il les déteste mais il les craint. Et il ne veut pas les contrarier.

Cela dura des années. Jusqu'à l'été dernier où j'attendis en vain que la sarabande habituelle se déchaînât au-dessus de ma tête. Le silence, enfin. Une grande paix. Rien que la voix des grillons dans le jardin.

Le lendemain matin, je rencontrai Giorgio dans l'escalier.

— Mes compliments, lui dis-je. Et comment êtes-vous parvenus à vous en débarrasser ? Cette nuit, il n'y avait pas le moindre souriceau dans tout le grenier.

Giorgio me regarde, avec un sourire incertain. Puis :

— Viens donc, viens donc, fait-il. Viens donc voir un peu...

Il me conduit dans la cave, près d'une trappe recouverte d'une grosse planche.

— Ils sont là-dessous maintenant, murmure-t-il. Depuis plusieurs mois, ils se sont tous réunis là, dans l'égout. Très peu se promènent dans la maison. Ils sont là, écoute...

Il se tait. Et un bruit difficilement racontable me parvient : foisonnement, tapage sourd, bourdonnement d'une matière en ébullition, en fermentation; et des voix aussi, de petits cris aigus, des sifflements, des murmures.

— Combien sont-ils donc? demandai-je avec un frisson.

— Qui peut savoir? Peut-être des millions.. Regarde maintenant. Mais fais vite.

Il gratte une allumette, soulève la planche, jette l'allumette dans le trou. Je vois tout, en un éclair : dans une sorte de caverne, un grouillement forcené de formes noires se chevauchant frénétiquement. Et dans cet abominable tumulte une puissance, une vitalité infernale, que nul n'aurait pu stopper. Les rats! J'aperçois aussi des yeux, des milliers et des milliers de regards, tournés vers le haut, me fixant méchamment. Mais Giorgio referme en hâte le couvercle.

Et maintenant? Pourquoi Giovanni m'a-t-il écrit qu'il ne pouvait plus m'inviter? Qu'est-il arrivé? Je sens l'envie me prendre de faire une visite là-bas, quelques minutes à peine suffiraient, pour savoir, rien de plus. Mais, je l'avoue, je n'en ai pas le courage. De plusieurs côtés, on me raconte des choses étranges. Etranges à un tel point que ceux qui les rapportent en rient comme de fables. Moi, je ne ris pas.

On raconte par exemple que le grand-père et la grand-mère Corio sont morts. On raconte que plus personne ne sort de la maison, et que c'est un homme du village qui apporte les vivres, mais qu'il laisse son paquet à la limite du bois. On raconte que personne ne peut plus entrer dans la maison ; que des rats énormes l'occupent : et que la famille Corio est leur esclave désormais.

Un paysan qui s'est approché — mais pas trop, parce qu'une douzaine de ces sales bêtes s'étaient installées sur le seuil de la maison dans une attitude menaçante — prétend avoir entrevu Mme Elena Corio, la femme de mon ami, cette douce, cette aimable personne. Elle se trouvait à la cuisine, près du feu, vêtue comme une serve. Elle s'affairait près d'un immense chaudron, tandis que des grappes entières de rats la harcelaient, avides de manger. Elle semblait très lasse, abattue. En apercevant l'homme, elle lui fit des mains un geste désolé, semblant vouloir dire : « Ne vous frappez pas, c'est trop tard. L'espoir pour nous est mort désormais. »

UN CORBEAU AU VATICAN

Aux approches de l'Année Sainte, un certain Antonio Huber, docteur laïc en théologie, s'était jeté à corps perdu dans la débauche. « Antonio, cher Antonio, s'était-il dit, des indulgences comme celles qui vont tomber n'arrivent pas tous les jours. Alors profites-en. Et puis les autres, là-bas, à Rome, arrangeront tout ! » Aussi n'avait-il plus tenté de contrecarrer sa propension naturelle au péché. Et en avant les femmes légères, et tout et tout. Pis encore : méchanceté, jalousie, amour effréné de soi-même, goût pour les malheurs d'autrui. A Rome, on le purifierait de tout cela.

Toutefois il se sentit bien vite rassasié, et dans les profondeurs obscures de sa conscience — il en avait encore ! — une voix murmurait sans répit. Peut-être avait-il exagéré ? Il était temps de se mettre en route, avant qu'il ne soit trop tard. D'ailleurs c'était déjà le printemps, saison la plus propice, et le paradis n'était pas tellement éloigné. Antonio partit en auto faire son pèlerinage.

Il arriva aux approches de Rome vers midi. Il se sentait las, il avait envie de dormir. En fait, la terre entière semblait dormir autour de lui. Pas une âme qui vive, aussi loin qu'il portât ses regards. Route déserte, avec de tremblants mirages sur l'asphalte. Campagne classique, prairies solitaires, soleil, paix, quelques ruines çà et là, le chant des cigales, mystérieuse grandeur. Antonio stoppa son auto, alluma une cigarette ; le sommeil tomba sur lui, ses doigts s'entrouvrirent, lâchèrent la cigarette.

Un tourbillon noir au-dessus de sa tête l'éveilla. Il leva les yeux. C'étaient des corbeaux, une dizaine. Ils s'en prenaient à lui. Ils l'attaquaient du bec, le tirant de force hors de son siège, l'emportant avec eux, dans leur vol, ricanant à qui mieux mieux.

Il espéra que ce n'était qu'un songe, mais se retrouva bien vite en haut d'une vieille muraille à moitié éboulée. Tout autour de lui, perchés, deux cents, trois cents corbeaux. Qu'est-ce que c'était que cette plaisanterie ? Il voulut protester mais, quand il entendit sa propre voix, un frisson lui passa dans les reins. Ce n'était plus sa voix, ni des phrases humaines : « Croa, croa », faisait sa bouche. Sa bouche ? Son bec plutôt. Il regarda ses mains. Mais il n'avait plus de mains : des ailes avaient poussé à leur place. Il se regarda les jambes : des pattes. Un corbeau, voilà ce qu'il était devenu.

Alors Antonio Huber se souvint de certains vieux parchemins trouvés dans des couvents, et certaines légendes que racontaient le soir les paysans lui revinrent en mémoire. Bref il comprit que les corbeaux étaient des diables, envoyés du Malin, planant autour de Rome à la recherche des âmes. Car si l'on trouve, parmi les milliers de pèlerins, quelque pauvre pécheur qui tombe et se relève, certains hommes bons et pieux et même de saintes créatures dont la tête parfois vient s'orner d'une auréole phosphorescente, l'on y peut voir aussi des sépulcres blanchis, des hypocrites, des méchants, chargés d'abjectes fautes et qui espèrent obtenir le pardon à la façon de ces arthritiques couverts de rhumatismes qui vont prendre des bains de boue dans l'espoir d'en guérir. Aussi des nuées de démons veillent-elles aux portes de la Ville Eternelle, sachant lire sur le front des passants, et se ruant sur les impies.

— Eh eh, grinça le plus gros des corbeaux en se moquant. Voici donc notre brave pèlerin!...

Un immense éclat de rire accueillit cette boutade.

— Rome est là-bas. Tu la vois, sa coupole? Tu la vois bien? reprit un autre.

Puis un autre encore :

— Oh, que l'habit noir te va bien! Les couleurs obscures sont seyantes pour les gens qui vont faire pénitence. Et toi qui t'y rendais en débraillé!

Ces plaisanteries sacrilèges faisaient sangloter le docteur Huber, ou pour mieux dire son bec fermé émettait des plaintes de corbeau désespéré : « Pauvre de moi, disait-il, transformé en un ignoble oiseau! Que maudite soit ma stupide envie. Me voici damné! » Et, contemplant sa splendide automobile qui luisait au soleil, il éprouvait un immense dépit. Mais pourquoi se repentir encore? Il était corbeau, désormais, enrôlé dans les milices de l'Enfer.

Pour tromper son angoisse, Antonio se mit à battre des ailes.

— Oui, vole, vole! raillèrent les corbeaux. Vole, mon beau chérubin! Cours à la messe, tu n'as que trop tardé!

Et il vola. D'abord tout gauche, incertain, puis de plus en plus désinvolte. Les diables l'accompagnaient de cris indécents, lui hurlant d'ignobles plaisanteries. Mais ils ne l'empêchèrent pas de s'en aller. Il était corbeau désormais; rien ne pouvait plus le sauver.

La satisfaction, nouvelle pour lui, de pouvoir se maintenir dans les airs fut comme un réconfort. Toujours plus haut, à lents battements d'ailes. Déjà la congrégation des diables, en bas, n'était plus qu'une petite tache noire. Libre! Mais libre de quoi? Sans doute pouvait-il s'éloigner à tire-d'aile dans le ciel, retourner dans sa ville natale. Et puis? Ne serait-ce pas pis encore, corbeau, de se trouver dans le jardin de son père, de voir par la fenêtre sa femme, encore ignorante de tout, s'asseoir joyeusement à table avec les enfants, et lui dehors, pour toujours?

Il méditait ainsi quand son regard tomba sur le clocher d'une église, et l'église lui donna une idée. Comment donc? Lui, docteur en théologie, n'y avait-il pas encore pensé? L'eau bénite! L'eau sanctifiée! C'était la chose la plus simple du monde. Il suffisait d'un plongeon, d'un bain rapide, d'un éclaboussement. Et là-bas, à Rome, il y avait le choix. Avec toutes ces églises. Rome, capitale de l'eau bénite; un lac, un océan, divisé en une multitude de petites piscines, de vasques, de coupes, de vases de toutes sortes.

Il se consola. Maintenant il volait tranquillement

au-dessus de la ville. Mais, Dieu sait pourquoi, les petits oiseaux des jardins s'enfuyaient à son approche. Il ne lui restait plus à faire qu'une opération extrêmement facile : entrer dans une église, se plonger dans un bénitier, et voilà, il redeviendrait un homme.

Etrange, cependant : entrer dans les églises apparut bien plus compliqué qu'il n'avait prévu. Malgré la chaleur, on avait fermé les larges fenêtres, en haut, celles qui donnaient sur les toits. Et quand il tentait d'entrer par la porte, comme tout bon chrétien, on lui barrait immédiatement le passage : tout ce monde s'agitait, s'émouvait, secouait les tentures, se signait à qui mieux mieux, invoquant pêle-mêle tous les saints. Le diable! le diable! criait-on, comme si personne n'avait jamais vu de corbeau.

En somme, c'était à croire que cette histoire des corbeaux était célèbre dans Rome. On n'en parlait pas dans les journaux, bien sûr, pour ne pas épouvanter les pèlerins. Pourtant les Romains étaient tous au courant; et bien sur le qui-vive. Si un corbeau apparaissait dans le ciel, c'était aussitôt des hurlements, des exorcismes, des pétards, un vacarme de casseroles et de bidons. Mais au journaliste américain, intrigué, qui demandait des explications, on répondait : « Rien, vieilles coutumes populaires... » ce qu'il se hâtait de câbler à son journal.

D'église en église, Antonio fit tout le tour de Rome, poussant toujours plus au centre. Et il se repliait vers la campagne, le soir, passant ses nuits sur les colonnes funéraires brisées et, quand il pleuvait, sous les arcades des palais impériaux en ruine. Ainsi passaient l'un après l'autre ses jours.

Quand vint l'automne, Antonio se dirigea vers l'énorme coupole de Saint-Pierre, ultime espoir. Les hirondelles criaient sur son passage : « Sale corbeau, sale corbac! » Et Saint-Pierre demeurait inviolable : la coupole toujours fermée, toujours quelqu'un en faction devant les portes, prêtre, sacristain, fidèle, mendiant, enfant armé d'une fronde.

Le Vatican alors? Le Vatican comporte cent mille pièces, l'immense état-major du catholicisme y demeure. Salons, galeries, bibliothèques, archives, bureaux, salles de garde. Et puis toutes les chambres pour cette armée de cardinaux et de monseigneurs, d'abbés et de novices; et dans chaque chambre sans doute un lit, et près du lit un petit bénitier — pas vrai? — pour le dernier signe de croix le soir, avant de s'endormir.

Il s'y rendit de nuit, parce qu'on l'aurait aperçu de jour et qu'il ne voulait pas d'ennuis. Malheureusement, il faisait déjà bien froid, toutes les fenêtres étaient fermées. Ah, s'il y avait pensé en août, par exemple, quand même les vieux curés asthmatiques ouvrent volets et fenêtres pour laisser entrer un peu d'air! avec le vent du sud, lui aussi se serait introduit, d'un prudent battement d'ailes, dans les chambres encore obscures, à la recherche de l'eau bénite.

Toc, toc, fit-il du bec contre une fenêtre. Toc, toc, reprit-il encore six à sept fois comme personne ne se montrait. Finalement un bruit de pas se fit entendre, puis une voix inquiète.

— Qui est là? Mais qui est-ce à cette heure?

— Une âme en peine, répondit doucement Antonio avec toute l'onction dont il était capable. Mais il parlait le langage des corbeaux et l'autre ne put le comprendre, n'entendit qu'un croassement inarticulé.

— Mon doux Jésus! Un diable chez moi! *Vade retro!... Exorcizamus te, omnis immunde spiritus, omnis satanica potestas, omnis...*

Pas moyen de se faire ouvrir.

Il tenta près d'une autre fenêtre. Toc, toc, fit-il du bec. Au bout d'une demi-heure des petits toussotements, des petits pas fatigués, puis une faible voix:

— Qui est là? Mais qui est-ce à cette heure?

— Une âme de pécheur en peine!

L'autre n'entendit qu'un gargouillis informe.

— Que la Sainte Vierge me protège, balbutia-t-il. Un démon! Un démon chez moi! Ouh, ouh... *Non ultra audeas, serpens callidissime, decipere humanum genus... Dei Ecclesiam persequi, ac Dei electos excutere, et...*

— Une goutte d'eau bénite, rien d'autre qu'une petite goutte! murmurait poliment Antonio.

— *Ergo draco, maledicti et omnis legio diabolica, adjuramus te per Deum...* miaulait le prêtre.

Ainsi durant des nuits et des nuits encore. Ils avaient tous peur, ses supplications leur demeuraient incompréhensibles, il etait clair que la venue d'un diable présumé mettait tous ces révérends dans l'embarras: comme si, dans le fond, ils s'étaient attendus à cette visite, comme si eux-mêmes, têtes pour la plupart couronnées d'une mitre, se sentaient en défaut, comme vous et moi, avec une vilaine note à régler.

Pendant ce temps les jours raccourcissaient, les arbres se dénudaient, les nuits se faisaient plus froides. L'hiver. Au petit matin le professeur Huber, mort de fatigue, s'en retournait vers ses ruines, le cœur en proie au désespoir. A la venue du froid, même les vers dont il se nourrissait avaient disparu. Les dernières espérances s'évanouissaient. Le malheureux corbeau avait désormais presque fait le tour des cent mille pièces du Vatican. Et personne ne lui avait ouvert.

Il ne lui restait à explorer qu'une dernière rangée de fenêtres. Mais que pouvait-il en attendre de plus? Il pleuvotait cette nuit-là. Antonio s'éleva jusqu'au dernier étage. Il choisit une fenêtre au hasard. Toc, toc, fit-il du bec, sans conviction; il se dépêchait maintenant, avec cette indifférence propre aux vieux professionnels désabusés. Toc, toc. Mais l'habitant de cette chambre réagit avec une rapidité inhabituelle, s'approchant d'un pas décidé.

— Qui est là? demanda-t-il. Qui frappe à une heure aussi tardive?

Et Antonio, mécaniquement :

— Une âme de pécheur en peine.

Au même instant, une seconde voix se fit entendre dans la chambre (une voix gloussante, doucereuse, à laquelle Antonio reconnut aussitôt un prêtre qu'il était allé visiter quatre nuits auparavant; et qui s'était montré épouvanté). Et cette fois-ci la voix disait :

— Ce n'est rien, Votre Sainteté, crissement des

volets peut-être, feuilles mortes que le vent emporte. N'allez pas vous exposer à prendre froid...

La chambre du Pape. Là encore Antonio n'eut pas la chance avec lui. A son appel, le Saint-Père — cela se comprenait aux discussions — aurait voulu personnellement accourir et ouvrir la fenêtre. Je t'en fiche! Les conseillers intimes, plus rapides, intervenaient toujours pour l'en empêcher. Chaque nuit ils trouvaient un nouveau prétexte. Agissaient-ils par peur du scandale? Le diable, à leur connaissance, n'avait jamais été d'une telle impudence : se présenter même au seuil le plus sacré! Malheur — pensaient-ils — si jamais il pénètre... Et un doute irrespectueux venait encore accroître leur embarras : l'ennemi avait donc jeté son dévolu sur le Pape?

Antonio ne se décourageait pas. Quelque chose lui disait qu'il avait enfin trouvé l'issue. Chaque soir il se représenta, et toujours de plus en plus tard, espérant trouver le moment où le Pape aurait fini de travailler. A minuit, à une heure, une heure et demie. Sans résultat.

Jusqu'à ce qu'il pût enfin le trouver seul. Il était deux heures du matin. La lune pleine suivait sa course entre les nuages, provoquant de magnifiques effets d'ombre et de lumière.

Toc, toc, fit le corbeau. Aussitôt un bruissement de pas dans la chambre lui répondit.

— Qui est là? demanda le Saint-Père. Qui frappe à une heure aussi tardive?

— Un pécheur, une âme en peine...

Silence. Puis une manœuvre mécanique à la

fenêtre, un visage pâle et décharné se montra, les lunettes scintillant sous la lune.

— Impatient, hein ? murmura le Saint-Père en apercevant le corbeau, comme si c'était une vieille connaissance. Mais chaque chose en son temps. Puisque personne ne voulait t'ouvrir, n'était-ce pas une juste pénitence ?... Allons, allons, entre te réchauffer, petite bête, et sois la bienv...

Il n'eut pas le temps de terminer. Le docteur Antonio Huber se réveilla sur le siège de son automobile, avec une pénible sensation de froid intense. Il ouvrit les yeux. Autour de lui, la campagne dénudée, la route vide, deux ou trois corbeaux s'éloignant dans le ciel. Tout n'avait donc été qu'un songe ? Mais comment expliquer un tel froid ? Il se regarda dans le rétroviseur : une barbe inculte lui mangeait la moitié du visage. Et l'auto était tout incrustée d'une énorme couche de poussière. Puis il s'aperçut que les quatre pneus étaient complètement à plat. Mais combien de mois avait-il donc dormi ? Le bruit des cloches parvint alors jusqu'à lui, elles lui semblèrent avoir comme un goût de Nativité. Une petite chose blanche, froide, vint se poser sur son nez. Il neigeait.

RENDEZ-VOUS AVEC EINSTEIN

Par une tardive après-midi du mois d'octobre, Albert Einstein se promenait solitaire, après sa journée de travail, sur les allées de Princeton, quand une chose extraordinaire lui arriva. Soudain, et sans aucune raison spéciale, sa pensée courant dans tous les sens comme un chien détaché de sa laisse, il conçut ce que, toute sa vie durant, il avait vainement tenté d'atteindre. D'un coup Einstein vit cet univers que l'on nomme courbe, et le vit aussi bien par-devant que par-derrière, comme vous pouvez le faire de ce livre que vous tenez en main.

On prétend en général que notre esprit ne parviendra jamais à concevoir la courbure de l'espace, longueur, largeur, profondeur, sans oublier cette mystérieuse quatrième dimension dont l'existence est démontrée, mais qui demeure interdite au genre humain : comme une muraille qui se ferme et l'homme, poussé par son esprit jamais satisfait, grimpe et grimpe sans en trouver l'issue. Ni Pythagore, ni Platon, ni Dante, s'ils étaient encore de ce monde, ne réussiraient à passer, la vérité étant toujours plus grande que nous.

D'autres, au contraire, affirment qu'une telle éventualité pourrait être possible, après des années et des années d'études, et un effort gigantesque de notre intelligence. Un certain savant solitaire — tandis qu'autour de lui le monde s'agitait avec frénésie, que les trains et les hauts fourneaux fumaient, que des millions d'êtres crevaient à la guerre, et que dans le crépuscule des jardins des villes les amoureux s'embrassaient sur la bouche — un certain savant donc, par une héroïque performance de son intelligence, c'est du moins ce que rapporte la légende, parvint à découvrir (sans doute pour quelques fugitifs instants, comme s'il s'était penché sur un abîme et qu'aussitôt on l'eût tiré en arrière), à voir, à contempler l'espace courbe, merveille des merveilles de la création.

Le phénomène advint dans le silence, nul ne put féliciter le téméraire. Pas de fanfares, ni d'interview, ni de médaille ou de décoration. C'était un triomphe absolument personnel, et s'il pouvait dire : j'ai pris conscience de l'univers courbe, il n'avait cependant aucun document, aucune photographie, rien qui pût confirmer sa vision.

Pourtant quand ces moments arrivent et que, dans un suprême effort, la pensée passe comme par une mince fissure de l'autre côté, dans cet univers interdit aux humains, quand ce qui naguère semblait formule inerte, vide, née et grandie en dehors de nous, devient notre vie même; oh, alors, comme ils s'effacent nos tourments tridimensionnels! et comme nous nous sentons — telle est la puissance humaine — plongés, suspendus dans quelque chose qui ressemble fort à l'éternel!

Le professeur Albert Einstein eut tout cela, par une soirée splendide d'octobre, tandis que le ciel semblait de cristal, et que çà et là commençaient à resplendir, rivalisant avec l'étoile du berger, les réverbères électriques. Le professeur sentait son cœur, ce muscle étrange, se réjouir de la bienveillance de Dieu! Et, bien qu'il fût un homme sage, insouciant de la gloire, il se trouva en cet instant hors du troupeau, comme ces misérables entre les misérables qui se découvrent soudain les poches pleines d'or. Un sentiment d'orgueil s'empara de lui.

Mais juste à cet instant, comme pour le punir, aussi vite qu'elle était venue, cette mystérieuse vérité disparut. Dans le même temps Einstein s'aperçut qu'il se trouvait en un lieu qu'il n'avait jamais vu jusqu'alors. Il marchait sur une longue route bordée de haies, sans maisons, ni villas, ni baraques. Il n'y avait qu'un poste à essence, surmonté d'un globe de verre éclairé. Et, tout près, assis sur un banc de bois, un homme de couleur attendant les clients. Il était vêtu d'une salopette et la tête coiffée d'un béret rouge de base-ball.

Cet homme, à peine Einstein l'avait-il dépassé, se leva, marcha derrière lui en l'appelant.

— Monsieur!

Il était très grand, plutôt beau, à l'allure africaine, formidable; et son sourire blanc resplendissait dans le crépuscule bleuâtre.

— Monsieur, reprit le Noir en tendant un mégot, avez-vous du feu?

— Je ne fume pas, répondit Einstein en s'arrêtant pour le contempler.

Le Noir, alors :
— Et vous ne m'offrez pas à boire ?
Il était grand, jeune, sauvage.
Einstein fouilla en vain ses poches.
— Je... je ne sais pas... Je n'ai rien sur moi... Je n'ai pas l'habitude... navré, vraiment...
Il fit mine de reprendre son chemin.
— Merci quand même, reprit l'autre. Mais.. excusez-moi...
— Que veux-tu d'autre ? dit Einstein.
— J'ai besoin de vous. C'est pour cela que je suis ici.
— Besoin de moi ? Et pourquoi ?
— J'ai besoin de vous pour une chose secrète, dit le Noir. Et je ne vous la dirai qu'à l'oreille... (Et ses dents, dans l'obscurité plus profonde maintenant, resplendissaient encore davantage. Il se pencha à l'oreille d'Einstein :) Je suis le diable Iblis, murmura-t-il, je suis l'Ange de la Mort, je dois prendre ton âme.
Einstein recula d'un pas.
— J'ai l'impression, sa voix s'était faite sévère, j'ai l'impression que tu as abusé de la boisson.
— Je suis l'Ange de la Mort, répéta l'autre. Regarde !
Il s'approcha d'une haie, en tira un branchage dont les feuilles se mirent aussitôt à changer de couleur, se recroquevillèrent, devinrent toutes grises. Il souffla et tout, feuilles, brindilles et branche, s'éparpilla en une poussière impalpable.
Einstein baissa la tête.
— Bigre, nous y voici donc... Mais vraiment, ici, ce soir... sur cette route ?

— Tel est bien l'ordre que j'ai reçu.

Einstein regarda tout autour de lui, mais il n'y avait âme qui vive. Les chemins, les réverbères allumés et là-bas, à un croisement, des phares d'automobiles. Il regarda aussi le ciel, qu'il trouva limpide, avec toutes les étoiles en place. Celle du Berger déclinait lentement.

— Ecoute, dit Einstein, accorde-moi un mois s'il te plaît. Tu es juste venu alors que je suis en train de terminer un travail important. Je ne te demande qu'un mois.

— Ce que tu veux découvrir, répliqua l'autre, tu peux le savoir tout de suite : il te suffit de me suivre.

— Pas la même chose! Ce que l'on découvre sans peine ne compte pas. C'est un travail très important que je fais. Je m'y consacre depuis trente ans. Il me manque si peu désormais...

Le Noir ricana :

— Un mois, as-tu dit ?... Mais dans un mois ne cherche pas à te cacher. Même si tu te rendais dans le souterrain le plus profond, je saurais t'y retrouver aussitôt.

Einstein allait faire encore une demande, mais l'autre avait déjà disparu.

Un mois d'attente pour la personne que l'on aime, cela n'en finit plus, mais comme c'est court si l'on doit rejoindre le messager de la mort : plus court qu'un soupir. Le mois passa et Einstein, dès qu'il fut seul, au soir, se dirigea vers l'endroit convenu. Il y avait toujours le poste d'essence, toujours le banc avec son nègre, à cela près que l'homme portait un vieux manteau militaire : de fait, il faisait froid.

— Me voici, dit Einstein en lui mettant une main sur l'épaule.
— Et ce travail ? Terminé ?
— Il n'est pas terminé, dit le savant avec tristesse. Laisse-moi encore un mois! Cela me suffirait, je te le jure. Cette fois, je suis certain de réussir. Crois-moi : je m'y suis attaché jour et nuit mais n'ai pu finir à temps. Il me manque si peu...

Le Noir, sans se retourner, haussa les épaules.

— Ah les hommes, tous les mêmes! Jamais contents. Vous rampez pour obtenir un sursis. Et puis vous trouvez toujours quelque bon prétexte...
— Mais c'est un travail difficile que je fais. Nul jusqu'ici...
— Oh, je sais, je sais, fit l'Ange de la Mort. Tu cherches les clefs de l'univers, pas vrai?

Ils se turent. Il y avait du brouillard, une nuit qui sentait l'hiver, une de ces nuits qui vous mettent mal à votre aise, vous donnent envie de rester à la maison.

— Alors? demanda Einstein.
— Alors file... Mais un mois passe vite.

Il passa comme l'éclair. Jamais le temps n'avait dévoré quatre semaines avec tant d'avidité. Et ce soir-là, un soir de décembre, le vent glacé soufflait, faisant crisser sur l'asphalte les dernières feuilles errantes : et la blanche chevelure du savant, sous son béret basque, tremblait à l'air vif. Le poste d'essence, le Noir, son visage recouvert d'un passe-montagne, accroupi comme s'il dormait.

Einstein s'approcha, lui toucha timidement l'épaule.

— C'est moi, dit-il.

Le Noir se blottissait dans son manteau, claquant des dents.

— C'est toi ?

— Oui, c'est moi.

— Fini, alors ?

— Grâce à Dieu, j'en ai terminé.

— Gagné le grand match ? Trouvé ce que tu cherchais ? Déverrouillé l'univers ?

Einstein toussota.

— Oui, dit-il en souriant. L'univers en quelque sorte est en ordre désormais.

— Alors tu viens ? Tu es bien disposé au voyage ?

— Bien sûr, c'est dans notre pacte.

D'un coup, le Noir se retrouva debout, émit un de ces grands rires classiques chez les gens de sa race. Puis il pointa de toutes ses forces son index tendu dans l'estomac d'Einstein, qui faillit en perdre l'équilibre.

— Va-t'en, vieille canaille... Retourne chez toi, cours, si tu ne veux pas attraper une congestion pulmonaire... Si tu crois que tu m'intéresses !

— Comment, tu me laisses ?... Mais alors, pourquoi toutes ces histoires ?

— Il fallait bien que tu finisses ton travail. Rien d'autre. J'y suis parvenu. Si je ne t'avais pas fichu une telle trouille, Dieu sait combien de temps il t'aurait fallu encore !

— Mon travail ? Qu'est-ce que cela pouvait te faire ?

Le Noir rit de plus belle.
— A moi, rien du tout... Mais ce sont les chefs, en bas, les grands démons. Ils prétendent que tes premières découvertes leur ont déjà été très utiles. Ce n'est pas de ta faute, mais c'est ainsi. Que cela te plaise ou non, mon cher professeur, l'enfer s'en est beaucoup réjoui... Et maintenant, il compte fort sur tes nouvelles...
— Balivernes! s'irrita Einstein. Qu'y a-t-il de plus innocent au monde? Ce sont de petites formules, de pures abstractions, inoffensives, désintéressées...
— Petit naïf! et Iblis lui donna un nouveau coup d'index dans l'estomac, naïf, va! On m'aurait expédié pour rien alors? On se serait trompé, d'après toi?... Non, non, tu as bien travaillé. Les miens, en bas, seront contents de toi... Oh, si tu savais!
— Si je savais quoi?
Mais l'autre s'était évanoui en fumée. Et le poste à essence avait aussi disparu, et le banc de bois pareillement. Rien que la nuit, le vent, et dans le lointain, très loin, un va-et-vient d'automobiles. A Princeton, New Jersey.

L'OBSCURITÉ

Au cœur d'une vallée qui lui est parfaitement inconnue, en plein milieu des bois, le soir, le chevalier Aldo Getsemani, cinquante-sept ans, en route pour l'Autriche où des affaires l'appellent, a une panne de moteur.

Il se sait incapable de réparer tout seul sa voiture, et même d'identifier la panne. Heureusement pour lui, à environ quatre cents mètres, il aperçoit une maison. Il descend d'auto et s'en va chercher de l'aide.

C'est une vieille auberge de montagne, complètement isolée. Les vacanciers ont déjà repris le chemin de la ville, car la saison est fort avancée, il fait froid. Le vent souffle et un plafond de gros nuages noirs pèse sur la vallée. Aussi les rares clients qui demeurent encore sont tous rentrés se mettre à l'abri.

Sitôt dans la maison, Getsemani demande si par hasard il ne s'y trouverait pas un mécanicien. Le maître du logis, homme de haute stature, blond filasse, à la tête trop petite et aux allures doucereuses, promet de s'en occuper lui-même : il y a bien un jeune mécano, mais il se fait tard désormais, l'obscurité va bientôt venir, et comme il n'est pas question de faire grimper l'automobile jusqu'à la porte de l'auberge, il ne reste plus à Getsemani que de se préparer à passer la nuit là.

Il s'intéresse seulement alors aux autres clients, réunis dans la vaste salle du rez-de-chaussée; et il s'enquiert de leur identité près de l'aubergiste.

— Voilà : ces deux hommes, dans le coin, ce sont les chefs des gardes forestiers; cet autre, c'est Tarchi, le marchand de bois, avec son aide; ce gros bonhomme là-bas a obtenu l'adjudication des travaux pour la route. Rien que des gens de cette sorte... Il y avait pas mal de clients en vacances jusqu'à la semaine dernière, mais maintenant... Ah, j'oubliais : vous voyez ce petit vieux avec sa femme? c'est le professeur Mullritter, il revient chaque année, pour étudier les champignons.

— Mais pourquoi, s'inquiète Getsemani, pourquoi s'obstinent-ils tous à regarder dehors? Qu'attendent-ils?

— Rien... Dans ces coins perdus, on s'intéresse à tout... Monsieur le comprendra parfaitement. La nuit va venir.

— Bien sûr, dit Getsemani désagréablement frappé par cette circonstance dont il ne se souvenait plus : la nuit... la nuit...

Et il ne s'étonne pas qu'un phénomène aussi banal soit attendu ici avec nervosité : ici, bien sûr, la nuit, ce n'est pas une petite affaire.

Les sapins, tout autour de la maison, noirs, dressés, demeurent immobiles, mais leurs branchages ondoient à chaque rafale de vent, laissant sourdre une lamentation. Au-dessus des sapins, les gros nuages, en marche vers le nord. On ne voit rien d'autre.

Un interminable escalier tout raide débouche sur un long corridor qui dessert les chambres. Elles sont toutes semblables, à un seul lit, fort petites, et reçoivent la lumière (mais il n'y en a plus guère maintenant) par une fenêtre étroite. Getsemani, après avoir monté sa valise dans sa chambre, redescend dans la grande salle.

L'obscurité est presque totale désormais. On ne distingue qu'à grand-peine la silhouette des gens. Enfin les lampes s'allument.

— Encore heureux, dit Getsemani au patron avec soulagement, que vous ayez le courant électrique. Par où vient donc la ligne?

— De nulle part. Nous fabriquons nous-mêmes notre électricité... Vous n'entendez pas?

Dans le silence, Getsemani perçoit le ronronnement d'un moteur à explosion.

— Pourvu que ça dure... lance une voix de la table où sont assis les gardes forestiers.

— Pourquoi pas? fait le patron, comme vexé.

— Vous n'entendez pas comme il se fatigue?

De fait, le moteur donne des à-coups et chaque fois la lumière vacille en conséquence.

— Ah! ça recommence! se fâche le patron, et il s'apprête à sortir pour aller au moteur.

Mais, juste à ce moment, le « teuf teuf » s'arrête après un dernier soubresaut. L'auberge tout entière est plongée dans l'obscurité.

— Giorgina, crie le propriétaire. Allons, dépêche-toi, apporte la lampe à pétrole!

Un tumulte lui répond dans la cuisine, une allumette qu'on frotte, encore une allumette, puis un fracas de verre brisé.

— Sainte Vierge, qu'est-ce que tu as fabriqué encore? hurle le patron en se précipitant.

— Elle était déjà cassée, pleurniche la servante, je vous le jure, monsieur Casimiro, je ne sais pas comment ça s'est passé, elle m'est restée entre les mains.

Une vague plainte, ce doit être le professeur aux champignons, s'élève dans la salle commune :

— Casimiro! Casimiro! Tu veux donc nous faire mourir? Apporte tout de suite cette lampe!

On dirait qu'il suffoque, sa voix tremblote (à moins qu'il n'ait pris ce ton pour s'amuser). Les autres se taisent. Les dernières lueurs du crépuscule viennent lécher la grande baie vitrée. Les ombres vagues des sapins se confondent progressivement en une barrière sombre et impénétrable. Mugissements du vent.

— Je vous en prie, un peu de patience, je vous en prie, répond le patron Casimiro. Le verre de lampe s'est brisé. J'apporte les bougies...

Ce ne sont que des bouts de chandelle. Un pour le groupe des gardes forestiers, du commerçant et de l'entrepreneur de travaux qui se trouvent dans le même coin de la pièce. Un pour le professeur. Et le troisième, le plus petit de tous, pour le chevalier Getsemani.

Quelques minutes passent, Getsemani prend son courage à deux mains :

— Dites donc, patron, mais alors votre moteur : rien à faire ce soir ?

— Je vais y aller voir... Espérons. Bien sûr, s'il n'y a plus d'essence...

— Alors, vous avez d'autres chandelles, j'espère !

— Vous pensez ! Evidemment. Tout un paquet même pas entamé...

Pour distraire les clients, pendant ce temps, on sert à souper. Les hommes des bois discutent entre eux en dialecte, et on n'y comprend rien. Les époux Mullritter se taisent. « Etrange, pense Getsemani, ces bouts de chandelle vont bientôt s'éteindre et personne ne s'en occupe. Avec une nuit pareille ! »

A huit heures, ils ont tous fini de manger. La bougie de Getsemani s'est complètement fondue dans son chandelier, une longue flamme s'élève soudain du résidu, signe de la fin : puis elle se met à osciller, s'allonge encore par deux fois en frémissant désespérément, s'éteint tout à fait.

— Patron, s'il vous plaît, fait Getsemani, vous m'apportez une bougie neuve ?

— Tout de suite, monsieur, tout de suite... Excusez-moi !

Casimiro fouille dans les tiroirs d'une armoire. Il en ouvre un, puis un autre, puis se met à chercher dans un bahut. Il ouvre, il ferme avec violence, pour bien montrer son zèle. Finalement :

— Giorgina ! Giorgina ! Est-ce qu'on peut savoir où tu l'as fourré, le paquet de bougies neuves ? Ce matin il était là, je l'ai vu de mes yeux vu !

— Le paquet de bougies ? (La servante accourt épouvantée.) Mais je n'y ai pas touché, je vous le jure, je ne l'ai même pas vu. Diable m'emporte si...

Appel péremptoire venant du groupe des gardes forestiers et consorts :

— Eh! Casimiro, pas de blagues! Sors-les tes chandelles! On veut jouer aux cartes maintenant. Et tu nous apportes de la lumière, compris?

Casimiro semble consterné.

— Mais oui, certainement... je m'y emploie... je m'en occupe... je ne comprends pas... je ne comprends absolument pas, ce matin le paquet était là, dans cette commode, emballé dans son joli papier bleu, et maintenant... Je vous en supplie, messieurs, une minute de patience... On pourrait, pendant que je cherche... professeur, si vous vouliez vous approcher et (se tournant vers Getsemani) vous aussi monsieur... nous pourrions réunir nos deux bouts de chandelle, ils tiendraient plus longtemps... juste pendant que je cherche, bien sûr... Il faudra qu'on le trouve, ce paquet...

— Commence par apporter la chandelle de la cuisine! réclame le marchand de bois. Vous laverez aussi bien les plats demain...

— Hélas, monsieur Tarchi, elle s'est éteinte aussi, à l'instant... Et les servantes sont dans l'obscurité, les pauvres petites... C'est une fatalité, il faut se faire une raison...

Les deux bouts de chandelle sont réunis en un seul, au milieu des grognements généraux. L'entrepreneur, les marchands, les gardes forestiers, la famille Mullritter et Getsemani se regroupent autour de la petite flamme. Gardes forestiers et marchands commencent leur partie de cartes.

Et Getsemani pense : est-il possible qu'ils acceptent tous cette situation si facilement? Encore une demi-heure, pas plus, et ce sera la fin de cette chandelle aussi. Ensuite ?

Tout au fond de la pièce, Casimiro continue bruyamment ses recherches : mais il ne faut pas être grand clerc pour comprendre qu'il ne le fait que pour sauver les apparences. Le paquet de bougies neuves est certainement une invention à lui.

Getsemani ne parvient pas à s'intéresser au jeu de cartes. Il tend l'oreille. Le vent souffle et mugit au-dehors. La baie vitrée est toute noire. Getsemani pense à sa lointaine maison, à la ville, avec tous ces tubes au néon qui donnent une lumière si blanche, si joyeuse. Getsemani a peur.

— Et... pour aller... s'enquiert-il soudain d'une voix ténue, pour aller se coucher, comment fait-on ? Il va falloir se diriger dans l'obscurité ?

— Oh monsieur, fait le patron, plus mielleux que jamais, je vous en conjure, ne me suppliciez pas, c'est ma faute, je le sais... Nous ferons tout ce qui est en notre pouvoir... Nous consumerons même ce dernier petit bout... je le gardais en réserve, en ultime réserve, ici dans nos montagnes on ne sait jamais...

Et il sort de sa poche encore un tronçon, long de six à sept centimètres.

— Ah, canaille, tu le tires de derrière les fagots ! ricane l'entrepreneur. Casimiro, tu seras toujours aussi fourbe !

Getsemani tremble. Le vent, au-dehors, lance d'étranges plaintes, un volet bat en grinçant longuement. Neuf heures et demie. On a allumé le dernier morceau de chandelle. Et ensuite ?

Finalement les joueurs de cartes s'arrêtent. Il ne reste plus qu'à s'en aller au lit. Getsemani espère qu'on lui laissera, puisqu'il est un nouvel arrivé, les débris de la bougie : elle a encore trois centimètres. Mais les autres décident de la laisser dans le couloir, de sorte qu'elle puisse faiblement éclairer, par les portes entrouvertes, toutes les chambres.

Bonne nuit, bonne nuit. « Enfin, comment se peut-il ? » s'inquiète encore Getsemani, « ils acceptent tous une telle situation, comme des moutons ? Ils n'ont pas peur de la nuit ? Et pourquoi alors, quand je suis entré, regardaient-ils tous dehors avec une telle attention ? Et les femmes, plus particulièrement, comment trouveront-elles le sommeil ? » Tout en se déshabillant, il entend le tapage dans les autres chambres, les portes que l'on ferme, puis les ressorts des lits qui grincent. Lui non. Lui, ne ferme pas sa porte. Il veut profiter jusqu'à la fin de la faible lueur.

Mais le bout de chandelle ne va pas tarder à s'éteindre. Il palpite avec peine, s'affaiblit, cherche à reprendre son souffle, meurt enfin. Obscurité. Obscurité comme Getsemani n'en a jamais connu. Et, dans cette obscurité, une vie mystérieuse qui fermente : grincements, pas furtifs, vibrations, murmures. Qui parle ? Qui se promène ? Quel complot combine-t-on ?

Il ne peut y résister. Il saute du lit. En chaussons, se heurtant aux meubles, il sort dans le couloir (et il n'a même pas d'allumettes) et, là, croit voir filtrer sous une porte de la lumière. Qui est ce saligaud ?

Il se prépare à frapper contre la porte. Plutôt que de demeurer dans ces épouvantables ténèbres, il est disposé à n'importe quelle humiliation. Il se prépare à frapper, mais le rai de lumière a disparu. Ce n'était peut-être qu'une illusion d'optique; comme il arrive souvent quand on se fatigue trop les yeux dans l'obscurité.

Pourtant le même phénomène se répète, au fond du couloir. Là-bas aussi, sous une porte, sort une mince traînée de lumière. C'est donc là-bas qu'il ira frapper. Il fait trois pas, et aussitôt cette lumière s'éteint à son tour.

Getsemani se retourne, bute dans le noir contre une chose molle qui lui fuit entre les pieds. Un chat, pense-t-il. Et il s'affale tout de son long. Ses bras tendus ne trouvent que le vide. Et patatras dans les escaliers, tête la première.

Tandis qu'il dégringole, il a le temps d'apercevoir la scène suivante : les portes de toutes les chambres s'ouvrent d'un coup et Casimiro, les gardes forestiers, l'entrepreneur, les deux Mullritter, les petites bonnes, tout le monde apparaît enfin. Certains en chemises de nuit, d'autres en pyjama. Mais tous tenant en main un bougeoir, dans lequel scintille une chandelle neuve.

LA FILLETTE OUBLIÉE

Mme Ada Tormenti, veuve Lulli, se rendit pour quelques jours à la campagne, invitée par ses cousins Premoli. Il y avait toujours beaucoup de gens dans cette maison. Et comme c'était l'été, la compagnie se réunissait le soir dans le jardin jusqu'à une heure, deux heures du matin, en bavardant. Une certaine fois, la conversation vint sur les maisons de la ville. Un nommé Imbastaro, homme très intelligent mais fort antipathique, se trouvait là. Il disait :

— Chaque fois que je quitte ma demeure, à Naples, eh, eh, eh bien quelque chose arrive (il ricanait toujours ainsi, sans aucun motif; ou bien peut-être avait-il un motif, celui de faire du mal à son prochain?). Je m'en vais, façon de parler! car je n'ai pas fait deux kilomètres que l'eau se met à déborder du lavabo, ou que la bibliothèque prend feu à cause d'un mégot laissé allumé, ou que les rats d'égout font irruption et dévorent tout jusqu'aux pierres; eh, eh, ou bien la concierge, seule personne qui résiste à la ville dans cette saison, prend un coup de sang, et le lendemain matin on la retrouve tout à fait prête à être enterrée, avec les cierges, le curé et le cercueil. La vie n'est-elle pas ainsi, peut-être ?

— Non, pas toujours, dit Mme Tormenti, heureusement.

— Pas toujours, c'est vrai. Mais vous-même, madame, par exemple, pourriez-vous jurer que vous avez laissé votre maison parfaitement en ordre, de n'avoir absolument rien oublié ? Pensez-y, pensez-y bien. Tout est-il absolument en ordre ?

A ces mots, Ada sentit son visage blêmir : une pensée horrible vint la frapper soudain. Pour profiter de l'invitation des Premoli, elle avait conduit sa fillette de quatre ans chez une tante. Pour être plus exact, elle avait décidé de la conduire. Car maintenant, en y repensant, bien qu'elle fût tout à fait certaine de l'avoir fait, elle ne parvenait plus à se souvenir comment et quand elle avait conduit Luisella chez la tante. Comme c'était étrange ! Elle ne se souvenait ni de quand elles étaient sorties ensemble de la maison, ni du chemin parcouru, ni des adieux chez la tante. Comme si un trou s'était creusé dans sa mémoire.

En somme, son doute était le suivant : elle, Ada, avait peut-être oublié d'emmener la fillette chez sa tante et, sans y penser, en s'en allant, elle l'avait enfermée à la maison. C'était une idée absurde : pourtant l'imagination travaille parfois sur des choses tellement étranges... Ridicule, folie, mais suffisant pour lui glacer le sang dans les veines. Les autres la virent, avec stupeur, se lever soudain, abandonner leur société.

— Dites-moi, s'il vous plaît, demanda-t-on à Imbastaro, lui avez-vous dit quelque chose de désagréable ?

— Moi ? Rien de particulier, eh, eh. Je ne comprends pas.

Ada rentra dans la maison des Premoli et, sans rien dire à personne, courut au téléphone. Elle appela Milan en hâte, donna son numéro. Puis elle attendit, se tordant les mains.

Elle obtint la communication presque aussitôt.

— Allô, allô.

— Vous avez appelé Milan, le 400-79-27 ?

— Oui, oui, fit-elle.

— Vous l'avez, parlez...

Parler ? Avec qui ? En appelant, elle avait espéré ne pas obtenir de réponse. Sa maison n'était-elle pas vide, fermée à clef ? Et puisque quelqu'un venait à l'appareil, cela signifiait donc que ses craintes étaient fondées, que Luisella était demeurée enfermée à l'intérieur. (Bien qu'elle ne fût âgée que de quatre ans, elle savait déjà répondre au téléphone.) Et dix jours avaient passé désormais ; et il faisait une chaleur étouffante, et Ada n'avait laissé à la maison pas même la moindre bouchée de pain. La chaleur ! Quand il fait une telle canicule, les meubles cuisent, rôtissent dans les maisons abandonnées, et les êtres vivants, s'il en reste, meurent étouffés. Ada se sentit défaillir. En tremblant, elle murmura :

— Allô.

— Allô ! répondit, de Milan, une voix d'homme.

En un éclair, Ada imagina la scène : Luisella enfermée et seule dans la maison, incapable d'ouvrir la porte, ses cris, alertant enfin le quartier, la police, la porte enfoncée, la fillette folle de peur...
— Allô, qui est à l'appareil ? demandait l'homme.
— C'est moi, la maman. Mais qui êtes-vous ?
— Quelle maman ? Je ne connais pas de maman. Vous vous êtes trompée de numéro ! Et il raccrocha.

Ada redemanda aussitôt Milan (mais la panique la tenait désormais tout entière). Elle obtint le bon numéro, perçut la sonnerie et cette fois nul ne répondit.

Elle se sentit soulagée. Tout de même ! Quelle idée d'affabuler sur de telles sornettes ? Elle se repoudra un peu devant un miroir, retourna au jardin. On la regarda, mais personne ne dit rien.

Toutefois, quand elle se retrouva au lit, que le lourd silence de la nuit s'appesantit sur la grande maison de campagne, et que seul le chant des grillons vint la rejoindre par la fenêtre entrouverte, elle connut de nouveau la peur. Elle se mit à imaginer l'enfant, désormais consumée de chaleur et de faim, à genoux, les mains agrippées au verrou inférieur de la porte, les yeux écarquillés, et lançant ses derniers gémissements. Elle avait beau se dire que, à tout prendre, quelqu'un aurait entendu ses cris. Une autre voix, perfide, remarquait : si quelqu'un l'avait entendue, on l'aurait secourue ; dix jours sont passés désormais, à cette heure tu serais prévenue. Et puis il se pouvait aussi que les appartements voisins fussent vides, en cette époque de vacances. Et, cinq étages plus bas, la concierge pouvait-elle entendre ?

Elle regarda sa montre, il était quatre heures. Ada sauta du lit, se vêtit, prépara sa valise. Peut-être que je commence à devenir folle, se disait-elle. Mais elle se sentait incapable de résister.

Elle griffonna un billet d'excuse. A pas furtifs, elle descendit, ouvrit la porte du jardin, se mit en route pour la gare : à quatre kilomètres de là.

Plus le train avançait, plus forte devenait sa panique. Elle arriva à Milan vers trois heures de l'après-midi. La ville grillait dans un halo de poussière humide et brûlante. Ada s'engouffra dans un taxi, balbutiant son adresse.

La vue de sa maison, enfin! On n'y remarquait rien d'insolite. Les volets de son appartement étaient tous tirés, comme elle les avait mis onze jours plus tôt.

Elle passa en courant devant la concierge. La concierge lui fit le même salut qu'à l'accoutumée. Que béni soit le Ciel, pensait Ada. C'était un cauchemar, rien d'autre.

Silence, tranquillité, sur le palier du cinquième étage. Mais pourquoi sa main tremblait-elle ainsi en glissant la clef dans la serrure? En s'ouvrant, la porte laissa passer un souffle chaud et lourd.

Aussitôt Ada sentit une douloureuse contraction nouer sa poitrine : une petite, une incompréhensible fumée venait flotter au-dessus de sa tête, minuscule nuage effilé, pâle, inodore, comme hâtif de s'enfuir.

Elle courut à la fenêtre de l'entrée, écarta les volets, se retourna.

Sur le parquet, à deux mètres à peine, quelque chose, comme une large tache, épaisse. Elle s'approcha, toucha du pied. De la cendre. De la cendre étendue uniformément, formant une sorte de dessin. Et cette contraction qui nouait sa poitrine devint le feu, l'enfer. Les contours de la tache étaient exactement ceux de Luisella.

LES AMIS

Le luthier Amedeo Torti et sa femme prenaient le café. Les enfants étaient déjà au lit. Et Torti et sa femme se taisaient, ainsi qu'il leur arrivait souvent. Soudain, elle dit :

— Tu veux savoir quelque chose ?... Depuis ce matin, j'ai une curieuse sensation... Comme si Appacher devait nous rendre visite ce soir.

— Ne parle pas de ces choses, même pour plaisanter ! répondit le mari en faisant un geste de lassitude.

En fait Toni Appacher, violoniste, son plus vieil ami intime, était mort depuis vingt jours à peine.

— Je sais bien, je sais bien que c'est affreux, reprit-elle, mais c'est une idée dont je ne parviens pas à me débarrasser.

— Eh, plaise au Ciel... murmura Torti avec un vague chagrin, mais sans chercher à continuer la discussion. Et il secoua la tête.

Ils se turent de nouveau. Il était dix heures moins le quart. Puis la sonnette de la porte retentit. Longuement, péremptoirement. Le couple sursauta avec ensemble.

— Qui cela peut-il bien être, à une heure pareille? dit-elle.

Le pas traînant d'Iñes leur parvint du vestibule, puis le bruit de la porte qu'on ouvrait, puis des palabres. La jeune fille revint dans la salle à manger, livide.

— Iñes, qui est là? demanda la patronne.

La jeune bonne se retourna vers son patron, balbutiant :

— Monsieur Torti, venez, un moment, par ici... Si vous saviez!

— Mais qui est-ce, qui est-ce? s'obstinait rageusement la patronne, bien qu'elle sût parfaitement déjà qui ce pouvait être.

Iñes se pencha, comme ces gens qui veulent dire des choses extrêmement secrètes. Elle laissa échapper dans un souffle :

— C'est, c'est... monsieur Torti, venez... Maître Appacher est revenu!

— Balivernes! fit Torti, irrité de ces mystères et, se retournant vers sa femme : J'y vais... Toi, reste là.

Il sortit dans le couloir obscur, se heurta à l'angle d'un meuble, ouvrit brusquement la porte qui donnait dans le vestibule.

Là, debout, avec ses allures un peu empruntées, se trouvait Appacher. Pas tout à fait cependant le même Appacher qu'autrefois, moins consistant encore, avec une sorte d'indécision dans les contours. Etait-ce un fantôme? Sans doute pas encore. Oui : sans doute ne s'était-il pas encore complètement libéré de ce que les humains nomment la matière. Un fantôme, mais avec un reste de substance. Vêtu comme à l'accoutumée de gris, la chemise aux rayures bleues, une cravate rouge et bleu et un chapeau de feutre mou qu'il tripotait nerveusement entre ses mains. (Entendons-nous : un fantôme de costume, fantôme de cravate, le reste à l'avenant.)

Torti n'était pas homme à se laisser impressionner. Bien au contraire. Pourtant, il demeura le souffle coupé. Ce n'est pas rien que de voir apparaître chez soi un de ses plus chers et plus vieux amis, vingt jours après l'avoir accompagné au cimetière.

— Amedeo! dit le pauvre Maître Appacher, en souriant, comme pour tâter le terrain.

— Toi ici? toi ici? s'emporta presque Torti, car de tous les sentiments opposés et tumultueux qui bouillonnaient en lui, seule la colère parvenait à s'exprimer.

N'était-ce pourtant pas une merveilleuse consolation que de revoir l'ami perdu? Pour obtenir une telle rencontre, Torti n'aurait-il pas donné tous ses millions? Oui certes, il l'aurait fait sans rechigner. N'importe quel sacrifice. Et alors, pourquoi n'éprouvait-il pas maintenant cette félicité? Pourquoi tout au contraire cette sourde irritation? Après tant d'angoisse, tant de pleurs, tant de corvées imposées par ce qu'on appelle les convenances, fallait-il tout recommencer? Au moment de leur séparation, ses possibilités d'affection pour son ami avaient été épuisées jusqu'à l'extrême miette, il n'en restait plus rien maintenant.

— Eh oui, je suis ici, répondit Appacher, malmenant plus que jamais le bord de son chapeau. Mais je... tu sais bien qu'entre nous on ne se gêne pas. Si je te dérange...

— Me déranger? Tu appelles cela me déranger? reprit Torti, complètement sous l'empire de sa colère. Tu reviens, je ne veux même pas savoir d'où, et de cette manière... Et puis tu parles de dérangement! Tu as un beau toupet!... (Puis se parlant à soi-même :) Et qu'est-ce que je vais faire maintenant?

— Ecoute, Amedeo, dit Appacher, ne te fâche pas... Ce n'est pas de ma faute après tout... Là-bas aussi (il fit un geste vague) il y a une certaine confusion... En fait il faudrait que j'attende encore à peu près un mois... Un mois, ou peut-être davantage... Et tu sais bien qu'on a déjà vendu ma maison, qu'il y a de nouveaux locataires...

— Alors, tu veux dire que tu demeurerais ici, chez moi, pour dormir?

— Dormir? Désormais je ne dors plus... Il ne s'agit pas de dormir... Je me contenterais d'un petit coin... Je ne t'ennuierais pas, je ne mange pas, je ne bois pas, je ne... en somme je n'ai même plus besoin d'aller aux cabinets... Tu comprends? Rien que pour ne pas avoir à errer toute la nuit, et parfois sous la pluie.

— Mais la pluie... elle te mouille?

— Me mouiller, non, bien sûr... (Il eut un petit rire.) Mais c'est tout de même bien ennuyeux.

— Ainsi, tu passerais ici toutes tes nuits?

— Si tu m'y autorises...

— Si j'autorise!... Je ne comprends vraiment pas... une personne intelligente, un vieil ami... quelqu'un qui a désormais toute la vie derrière soi... enfin : comment ne t'en rends-tu pas compte ? Ah oui, bien sûr, tu n'as jamais eu de famille !

L'autre, tout confus, reculait en direction de la porte.

— Pardonne-moi, je croyais... Et puis, il ne s'agit que d'un mois...

— Mais tu ne veux vraiment pas comprendre ! reprit Torti, offensé. Ce n'est pas pour moi que je me préoccupe... Les enfants !... Les enfants !... Cela ne te ferait rien, à toi, de te montrer à deux innocents qui n'ont même pas dix ans ? Enfin, tu devrais te rendre compte de l'état dans lequel tu te trouves. Tu voudras bien excuser ma franchise, mais mon vieux, tu es un spectre, un fantôme... Et là où se trouvent mes enfants, des fantômes, mon cher ami, je n'en veux pas...

— Et alors, rien ?

— Et alors, mon cher ami, je ne sais que te...

Il demeura là, au milieu de sa phrase. Appacher, d'un coup, avait disparu. On entendait seulement des pas qui dévalaient l'escalier.

Minuit et demi sonnait quand le Maître Mario Tamburlani, directeur du Conservatoire, revint à sa demeure après un concert. Il avait déjà fait tourner la clef dans la serrure de son appartement, quand il entendit un murmure dans son dos : « Maître, Maître ! » Il se retourna d'un coup, reconnut Appacher.

Tamburlani était célèbre pour sa diplomatie, son savoir-faire, sa sagesse et sa faculté de se débrouiller dans la vie : ces dons, ou ces défauts, lui avaient permis de se pousser bien plus haut que ses modestes mérites ne le laissaient prévoir. Il jaugea la situation en un éclair.

— Oh mon cher, mon cher ami, murmura-t-il sur un ton pathétique et chaleureux, tendant les mains au violoniste mais demeurant toutefois à un bon mètre de distance. Mon cher, mon cher ami... Ah, si tu savais le vide que...

— Comment? comment? reprit l'autre qui était devenu un peu sourd, car les sens des fantômes sont affaiblis. Excuse-moi, je n'entends plus aussi bien que naguère...

— Oh, mais je comprends, mon cher ami... Toutefois, je ne puis me mettre à hurler. Ada dort, et puis...

— S'il te plaît, ne pourrais-tu pas me faire entrer un instant? Je marche depuis si longtemps...

— Oh non, non, par pitié : gare à Blitz s'il s'en apercevait!

— Quoi? Qu'as-tu dit?

— Blitz, mon chien-loup, tu ne le connais pas?... Il ferait un de ces tapages... Il réveillerait aussitôt le concierge... et puis qui sait...

— Alors, je ne pourrais pas, pour quelques jours...

— T'établir un peu chez moi? Oh, mon cher Appacher, bien sûr, bien sûr!... Tu penses si pour un ami comme toi... Toutefois, excuse-moi mais : comment allons-nous faire avec le chien?

L'objection laissa Appacher interdit. Il tenta alors de prendre Tamburlani par les sentiments.

— Tu pleurais, tu pleurais il y a un mois, au cimetière, quand tu as fait ton discours... T'en souviens-tu? J'entendais tes sanglots, tu sais?

— Oh, mon cher, mon cher ami, ne m'en parle pas... J'en ai un tel chagrin encore (il se mit une main sur la poitrine)... Oh mon Dieu, il me semble que Blitz...

En effet, un sourd grondement prémonitoire leur parvenait de l'intérieur de l'appartement.

— Cher ami, attends un instant. J'entre pour faire tenir tranquille cette bête insupportable... Juste un instant, mon cher.

Et, leste comme une anguille, il se glissa par la porte, la referma derrière lui en la verrouillant bien. Puis ce fut le silence.

Appacher attendit quelques minutes. Puis il murmura : « Tamburlani, Tamburlani » sans obtenir de réponse. Alors il frappa doucement des doigts contre la porte. Mais de l'autre côté, le silence était total.

Au cœur de cette nuit, Appacher décida d'aller tenter sa chance près de Gianna, fille aux mœurs faciles et au bon cœur, chez qui il s'était souvent rendu de son vivant. Gianna habitait deux petites pièces dans un vieil immeuble des faubourgs populaires. Quand il parvint chez elle, il était déjà plus de trois heures. Heureusement, comme il arrive souvent dans de telles ruches, le portail d'entrée était entrouvert. Appacher grimpa jusqu'au cinquième étage avec peine. Il était fatigué de cheminer désormais.

Dans le couloir, il retrouva facilement la porte de Gianna malgré l'obscurité. Il frappa discrètement. Et il lui fallut insister avant d'entendre des signes de vie de l'autre côté. Puis la voix de la jeune femme, tout endormie.

— Qui est là ? Qui est-ce à cette heure ?
— Tu es seule ? Ouvre... C'est moi, Toni.
— A cette heure ? reprit-elle, sans enthousiasme, mais avec sa docilité habituelle. Attends... j'arrive.

Un paresseux traînement de savates, le bruit de l'interrupteur d'électricité, la serrure qui tournait.

— Pourquoi viens-tu à une heure pareille ?

Et, la porte enfin ouverte, Gianna s'apprêtait à courir de nouveau dans son lit, laissant à l'homme le soin de refermer, quand elle fut frappée par l'allure étrange d'Appacher. Elle demeura interdite, l'observant, et seulement alors un souvenir épouvanté surgit des vapeurs de son demi-sommeil.

— Mais tu... mais tu... mais tu...

Elle voulait dire : mais tu es mort, je m'en souviens maintenant. Le courage lui en manquait. Elle recula, les bras tendus pour le repousser si jamais il tentait de l'approcher.

— Mais tu... mais tu...

Puis elle émit une sorte de hurlement :

— Dehors... dehors, par pitié ! suppliait-elle, les yeux révulsés d'horreur.

Et lui :

— Je t'en supplie, Gianna... Je voulais juste me reposer un peu.

— Non, non ! Dehors ! Comment peux-tu penser... Tu veux me faire tomber folle. Dehors ! Dehors ! Veux-tu que toute la maison s'éveille ?

Et comme Appacher ne faisait pas mine de s'en aller, la fille, sans le quitter des yeux, chercha à l'aveuglette derrière elle, ses mains fouillant dans une commode. Elle s'empara enfin d'une paire de ciseaux.

— Je m'en vais, je m'en vais, dit-il tout désorienté.

Mais Gianna, avec le courage du désespoir, lui pointait déjà son arme ridicule sur la poitrine, et la double lame, ne rencontrant aucune résistance, s'enfonça tout doucement dans le fantôme.

— Oh Toni, pardonne-moi, je ne voulais pas... gémit la fille épouvantée.

— Non, non... ah, quelle sollicitude, je t'en prie... quel empressement! Et il éclata d'un grand rire hystérique.

Dehors, dans la cour, une fenêtre s'ouvrit avec fracas. Puis une voix furibonde :

— On peut savoir ce qui se passe? Il est presque quatre heures! C'est un vrai scandale, bon sang!

Appacher fuyait déjà comme le vent.

Où essayer encore? Chez le curé de San Calisto, hors de la ville? Chez ce brave Don Raimondo, son vieux camarade de collège, qui lui avait administré les derniers réconforts de la religion sur son lit de mort?

— Arrière, arrière, apparence démoniaque! tel fut l'accueil que le digne prêtre réserva au violoniste.

— Mais je suis Appacher, ne me reconnais-tu pas? Don Raimondo, laisse-moi me cacher chez toi. L'aube va poindre. Pas un chien ne m'accepte... Les amis m'ont tous renié. Toi au moins...

— J'ignore qui tu es, répondit le prêtre d'une voix mélancolique et solennelle. Tu pourrais aussi bien être le démon, une illusion de mes sens, je l'ignore. Mais si tu es vraiment Appacher, alors, entre quand même, voici mon lit, étends-toi, repose...

— Merci, merci, don Raimondo, je le savais...

— Ne t'inquiète pas, continuait doucement le prêtre, ne t'inquiète pas des ennuis que me fait déjà l'évêque... Ne t'inquiète pas, je t'en prie, si ta présence en ce lieu peut faire surgir de nouvelles complications... En somme, ne t'en fais pas pour moi. Si l'on t'a envoyé ici pour mon humiliation, eh bien, que soit faite la volonté de Dieu! Mais que fais-tu tout à coup? Tu t'en vas?

Et voilà pourquoi les esprits — quand par hasard quelque âme en peine s'obstine à demeurer sur terre — ne veulent pas vivre avec nous, mais se retirent dans les maisons abandonnées, parmi les ruines des tours légendaires, dans les chapelles perdues au milieu des forêts, sur les rochers solitaires que les flots battent, et battent, et qui lentement s'effritent.

LES GLADIATEURS

Monseigneur était seul dans la campagne. Il s'approcha d'une haie et, à l'aide d'un petit bout de bois, retira de sa toile une grosse araignée : elle était jeune, solide, magnifique ; de délicats dessins aux couleurs exquises enluminaient la coupole de son abdomen. La bestiole, enlevée sur son propre fil, se balançait, suspendue dans le vide, sans comprendre ce qui lui arrivait.

Mais une autre araignée, encore plus formidable, se trouvait au centre de sa toile sur un autre branchage de la même haie. Elle ressemblait à Moloch, ou bien encore au dragon, au serpent de l'antiquité, qu'on nomme aussi Satan. Repue et immobile, elle régnait dans toute sa splendeur sur cette partie du monde. Monseigneur, dans le but de faire une expérience, lança d'un geste précis la première araignée dans la toile : et la bête y demeura attachée, prise au piège.

L'homme n'eut même pas le temps de voir : la grande araignée semblait dormir, puis elle tomba en un éclair sur l'intruse. Et aussitôt ses jambes l'enroulèrent du fil argenté de sa bave. Il n'y eut pas de lutte. En quelques secondes, la première araignée se trouva complètement empaquetée, incapable de se mouvoir.

C'était le soir, la campagne était tranquille, le soleil tombait lentement en direction des montagnes, faisant briller la toile d'araignée dans ses plus infimes dessins. Tout était calme. Au milieu de la toile, comme auparavant, l'araignée gigantesque se tenait immobile, assoupie. Plus bas, ce paquet suspendu, contenant l'ennemie. Etait-elle morte? Par instants les deux pattes antérieures s'agitaient dans un imperceptible tremblement.

Jusqu'à ce que soudain la prisonnière se dégageât. Elle ne fit pas d'effort visible, ne donna aucune secousse. En méditant dans son piège, en avait-elle déchiffré le secret? Elle se dépêtra, apparut intacte, et se mit à descendre sans hâte sur un des fils qui maintenaient la toile. Dépêche-toi, va-t'en, pensait Monseigneur, tu veux te faire reprendre? Mais l'araignée prenait tout son temps.

Moloch, roide sur son trône, ne battit pas un cil. Y avait-il un pacte entre les deux? La plus grande pouvait par exemple avoir dit à l'autre : si tu parviens à te libérer toute seule, je te ferai grâce. Ou quelque chose de similaire. Elle demeura en fait comme une statue, feignant de ne rien voir, renonçant. Et déjà l'autre parvenait au feuillage.

Toutefois Monseigneur fut plus rapide qu'elle. Il retira de nouveau de son arbre l'araignée fugitive, prenant bien soin de ne pas lui faire de mal. Il la fit osciller deux ou trois fois au bout de son morceau de bois, puis la jeta délicatement pour la seconde fois dans la toile.

Et, pour la seconde fois, le géant bondit. Il se retrouva sur l'autre, écartant les pattes en cherchant de l'envelopper complètement. La lutte fut brève. La plus petite araignée, empêtrée dans la toile, ne parvenait pas à se retourner pour lutter face à face. Elle se défendait pourtant, se tordant vers l'arrière de toutes ses forces. Déséquilibrée, elle demeura ensuite dans cette position.

Cependant, ses liens semblaient moins puissants que l'autre fois. La grosse araignée avait dépensé sans compter sa bave dès la première rencontre, il ne lui en restait presque plus. Elle dut se limiter à un ficelage sommaire, laissant de larges trous entre ses mailles. Alors une petite chose noire se mit à bouger derrière les épaules de Monseigneur, un oiseau peut-être, une feuille morte, une couleuvre. Il se retourna d'un bond ; mais la campagne demeurait parfaitement déserte. L'araignée triomphante ne retourna pas immédiatement sur son trône. Elle s'appliquait cette fois-ci à mieux entourer le corps de sa prisonnière, lui mordant lentement le dos, pour l'empoisonner. L'autre subissait, résignée, semblant ne pas souffrir.

Après sa séance de morsure, la grosse araignée retourna au centre de la toile, puis elle se ravisa et recommença son travail. Elle fit ainsi à trois reprises. A la troisième, la prisonnière sortit ses tenailles par une petite ouverture du sac qui l'enfermait, et saisit au vol une patte de son bourreau.

Moloch fut pris d'un spasme, abandonna sa victime, tentant de se sauver. Mais l'autre s'agrippait avec fureur. La patte était tendue à l'extrême, peu s'en fallait qu'elle ne l'arrachât. Enfin les forces de la prisonnière s'affaiblirent et son emprise se desserra.

Monseigneur, s'imaginant encore que quelqu'un le regardait fixement, se tourna de nouveau. Il n'y avait rien : la campagne seulement, le soleil couchant, et un nuage jaune étendant une sorte d'immense bras, semblable à un avertissement. A son intention peut-être?

L'araignée géante grimpa en boitillant sur son trône, consternée. Elle semblait saisie par la peur d'avoir été empoisonnée à son tour. Et elle se mit à caresser, avec un tendre amour, cette patte que l'adversaire avait pincée. Elle la lissait de ses sept autres membres, la portait à sa bouche, la léchait, puis la reposait comme nous autres humains faisons quand nous avons des entorses. Elle semblait une mère près de son enfant. Après quelques minutes toutefois, elle se rassura : pour voir si elle pouvait encore pincer, elle expérimentait sa patte sur les fils de sa toile, semblant y faire des arpèges. Puis, avec de répugnants transports amoureux, elle se remit à la caresser.

Enfin, complètement consolée, elle retourna avec encore plus d'acharnement à son travail féroce. Ses tenailles fouillaient dans le ventre de la suppliciée, coupant l'épaisseur de la carapace comme une boîte de conserve. Et un liquide dense, blanchâtre, commençait de couler de cette immense blessure.

En cet instant, tandis que mourait le soleil, l'immense bras du nuage jaune, suspendu au-dessus de la vallée, devint comme vivant, ardent, à tel point que son ombre se posa sur le monde entier. Même la haie, dans ses plus infimes recoins, en resplendissait. Pourtant, tout se trouvait maintenant plus calme qu'auparavant, car auparavant il y avait deux araignées aux aguets et maintenant une seule, immobile, absente, comme si rien ne s'était passé. L'autre avait cessé d'être une araignée, ce n'était qu'une masse inerte et flasque, et même le monceau visqueux de ses viscères commençait à se coaguler. Ce n'était pourtant pas encore la mort : toute ratatinée qu'elle était dans son sac, elle remuait encore faiblement ses pattes antérieures.

Une calèche passa sur la route voisine, son petit cheval trottant allégrement, et disparut vers le nord. Puis Monseigneur entendit, de l'autre côté du fleuve, une paysanne qui chantait avec un troublant abandon. Il était seul. Armé de son bout de bois il rompit, avec la précision d'un chirurgien, les filets et libéra la petite bête torturée. Puis il la déposa sur une feuille.

Là, la faible créature demeura, estropiée, gardant la position qu'elle avait dans sa prison, envahie par la paralysie. Puis elle tenta de remuer et se renversa sur le côté. Ses huit petites pattes tressaillaient doucement au même rythme, semblant implorer : l'animal abandonné, l'innocent, l'agneau du Seigneur...

A genoux dans la prairie, Monseigneur était penché sur cette irrémédiable douleur. Dieu, qu'avait-il fait! Il avait suffi de bien peu, d'une petite plaisanterie expérimentale, pour ruiner et détruire une vie. C'est à cela qu'il pensait quand il nota que l'araignée le regardait : quelque chose de dur, de cuisant, émergeait de ses petits yeux inexpressifs, et grimpait jusqu'à lui. Il s'aperçut aussi que le soleil avait disparu : les arbres, les haies, noyés dans l'ombre, se faisaient mystérieux, dans l'attente. Et maintenant, qui donc remuait derrière ses épaules ? Qui murmurait tout doucement son nom ? Pourtant, non, il semblait bien qu'il n'y eût personne.

LE DÉNONCIATEUR

Un jour parvint sur le Forum une nouvelle qui fit très grande impression : une des légions de Quintilio Rufo, surprise dans son campement, avait été taillée en pièces par les Mèses et contrainte à la déroute.

— Il y a toujours un remède, dit Marco Pedanio à Giunio Postumo. Tu sais ce que je ferais, moi ? Un vieux remède, tu me comprends ? un sur dix... zac !... et il fit le signe de trancher les têtes.

Postumo secoua la tête.

— La décimation n'a plus cours depuis bien trop longtemps... Et puis Rufo n'oserait jamais sans un ordre exprès de César.

Un homme aux allures dignes, que tout le monde connaissait pour avoir vu souvent son visage chevalin, sans savoir exactement qui il était, se trouvait là aussi.

— Ce dont tu parles, Pedanio, dit-il, est sans doute déjà fait... Je ne m'étonnerais pas outre mesure que César en ait donné l'ordre... Ainsi que tu l'as parfaitement dit, la règle d'un sur dix remettrait d'aplomb ces troupes de fuyards...

Cecilio Lentulo intervint alors. C'était un brave homme, mais extrêmement craintif : connu pour sa servilité exagérée plus encore que pour ses richesses. Il était gros, et quand il s'échauffait ses veines se gonflaient.

— Je ne le crois pas, oh mon ami, proclama-t-il à l'intention de l'homme à la tête de cheval. César ne donnera jamais un ordre semblable.

— Pourquoi?

— Pourquoi : César est juste, il n'enverra jamais à la mort des innocents, ce qui serait le cas.

— C'est donc ton opinion, ô Lentulo?

— Jamais César ne se souillerait d'une telle infamie, insista le gros bonhomme transporté par son adulation.

Mais il s'arrêta, s'interrogeant avec perplexité : comment cet homme connaît-il mon nom? Il regarda tout autour de lui. Déjà leur petit groupe s'était défait, et plus personne ne s'intéressait à lui. L'homme au visage chevalin s'approchait avec curiosité d'un autre attroupement.

La chose en resta là, mais la conversation laissa à Lentulo un malaise indéfinissable. Il s'en alla, inquiet, comme quelqu'un qui vient d'entendre, sans y prendre garde, une mauvaise nouvelle et n'y prête sur le moment aucune attention : mais la peur s'est déjà implantée en lui, il en est tout rongé, angoissé, il sent une obscure épouvante l'étreindre et ne peut en saisir la cause. Alors, il s'interroge : je dois avoir fait, ou dit, ou entendu, quelque chose qui ne va pas, mais je ne m'en souviens plus. Qu'est-ce que cela peut être? Et il cherche dans sa mémoire, recomposant les dernières heures qu'il a passées, les derniers jours, pour découvrir où gît le point douloureux.

Toutefois, aussi profondément qu'il menât ses investigations, Cecilio Lentulo ne trouva rien qui pût lui causer du souci. Aussi s'imposa-t-il de n'y plus penser. Et au fil des jours cette inquiétude sembla s'évanouir. Elle resurgissait seulement de temps à autre, ravivée sans doute par quelque analogie de circonstances, par un hasard, par une phrase d'apparence banale. Alors Lentulo se jetait sur cette peine renaissante, anxieux de l'analyser et d'en découvrir enfin les raisons : de la même manière qu'un chasseur se poste pendant de longues heures à l'affût de la marmotte qui doit surgir de sa tanière, prêt à tirer dès qu'elle montrera le museau. Mais chaque fois, juste alors qu'il était sur le point de comprendre, qu'il lui semblait pouvoir saisir au vol la vérité, tout s'effaçait subitement à nouveau.

Jusqu'à ce jour où la mystérieuse douleur se révéla, à l'improviste, dans toute son ampleur. L'esclave qui lui servait de comptable informa Lentulo — plus d'un mois avait déjà passé — que Rufo avait fait périr par le bâton un sur dix des soldats de la quatorzième légion, et que ce châtiment s'était montré d'un effet salutaire puisque cette même légion, quelques jours plus tard, avait complètement écrasé l'armée mèse. Plus encore : que ce fût vrai ou non, on racontait que l'ordre de décimation avait été donné par César lui-même, à la suite de quoi Fausto Liborio, en plein Sénat, lui en avait attribué le mérite, et César n'avait pas protesté.

En entendant cela, Lentulo sentit comme une main glacée lui broyer les entrailles. Ah, maintenant il saisissait la cause de ce trouble inconnu. En ce jour désormais lointain, au Forum, sa maudite manie de vouloir encenser à tout prix l'avait à tout jamais compromis. N'avait-il pas prétendu que « jamais César ne se souillerait d'une telle infamie » ? Maintenant « l'infamie » était consommée. C'était plus qu'il n'en fallait pour être inquiété et mis à mort.

Mais qui pourrait le dénoncer ? Qui l'avait entendu ? Qui s'était trouvé là pendant la conversation ? Lentulo frémit à la pensée de tous ces espions qui fourmillaient partout. Un sinistre adage lui revint en mémoire : « Dans Rome désormais, sur dix citoyens honnêtes, nous sommes pour le moins vingt dénonciateurs. »

Il était presque midi. Installé dans une grande pièce calme qui donnait sur le jardin, Lentulo écoutait le bourdonnement solennel des insectes volant au-dessus des fleurs et, par bouffées, un faible bruissement d'eau. Mais que valait toute cette tranquillité ? Il se disait : « Garde ton sang-froid, ne te hâte pas, rien n'est arrivé encore, l'important est de prévenir les coups, considère d'abord l'un après l'autre tous ceux qui ont pu t'entendre ce jour-là. » Et il reconstruisit la scène : il revit en pensée Marco Pedanio, curateur aux subsistances, faisant allusion devant lui (ah, que ne s'était-il tu !) à la décimation ; heureusement c'était un homme hors de doute, réservé, renfermé en soi-même.

L'autre était le vieux Giunio Postumo, de noble

famille, lui aussi personne intègre et sévère. Rien à craindre de ces deux-là. (Postumio pouvait cependant représenter un péril : les magistrats du Prétoire ne le tenaient plus autant en considération que naguère. Pouvait-on exclure la possibilité qu'il cueillît là une occasion de prouver, par une dénonciation pertinente, sa fidélité à l'Empereur ?)

Et puis il y avait aussi cet individu au visage chevalin qui avait approuvé l'idée de Pedanio. Qui était-ce, celui-là ? Pas un inconnu, certes, mais Lentulo ignorait son nom. Ce qui le souciait fort. N'était-ce pas un espion ? Les hommes qui se dédiaient à l'art combien triste des informations se contentaient cependant en général d'écouter, ils avaient pour règle de se taire. Et cet autre au contraire se montrait plutôt loquace. Il n'avait pas l'aspect d'un meurt-la-faim et son visage n'était ni blafard ni verdâtre, stigmates habituels de ces sycophantes.

Enfin, à mesure que Lentulo fouillait dans ses souvenirs derrière les trois protagonistes de cette conversation, d'autres personnages semblaient sortir de l'ombre. Oui, oui, il s'en souvenait maintenant : Florio Neca, le médecin, était passé tout près d'eux en cet instant (et leurs regards s'étaient pour un instant croisés). Et cet autre, en train de lire les édits sur les tablettes, n'était-ce pas Decio Arena, le jeune tribun ? Et, marchant de son pas chancelant, Flavio Arrunzio, le philosophe, accompagné de son fils, ne l'avait-il pas heurté à un certain moment ? Ceux-là aussi, et d'autres encore, pouvaient parfaitement avoir entendu ses phrases téméraires. Ceux-là aussi étaient, théoriquement, autant de nouvelles sources de danger.

Et comme sa panique s'avivait en de tels calculs, Lentulo parvint à se réconforter à la pensée que beaucoup de temps avait passé depuis lors ; que désormais les témoins avaient sans doute tout oublié ; et que si même ils se souvenaient de l'incident, ils ne se trouvaient plus capables d'affirmer que tel ou tel avait prononcé ces phrases. En conséquence, toutes ces craintes étaient sans doute absurdes. Mieux valait donc rester tranquille, ne pas remuer les eaux troubles, continuer à vivre comme auparavant. Tu parles ! Comment demeurer inactif avec ce cauchemar, ne pas remuer, se fier à l'insignifiance de cette affaire, n'en parler à personne, pas même à sa femme, à ses fils ?

Et le besoin d'agir, de n'importe quelle façon, de rompre cette chape oppressante fut plus fort que tout. Lentulo choisit, entre toutes les tactiques, la plus franche : c'est-à-dire d'aller parler justement aux ennemis éventuels, c'est-à-dire d'interroger tous ceux qui l'avaient entendu ce jour-là, de tâter le terrain, de s'assurer qu'ils ne se souvenaient de rien, d'intervenir avec suffisamment de décision s'il les voyait hésitants, bref de savoir si la fameuse conversation avait laissé ou non des traces dangereuses.

Il eut de la chance. A peine parvenu sur le Forum, Cecilio Lentulo se trouva nez à nez avec Postumo. Il le salua, s'entretint avec lui de futilités, continua la conversation bras dessus bras dessous.

— Et ainsi, dit-il, nous leur avons bien réglé leur compte, aux Mèses, hein... On a beau dire, tout le mérite en revient à Rufo. La décimation a été d'un effet fantastique.

Postumo opinait de la tête, mais par simple courtoisie, semblait-il, comme si la question ne l'intéressait pas.

— Et quand je pense, reprit Lentulo, sentant battre son cœur en s'aventurant sur ce terrain dangereux, quand je pense qu'il s'est trouvé quelqu'un pour dire, ici même... pour dire que la décimation était une infamie... Tu les as entendus sans doute toi aussi ces discours...

— Ah, cela se peut, répondit Postumo en laissant errer son regard, indifférent. On entend tellement de choses... sans doute... cela se peut...

(Non, non, pensa Lentulo avec un indicible soulagement, celui-ci ne se souvient de rien, il ne peut feindre à ce point, je puis être parfaitement tranquille à son sujet.)

La rencontre avec Pedanio fut tout aussi rassurante.

— Ah, tu t'en souviens? répliqua-t-il, flatté, dès que Lentulo toucha cet argument. Ah, tu t'en souviens de ce que j'ai aussitôt affirmé qu'il fallait pratiquer la décimation? Et ce crétin qui protestait, tu te souviens? il prétendait que ç'aurait été une ignominie, une turpitude. Je suis bien content que tu t'en souviennes. On a fait exactement comme j'avais dit!

Et il semblait parler avec une telle franchise que Lentulo poussa un gros soupir. Donc, Pedanio non plus ne se souvenait pas.

Il restait à sonder cet inconnu au visage chevalin. Lentulo l'avisa trois jours plus tard, se promenant seul sur le Forum. Et comme Lentulo esquissait un salut, l'autre répondit avec chaleur. Ils se mirent à parler. Et la conversation, par de subtils et diplomatiques détours, en vint au point délicat. Mais la guerre contre les Mèses laissait cet homme complètement indifférent. Comme si Lentulo lui avait parlé de la lune.

Il avouait ne pas être au courant. Il ne savait rien de la décimation. Ah bon, on l'avait vraiment faite? Ah parfait, parfait. Avait-il entendu discuter à ce sujet? Certes! c'était un des points les plus controversés par les hommes de loi. Mais il ne se souvenait pas d'avoir rien entendu. Pourquoi? Quelqu'un critiquait-il César? Quant à lui, il se montrait favorable à une entière liberté de discussion. Il était bon que des problèmes aussi difficiles, aussi délicats, fussent débattus au grand jour... Ainsi « tête de cheval » se laissait-il aller à des verbiages sans fin. Dénonciateur, lui? Cecilio Lentulo riait dans sa barbe à la seule idée d'avoir pu y penser. Ce n'était qu'un bon diable, absolument inoffensif, un de ces crétins qui passent leur journée à bavarder, et ce qui leur entre par une oreille sort aussitôt par l'autre.

L'angoisse s'en allait en fumée. Ainsi donc, à part lui-même Lentulo, nul ne se souvenait des phrases malheureuses qu'il avait prononcées. Mais comme les soupçons sont très durs à mourir, Lentulo savait qu'il n'aurait pas la paix s'il ne menait son enquête jusqu'au bout. Aussi lui restait-il à interroger les témoins de deuxième ordre, à savoir Neca, le médecin, le tribun Arena et le philosophe Arrunzio, ce dernier également renommé comme poète, débrouilleur d'énigmes et souvent consulté, pour sa sagesse, comme un oracle profane.

Pour plus de commodité il commença par Arrunzio. C'était un vieil ami, il pouvait ouvrir son cœur devant lui sans crainte. Il alla le trouver chez lui.

— Ecoute, dit Lentulo, pour cette franche amitié qui nous lie, lève-moi d'un doute. Il y a plus d'un mois, je me trouvais sur le Forum quand la conversation est venue sur la défaite de Quintilio Rufo, et certains penchaient pour la décimation, d'autres s'y montraient hostiles. Ce jour-là, si je m'en souviens bien, tu te trouvais toi aussi au Forum. Maintenant, dis-moi : te souviens-tu par hasard...

— Toi aussi?

— Moi aussi quoi?

— C'est étrange, dit Arrunzio, quelqu'un d'autre, hier justement, est venu me poser la même question... C'est un homme qui a belle allure, mais à la vérité pas tellement recommandable. Tu le connais peut-être, non? Mamerco Pesatore...

— Non, je ne le connais pas... (Puis, soudain saisi d'un doute affreux :) Dis-moi, ce ne serait pas par hasard celui qui a une tête de cheval?

— Oui, plutôt chevaline en effet... Mais alors tu le connais... Tu l'as peut-être rencontré récemment?

— Ce matin, au Forum, mais je n'ai...

Arrunzio leva les bras au ciel.

— Oh, pauvre de toi, Cecilio Lentulo, sauve-toi!

Sans le vouloir, je t'ai trahi! Sauve-toi! Cache-toi avant qu'il ne soit trop tard!

— Pourquoi? Qu'est-il arrivé?

— Ce Pesatore... Il est venu me trouver, me demandant si je me souvenais de qui avait parlé contre César... Il m'a tenu un grand discours qui n'en finissait plus, et je sais bien que c'est un espion... Mais je ne pouvais pas imaginer... j'ignorais que tu... Il m'a dit: « Au Forum, il y a quelques jours, un groupe de personnes parlait de Rufo, et quelqu'un dénigrait César Auguste, prétendant que la décimation était une infamie; et je ne parviens pas à me souvenir qui diable ce pouvait être. Il faut que je le sache... » Il m'a dit encore: « Toi, Arrunzio, qui es un sujet loyal, tu te trouvais peut-être au Forum ce jour-là, tu as peut-être entendu; et si tu as entendu peut-être te souviendras-tu de qui parlait; mais même si tu ne t'en souviens pas, ô Arrunzio, tu pourrais peut-être me donner un bon conseil... » Je dois t'avouer, mon cher Lentulo, que ce discours ne me plaisait pas du tout, notre bonhomme semblait insinuer, en fait, que c'était moi le blasphémateur...

— Ensuite, ensuite, alors? s'écria Lentulo, tout tremblant.

— Alors je lui ai dit: Je ne sais même plus si j'étais au Forum ce jour-là, et si j'y étais je n'ai pas entendu parler de Rufo... Mais si vraiment tu veux savoir qui a mal parlé de César, lui ai-je dit par plaisanterie, tu n'as qu'à attendre... Tu attends, lui ai-je dit, et le coupable viendra spontanément vers toi. Si tu ne sais plus qui il est, lui, tu peux en être sûr, n'a pas oublié, il aura peur, il craindra ta dénonciation, et il viendra te sonder pour savoir si tu te souviens ou non... Ce sera un signe infaillible...

Et Lentulo, se retournant, voulut prendre la fuite.

Mais les gardes entraient déjà.

A L'HYDROGÈNE

Le téléphone m'éveilla. Etait-ce la brusque interruption dans mon sommeil, le silence de plomb qui régnait tout autour : il me sembla que la sonnerie était plus longue que d'habitude, de mauvais augure, rancunière.

J'allumai, m'en allai répondre en pyjama, il faisait froid, et je vis que les meubles étaient plongés encore profondément dans la nuit (impression mystérieuse, pleine de présages!) et que je les avais pris par surprise en m'éveillant. Bref je compris immédiatement que je vivais une de ces grandes nuits, tellement rares, si profondes, une de ces nuits pendant lesquelles, à l'insu du monde, marche le destin.

— Allô, allô...

C'était une voix familière qui me parlait. Mais, tout engourdi de sommeil, je ne la reconnaissais pas...

— C'est toi?... Et alors... dis-moi... je voudrais savoir...

C'était sûrement un ami, et je ne parvenais toujours pas à l'identifier (cette abominable manie de ne pas dire tout de suite qui l'on est!).

Je l'interrompis, sans même penser à ce qu'il avait dit.

— Tu ne pourrais pas me téléphoner demain, non? Tu sais quelle heure il est?

— Il est le quart de cinquante-sept, répliqua-t-il.

Et il se tut longuement, comme s'il en avait déjà trop dit. En vérité, je ne m'étais jamais trouvé éveillé aussi loin dans les profondeurs de la nuit; j'en éprouvais un indéfinissable malaise.

— Mais qu'est-ce qu'il y a? Qu'est-il arrivé?

— Rien, rien, répondit l'autre qui semblait embarrassé : on avait entendu dire que... Mais cela ne fait rien, rien du tout... Excuse-moi... et il raccrocha.

Pourquoi m'avoir téléphoné à cette heure? Et d'ailleurs, qui était-ce? Un ami, quelqu'un de connaissance, certainement, mais qui exactement? Je ne parvenais pas à le situer.

J'allais retourner au lit, quand le téléphone retentit pour la seconde fois. Une sonnerie encore plus âpre et péremptoire. Une autre, pas la même, je le compris immédiatement.

— Allô!

— Ah, tu es là?... tant mieux...

C'était une femme. Et, cette fois, je la reconnus : Luisa, brave fille, secrétaire d'un avocat, que je ne voyais plus depuis des années. D'entendre ma voix avait été pour elle un grand soulagement, cela se sentait. Mais pourquoi? Et par-dessus tout, comment se faisait-il qu'elle se décidât après tant d'années, et en plein milieu de la nuit, à m'appeler avec une telle panique dans la voix?

— Mais que se passe-t-il? dis-je, perdant patience. Est-ce qu'on peut savoir?

— Oh, répondit faiblement Luisa. Dieu soit loué!... J'avais fait un cauchemar, tu comprends? un horrible cauchemar... Je me suis éveillée avec le cœur battant la campagne... Je n'ai pas pu m'empêcher de...

— Mais quoi? Tu es la deuxième, cette nuit. Qu'est-ce qui se passe, bon sang?

— Excuse-moi, excuse-moi... Tu sais comme je me frappe facilement. Va-t'en dormir, va, je ne veux pas te faire attraper froid... Au revoir.

Et la communication fut interrompue. Je demeurai là, récepteur en main, dans le silence. Et les meubles, bien que la lumière électrique les éclairât d'une façon tout à fait normale, avaient un aspect étrange, comme quelqu'un qui va pour dire quelque chose et se reprend, et cette chose demeure enfermée en lui sans que nous puissions la connaître. Ce n'était sans doute qu'un simple corollaire de la nuit : nous n'en connaissons en fait qu'une infime partie, le reste est immense, inexploré, et les rares fois que nous y pénétrons, nous nous effarouchons de tout.

Cependant paix et silence, cela oui : je me trouvais au cœur d'un sommeil quasi sépulcral, celui des maisons, qui est bien plus profond et muet que le silence de la campagne. Mais ces deux autres, pourquoi m'avaient-ils téléphoné? Une nouvelle m'intéressant leur était-elle parvenue? Une mauvaise nouvelle? Ou de simples pressentiments, des songes prémonitoires?

Fichaises! Je me faufilai dans mon lit, retrouvant

avec joie ma place encore chaude. J'éteignis la lumière et m'étendis sur le ventre, comme à l'accoutumée.

A cet instant retentit la cloche de la porte d'entrée. Longuement. Par deux fois. Le bruit me pénétra dans les reins, s'emparant de ma colonne vertébrale. Quelque chose était donc arrivé, ou allait m'arriver, et ce devait être bien grave pour s'accomplir à une heure aussi tardive, un événement douloureux, infâme même, sans aucun doute.

Mon cœur battait à grands coups. J'allumai de nouveau dans ma chambre mais, par prudence, laissai le couloir dans l'obscurité : peut-être pouvait-on me voir, par une craquelure minime de la porte d'entrée. Et je m'enquis, d'une voix que je voulais énergique (mais elle tremblait, devint imperceptible, ridicule) :

— Qui est là ?

Je posai ma question une seconde fois, sans obtenir de réponse. Alors, avec des précautions infinies, je m'approchai de la porte et, me penchant, collai l'œil contre un petit trou imperceptible. Le corridor semblait vide, aucune ombre ne bougeait. Il n'y avait dans l'escalier que la lumière faible, avare, désespérée de toujours, celle qui fait sentir aux humains, quand ils rentrent chez eux tard le soir, tout le poids de la vie.

— Qui est là ? demandai-je pour la troisième fois.

Toujours rien.

Une rumeur me parvint enfin. Elle ne venait pas de l'autre côté de la porte, du corridor, de l'escalier ou des autres étages, mais d'en bas, vraisemblablement de la cave, et tout l'immeuble en frémissait. C'était comme si l'on s'évertuait avec peine à traîner une chose terriblement pesante, encombrante, dans un passage étroit. Ce bruit signifiait un frottement en effet, mais aussi — bonté divine! — un long, un atroce grincement, celui d'une poutre qui s'apprête à céder ou d'une tenaille extirpant une dent.

Je ne parvenais pas à comprendre ce que ce pouvait être, mais je devinai immédiatement que c'était toutefois à ce sujet qu'on m'avait téléphoné, que la sonnette d'entrée avait retenti : dans cette obscure et mystérieuse caverne de la nuit!

Le grondement se répétait, avec des à-coups déchirants, de plus en plus forts, semblant monter vers moi. Dans le même moment, je discernais une forte mais extrêmement sourde rumeur humaine, dans l'escalier. Je ne pus résister davantage. Je déverrouillai lentement la porte et l'entrouvris. Je regardai au-dehors.

L'escalier était bondé. En chemises de nuit, en pyjamas, certains même les pieds nus, les locataires étaient sortis et tous, appuyés à la rampe, regardaient en bas avec anxiété. Je remarquai la pâleur mortelle des visages, l'immobilité des membres, qui semblaient paralysés par la terreur.

— Pss, pss, dis-je de l'entrebâillement de la porte, sans oser me montrer dans l'état où j'étais.

Mme Arunda, celle du cinquième étage (elle avait encore ses bigoudis), tourna la tête avec une expression de reproche.

— Que se passe-t-il? murmurai-je (mais pourquoi n'avais-je pas parlé à voix haute, puisque tout le monde était éveillé?).

— Sss, fit-elle dans un murmure, sur un ton de totale désolation, comme ces malades à qui le docteur vient d'annoncer qu'ils sont atteints d'un cancer. L'atomique! et elle fit un signe du doigt vers le rez-de-chaussée.

— Comment, l'atomique?

— Elle est arrivée... Ils sont en train de l'apporter... Pour nous, pour nous... venez voir vous-même.

Je sortis malgré ma pudeur et, me faufilant entre deux individus que je n'avais jamais vus jusqu'alors, je regardai en bas. Il me sembla distinguer une chose noire, comme une immense caisse, autour de laquelle s'appliquaient, avec tout un attirail de cordes et de leviers, des hommes en bleu de travail.

— C'est ça? demandai-je.

— Bien sûr, qu'est-ce que ça pourrait être d'autre? répliqua un crétin tout près de moi.

Puis, comme pour réparer son impolitesse, il reprit :

— C'est la drogène, vous savez...

Quelqu'un se mit à rire, d'une façon sèche, sans aucune gaieté.

— Je t'en ficherai de la drogène! A l'hydrogène, à l'hydrogène. Analphabète, va! Parmi tous ces milliards d'êtres humains, c'est à nous qu'ils l'ont envoyée, à nous justement, au 8 de la rue San Giuliano!

Passé le premier ahurissement glacé, le tapage de la foule se mit à grossir. Je discernais des voix, des sanglots étouffés de femmes, des jurons, des soupirs. Un homme d'une trentaine d'années pleurait sans retenue, en martelant avec force une marche de son pied droit.

— C'est injuste, gémissait-il. Je me trouvais ici par hasard!... Je ne suis que de passage!... Ça ne me regarde pas!... Je dois m'en aller demain!...

C'étaient des plaintes insupportables.

— Et moi demain, riposta durement un monsieur d'une cinquantaine d'années (c'était, je pense, l'avocat du huitième étage), et moi demain je devais manger une timbale milanaise, vous m'entendez? Une timbale milanaise! Et je m'en passerai, oui, je m'en passerai!

Une dame semblait avoir perdu la tête. Elle m'agrippa un bras et se mit à le secouer.

— Regardez-les, regardez-les, disait-elle doucement en me montrant ses deux enfants tout près d'elle, regardez-les, ces petits anges! Cela vous semble possible? Toute cette histoire n'appelle-t-elle pas la vengeance de Dieu?

Je ne savais que répondre. J'avais froid.

Un fracas lugubre nous parvint d'en bas. Les ouvriers étaient sans doute parvenus à grandement faire avancer l'énorme caisse. Je me penchai de nouveau sur la rampe. L'objet odieux se trouvait sous l'éclairage d'une ampoule électrique. Il était peint en bleu foncé et recouvert d'une quantité d'étiquettes. Pour mieux voir, les hommes se penchaient toujours davantage, au risque de se précipiter dans la cage de l'escalier. Voix confuses : « Et quand éclatera-t-elle? Cette nuit?... Mariooo! Mariooo!! As-tu réveillé Mario?... Gisa, as-tu mis de l'eau chaude dans la bouillotte?... Oh mes

enfants, mes pauvres enfants!... Mais lui as-tu
téléphoné? Oui, oui, je te dis, il s'en occupe! Il fera
bien quelque chose, tu verras!... C'est absurde,
cher monsieur, nous seuls... Et pourquoi nous
seuls? Qu'en savez-vous?... Beppe, Beppe, serre-
moi dans tes bras, je t'en supplie, serre-moi!... » Et
puis des prières, des Ave, des litanies. Une petite
femme tenait en main une bougie éteinte.

Mais soudain une nouvelle serpenta tout au long
de l'escalier. Cela se sentait au changement subit
des voix. Bonne nouvelle, à en juger par la soif de
savoir de tous ces gens.

— Qu'est-ce que c'est? qu'est-ce que c'est?
criaient-ils tous, frénétiquement.

Finalement, par bribes, quelque chose parvint
jusqu'au septième étage, où nous nous trouvions.

— Il y a une adresse, avec un nom, disait-on.

— Comment, un nom? Oui, le nom de celui qui
doit recevoir la bombe atomique... C'est personnel,
vous comprenez? Ce n'est pas pour toute la maison,
rien que pour un seul... ce n'est pas pour toute la
maison!

Ils semblaient délirer, riant, s'embrassant, se
pressant dans les bras les uns des autres.

Puis un doute vint geler cet enthousiasme.
Chacun se mit à penser à soi, ce ne fut qu'un cri
frénétique.

— Quel nom? quel nom?... Mais je ne suis pas
parvenu à le lire... Si, si, lisez-le!... c'est un nom
étranger (et nous pensâmes tous au docteur Stratz,
le dentiste du dernier étage). Non, non... italien...
Quoi?... Quel nom? quel nom?... Ça commence par
un T... Non, par un B comme Bergame... Et puis?

et puis? la seconde lettre?... U avez-vous dit? U comme Udine?...

Les gens se mirent à me regarder. Je ne vis jamais de visages humains bouleversés d'un bonheur aussi sauvage. Quelqu'un ne parvint pas à se contrôler, éclata d'un grand rire qui se termina en toux caverneuse : c'était le vieux Mercalli, le marchand de tapis aux enchères. Je compris. La caisse qui contenait l'enfer était pour moi, cadeau tout personnel, pour moi seul. Les autres étaient sauvés.

Que faire désormais? Je reculai vers ma porte. Les autres locataires me regardaient. Avec quelle joie me regardaient-ils! En bas les grondements sourds de la caisse, que l'on était en train de hisser lentement dans l'escalier, se mêlaient soudain à une musique imprévue. C'était l'air de *La vie en rose*.

L'HOMME QUI VOULUT GUÉRIR

Une immense muraille courait tout autour de la léproserie sur la colline, à deux kilomètres de la ville, et tout en haut de la muraille des sentinelles faisaient continuellement les cent pas. Certains de ces gardes étaient intraitables, hautains, d'autres au contraire se sentaient pris par la pitié. Et c'est pourquoi chaque soir les lépreux se réunissaient au pied de la muraille, interrogeant les soldats les plus gentils.

— Gaspare, disaient-ils par exemple, que vois-tu ce soir ? Y a-t-il quelqu'un sur la route ? Une voiture, dis ? Et comment est-elle cette voiture ? Et le Palais du Roi, est-il illuminé ? A-t-on mis des torches sur la tour ? Le Prince est-il de retour ?

Ils continuaient ainsi pendant des heures, sans jamais se lasser, et, malgré le règlement qui le leur interdisait, les braves sentinelles répondaient, inventant le plus souvent ce qui leur passait par la tête : la venue de marchands, des illuminations, des incendies, et même des éruptions du volcan Ermac, tant ils savaient que n'importe quelle nouveauté était une délicieuse distraction pour ces hommes condamnés à ne plus jamais sortir de là. Et même les grands malades, les moribonds, participaient à ces soirées, amenés dans des brancards par les lépreux encore valides.

Un seul ne venait jamais, un jeune homme entré au lazaret depuis deux mois. C'était un chevalier, de noble famille, qui avait été de toute beauté, ce qu'on pouvait difficilement deviner tant la lèpre s'était attaquée avec violence à sa personne, le défigurant totalement. Il se nommait Mseridon.

— Pourquoi ne viens-tu pas? lui demandaient les autres en passant devant sa case. Pourquoi ne viens-tu pas toi aussi écouter les nouvelles? Ce soir il doit y avoir feu d'artifice, et Gaspare a promis de nous le décrire. Ce sera magnifique, tu sais.

— Amis, répondait-il doucement, en se montrant sur le pas de sa porte, sa face bestiale couverte d'un voile blanc. Je conçois parfaitement que les nouvelles données par la sentinelle soient pour vous une consolation. C'est le seul lien qui vous rattache encore au monde extérieur, aux vivants. C'est vrai, n'est-ce pas?

— Oui, bien sûr, c'est vrai.

— Et cela signifie que vous vous êtes résignés à ne plus jamais sortir d'ici. Tandis que moi...

— Eh bien, toi?

— Tandis que moi, au contraire, je guérirai, je ne me suis pas résigné, je veux, comprenez-vous, je veux redevenir ce que j'étais auparavant.

Le sage, le vieux Giacomo, patriarche de la communauté, passait comme tous les autres devant la case de Mseridon. Il avait cent dix ans, pour le moins, et depuis presque un siècle la lèpre le dévorait. Il n'avait plus à proprement parler de membres, on ne pouvait distinguer ni sa tête, ni ses bras, ni ses jambes : son corps s'était transformé en une sorte de perche d'un diamètre de trois ou quatre centimètres, qui se tenait Dieu sait comment en équilibre, surplombée d'une touffe de cheveux blancs, et ressemblant à ces chasse-mouches en usage chez les nobles d'Abyssinie. Comment voyait-il, parlait-il, se nourrissait-il ? C'était une énigme, car son visage était détruit, et dans la croûte blanche qui le revêtait, sorte d'écorce de bouleau, on ne discernait aucune ouverture. Mais ce sont là les mystères des lépreux. Quant à sa façon de marcher, ses articulations ayant toutes disparu, c'était une sorte de sautillement sur l'unique pied qui lui restât, un pilon plutôt, un bâton. Et tout cela n'avait rien de macabre, mais semblait plutôt gracieux. Un homme pratiquement transformé en végétal. Et comme il était fort bon et d'une intelligence supérieure, les autres lui manifestaient de grands égards.

En entendant les paroles de Mseridon, le vieux Giacomo s'arrêta et lui dit :

— Mseridon, mon pauvre garçon, je suis ici depuis presque cent ans, et de tous ceux que j'ai trouvés, ou qui sont entrés par la suite, jamais aucun n'est sorti. Notre maladie le veut. Mais même ici, tu le verras, nous pouvons vivre. Certains travaillent, certains aiment, certains écrivent des poèmes, il y a le tailleur, il y a le coiffeur. On peut même se trouver heureux, tout au moins guère plus malheureux que les hommes du dehors. L'important est de savoir se résigner. Mais prends garde,

Mseridon, si ton âme se rebelle, refuse de s'adapter, prétend à une guérison absurde, alors tu t'empliras le cœur de fiel...

Et, tout en parlant, le vieillard secouait son beau panache blanc.

— Mais moi, répliqua Mseridon, moi, j'ai besoin de guérir, je suis riche; si tu grimpais sur les murailles tu pourrais apercevoir mon palais et ses deux coupoles d'argent qui brillent au soleil. Là-bas j'ai mes chevaux qui m'attendent, et mes chiens, et mes chasseurs, et aussi mes tendres et si jeunes esclaves. Comprends-moi, gros gourdin, sage bâton, il faut que je guérisse.

— S'il suffisait, pour guérir, d'en avoir besoin, ce serait trop simple, dit Giacomo avec un bon rire. Tous, plus ou moins, se trouveraient guéris.

— Mais moi, s'obstinait le jeune homme, j'ai un moyen pour guérir, un moyen que les autres ignorent.

— Oh je m'en doute, fit Giacomo. Il y a toujours des roublards qui offrent aux nouveaux venus, moyennant finances, des onguents secrets et des miracles. Je suis tombé dans leur piège moi aussi, quand j'étais jeune.

— Non, je ne me sers pas d'onguents secrets. Je me contente simplement de prières.

— Tu pries Dieu qu'il te guérisse? Et c'est pour cela que tu es convaincu de guérir? Mais nous l'avons tous prié, qu'est-ce que tu crois? Il ne se passe pas un jour que nous ne tournions notre pensée vers Dieu. Et pourtant, qui donc...

— Vous priez tous, c'est vrai, mais pas comme moi! Vous autres, le soir, vous allez écouter la sentinelle, tandis que moi : je prie. Vous travaillez, vous étudiez, vous jouez aux cartes, vous vivez à peu près comme vivent les autres hommes, tandis que moi : je prie. A l'exception des instants strictement nécessaires pour manger, pour boire et pour dormir, je prie sans jamais m'arrêter. Et d'ailleurs même quand je mange, je prie. Et même quand je dors. Et ma volonté est telle que depuis quelque temps déjà je rêve que je suis agenouillé, et que je prie. Vos prières ne sont qu'une plaisanterie. La vraie prière est une fatigue immense. Quand vient le soir je suis exténué. Et c'est tellement dur de recommencer à prier dès l'aube, à peine éveillé, que parfois la mort me semble préférable. Mais je prends sur moi, je m'agenouille. Toi, Giacomo, qui es vieux et sage, tu devrais savoir ces choses !

Giacomo se mit à se balancer, comme s'il ne parvenait plus à garder l'équilibre, et des larmes brûlantes coulèrent sur son écorce couleur de cendres.

— C'est vrai, c'est vrai, sanglotait le vieillard, moi aussi quand j'avais ton âge... moi aussi je me jetais dans la prière, et j'ai tenu bon durant sept longs mois, et déjà mes plaies se refermaient, et ma peau redevenait lisse... je guérissais... Mais soudain je m'arrêtai, et toute ma peine fut perdue... Vois dans quel état je suis réduit désormais...

— Et alors, dit Mseridon, tu ne crois pas que je...

— Que Dieu te vienne en aide, je ne puis rien te dire d'autre, que le Tout-Puissant te donne des forces, murmura le vieillard, puis, tout sautillant, il se dirigea vers les hautes murailles où les autres se trouvaient déjà réunis.

Enfermé dans sa case, Mseridon se remit à prier, insensible aux appels des lépreux. Les dents serrées, sa pensée tout entière tournée vers Dieu, ahanant, suant sous l'effort, il luttait contre le mal, et peu à peu les immondes croûtes s'amenuisaient, tombaient, laissant la place aux chairs saines. Cela fut vite connu, et tout autour de sa case des curieux se groupaient. On faisait désormais à Mseridon la réputation d'un saint.

Parviendrait-il à vaincre, ou tant de peine ne servirait-elle à rien? Deux partis s'étaient formés, pour et contre le jeune homme obstiné. Jusqu'au jour, après presque deux ans de claustration, où Mseridon sortit de sa cabane. Enfin le soleil illuminait son visage, sur lequel aucun signe de lèpre n'était visible : un visage resplendissant de beauté.

— Guéri, il est guéri! cria la foule, balançant entre les pleurs de joie et les tourments de l'envie.

Oui, Mseridon était guéri. Mais pour quitter la léproserie il lui fallait un papier officiel.

Il se rendit chez le docteur qui faisait chaque semaine son inspection, se dévêtit et se fit examiner.

— Mon garçon, tu peux te dire veinard, lui fut-il répondu. Je dois admettre que tu es presque guéri.

— Presque? Pourquoi? s'enquit le jeune homme amèrement déçu.

— Regarde, regarde cette méchante petite croûte, là, répliqua le médecin, montrant d'une baguette, pour ne pas le toucher, un point couleur de cendres, guère plus gros qu'un pou, sur le petit doigt d'un pied de Mseridon. Si tu veux qu'on te rende ta liberté, il faut éliminer aussi cette chose-là.

Mseridon revint à sa case et nul ne sut jamais, pas même lui, comment il parvint à surmonter son désespoir. Il croyait être sauvé enfin, il avait jeté dans la bataille toute son énergie, il s'apprêtait à toucher sa récompense : et il allait lui falloir reprendre son calvaire.

— Courage, lui dit le vieux Giacomo. Encore un petit effort, tu as fait le plus difficile, ce serait folie que de renoncer maintenant!

C'était une rugosité microscopique, sur le petit doigt d'un pied : elle semblait pourtant ne pas vouloir désarmer. Un mois, un autre mois encore de prière intense, ininterrompue. Rien. Un troisième, un quatrième, un cinquième mois.

Rien. Mseridon était sur le bord de la déroute quand une nuit, passant une main sur son pied malade, en un geste mécanique, il n'y trouva plus la petite croûte.

Les lépreux le portèrent en triomphe. Il était libre désormais. Chacun lui fit ses adieux devant le corps de garde. Puis le vieux Giacomo l'accompagna seul, sautillant, jusqu'à la porte d'entrée. On contrôla les papiers, les certificats, la clef tourna en grinçant dans la serrure, la sentinelle ouvrit la porte.

Dans le soleil du petit matin, le monde extérieur apparut dans toute sa fraîcheur, avec toutes ses promesses. Les bois, les vertes prairies, le chant des petits oiseaux, et cette ville au lointain, luisante, moutonnante, avec ses tours blanches, ses terrasses garnies de jardins suspendus, ses étendards flottant au vent, ses immenses cerfs-volants aux formes multiples de dragons et de serpents. Et, sous tout cela, encore invisibles mais présentes, les femmes, les voluptés, les jouissances, les aventures, les intrigues, la puissance, les armes : le règne de l'homme!

Le vieux Giacomo observait le visage du jeune homme, attentif à le voir s'illuminer de joie. Et de fait Mseridon sourit à cette liberté. Mais ce ne fut que pour un instant. Soudain, le jeune chevalier se mit à pâlir.

— Qu'as-tu? s'enquit le vieillard, pensant que l'émotion lui avait coupé le souffle.

Et la sentinelle :

— Allons, allons, jeune homme! je dois refermer la porte, dépêche-toi de sortir! Il ne faut pas t'en supplier, j'imagine!

Toutefois Mseridon fit un pas en arrière, se couvrant les yeux d'une main.

— . Oh, c'est terrible...

— Qu'as-tu? reprit Giacomo. Tu es malade?

— Je ne puis! dit Mseridon.

Devant lui, soudain, la vision avait changé : à l'endroit des tours et des coupoles gisait maintenant un amas sordide de masures poussiéreuses, couvertes d'excréments et de misère, et les étendards au-dessus des toits avaient laissé la place à des nuages brumeux d'insectes.

Le vieillard demanda :

— Que vois-tu, Mseridon? Dis-moi : tu vois la crasse et la pourriture là où tout était glorieux d'abord? Au lieu de palais, tu ne vois que d'ignobles taudis? C'est cela, Mseridon?

— Oui, oui, tout est devenu horrible. Pourquoi? Qu'est-il donc arrivé?

— Je le savais, répondit le patriarche, je le savais mais n'osais pas te le dire. C'est là notre destin d'homme : tout se paie chèrement. Ne t'es-tu jamais demandé qui te donnait la force de prier? A des prières comme les tiennes rien ne résiste, pas même la colère du Ciel. Tu as vaincu, tu es guéri. Et maintenant paie!

— Payer? Et pourquoi?

— Parce que c'était la grâce qui te soutenait. Et la grâce du Tout-Puissant ne pardonne pas. Tu es guéri, mais tu n'es plus le même que jadis. De jour en jour, à mesure que la grâce travaillait au-dedans de toi, tu perdais sans le savoir le goût de la vie. Tu guérissais, mais les choses pour lesquelles tu voulais tant guérir se détachaient peu à peu, devenaient des fantômes, des barques à la dérive sur l'océan des siècles! Je le savais. Tu croyais triompher, mais c'était Dieu qui triomphait de toi. Ainsi tu as perdu pour toujours tes désirs. Tu es riche, mais l'argent désormais n'importe plus pour toi; tu es jeune, mais les femmes ne t'intéressent plus. La ville te semble un tas de fumier. Tu étais un gentilhomme, tu es un saint, comprends-tu la différence? Tu es des nôtres, enfin, Mseridon! Le seul bonheur auquel tu puisses prétendre c'est de demeurer au milieu de nous, les lépreux, et de nous consoler... Allons, sentinelle, tu peux fermer ta porte, nous rentrons.

Et la sentinelle lui obéit aussitôt.

24 MARS 1968[1]

Quand les circonstances atmosphériques le permettent, à certaines heures, sous une certaine lumière, l'on peut apercevoir même à l'œil nu les trois petits satellites artificiels que l'homme a lancés de la Terre, vers les espaces interplanétaires, de 1965 à 1968. Ils sont demeurés suspendus, vraisemblablement pour toujours, tournant et tournant autour de nous. L'hiver parfois, au crépuscule, quand l'air semble comme un cristal, trois points minuscules brillent, dans toute leur tenace, inquiétante splendeur : deux tellement proches qu'ils semblent se toucher, un autre plus éloigné, solitaire. Mais avec des jumelles ou une bonne lunette d'approche on les voit mieux encore, aussi bien que des avions volant bas. (Bien à l'aise sur sa chaise longue, devant la porte de sa maison de campagne, le vieux Forrest, l'homme qui les inventa, désormais octogénaire, consume dans leur attente ses longues nuits d'insomnie due à l'asthme. Et quand

1. Ce conte a été évidemment écrit longtemps avant le lancement du premier *Spoutnik* (*N.D.T.*)

le premier satellite débouche au-dessus du rebord noirci de la toiture, Forrest met l'œil à son petit télescope portatif et regarde, regarde, des heures durant.)

Voici le premier, baptisé « Hope » pour l'espérance dont il emplit en ce mois de septembre désormais mémorable le genre humain tout entier, lui faisant oublier la méchanceté dans laquelle il se vautrait (et pourtant c'était dans un but odieux, pour une avidité inavouable de domination, qu'on l'avait envoyé, avec un long sifflement, droit vers le ciel, faisant tourner en l'air au même instant les regards des quelque trois cent mille personnes réunies à White Sands, à 4 h 53 du matin). A le voir de si loin, « Hope » a l'air d'un gros crayon argenté, dont l'extrémité illuminée scintille, le reste demeurant dans l'ombre. Il a l'air tout de travers, comme s'il était demeuré accroché là, suspendu, oublié, mort. Et il faut toujours un effort d'imagination pour bien se convaincre qu'il renferme les corps de William B. Burkington, de Ernst Shapiro et de Bernard Morgan, c'est-à-dire les héros, les pionniers, qui tournent sans s'arrêter, depuis vingt ans déjà!

Tout près d'eux se trouve le grand satellite, celui qui fut lancé en second; d'une taille plus de quatre fois supérieure au premier; lisse, magnifique, en forme d'œuf, d'une merveilleuse couleur orange. A son extrémité, on peut apercevoir comme une multitude de tuyaux d'orgue uniformes : les tubes des fusées à ce qu'on m'a dit. Il se nomme « L. E. », ce qui signifie Lois Egg, en français l'œuf de Loïs : en honneur de Mme Loïs Berger, épouse chérie du constructeur, partie avec lui, et avec lui demeurée là-haut, tournant et tournant pour l'éternité; et gardons-nous bien d'oublier leurs sept compagnons...

Déplaçons notre longue-vue de 24° et voici le troisième « Faith », troisième aussi dans l'ordre du lancement. On l'a baptisé ainsi pour bien marquer la foi qui poussait les hommes à tenter une fois encore ce que les autres n'étaient pas parvenus à faire. « Faith » ressemble à « Hope » mais en beaucoup plus grand. Il est strié de longues raies jaunes et noires qu'on peut distinguer encore parfaitement de nos jours; et justement ces stries nous persuadent plus que tout autre chose que ce sont bien les humains qui l'ont construit, que ce n'est pas un fragment égaré de quelque cataclysme sidéral. « Faith » partit avec cinq hommes : Palmer, Sough, Lasalle, Cosentino, Thompson étaient leurs noms. Dans cinq cimetières différents, éparpillés sur notre petit monde, cinq tombes vides les attendent. Mais leurs corps continuent à tourner, vraisemblablement intacts, et toute trace d'humanité se sera effacée qu'ils tourneront encore.

24 mars 1968, c'est le terrible jour de cette troisième ascension. Ascension qu'on ne célèbre nullement comme une fête nationale, et les anniversaires passent furtivement, comme si l'on avait peur de les souligner. Les livres d'école en parlent à peine. Et pourtant ni Zama, ni Valmy, ni Kulikovo, ni Waterloo, ni même la découverte de l'Amérique, ni la Révolution française ne peuvent lui être comparés (peut-être, à la rigueur, pourrait-on lui opposer la naissance de Notre-Seigneur Jésus-

Christ?). De ce temps-là — oh, je m'en souviens moi-même, de quelle façon nous vivions jadis — de ce temps-là les humains ont changé : leurs pensées, leur travail, leurs désirs, leurs mœurs, leurs amusements, leur façon d'aimer, tout a changé. Sans se l'avouer, poussée par quelque obscure honte, l'humanité s'est transformée. En mieux ou en pire? Inutile de le demander, il suffit de regarder autour de soi, d'écouter les discours, d'observer les actions qui s'accomplissent en cette année de grâce 1985. (Et pourtant le vieux Forrest, cloué sur son lit, ne se lasse toujours pas, quand la nuit est limpide, de contempler les trois engins bizarres, comme s'il se trouvait rongé par une sorte de rébellion contre ce qui est arrivé, une protestation passionnée, un refus de cette fatale découverte qui a changé notre destin.)

Vous en souvenez-vous? « Hope » était garni d'appareils radio très puissants. Après un départ parfait, une trajectoire parfaite, son voyage fut contrôlé du sol avec une précision absolue. Et puis soudain on le vit s'incliner, prendre cette curieuse position en biais, et demeurer là, suspendu dans le ciel comme une bougie mal posée sur un arbre de Noël. Plus de message, plus aucun signe de vie. Tout fut scellé par le silence.

« Faith » et « L. E. » entrèrent en compétition, le premier découragement passé. Le plus rapide fut « L. E. ». La pensée des trois morts, ensevelis dans le vide interplanétaire, vint ajouter encore à la solennité de la cérémonie. Il prit le départ en novembre 1967, et on calcula sa trajectoire de façon qu'il vînt passer tout près de « Hope », cette ruine inerte au milieu du ciel. Mme Loïs Berger fut la dernière à pénétrer dans l'engin. Elle sortit une dernière fois la tête, avant la fermeture définitive de la portière métallique, pour saluer gracieusement la foule en délire. Puis ce fut la flamme et ce vrombissement lugubre que nous n'oublierons plus. « L'œuf » n'était déjà plus qu'une minuscule lueur, se faisant plus petite d'instant en instant.

— Tout va bien, indiqua aussitôt la radio de bord, secousse imperceptible, température normale... température normale, répéta-t-elle une fois encore après un certain temps. Puis ce fut le mystérieux message : *What a sound,* quel bruit! indiqua la radio. *An odd...* un étrange... La transmission s'interrompit. Puis ce fut le silence. Et l'œuf courageux demeura suspendu dans les espaces (et il tourne, il tourne silencieusement au-dessus de la Terre encore vivante).

Cette expérience fatale ne suffit pas à empêcher la troisième expédition. Est-il bien utile de raconter comment « Faith » prit le départ, quatre mois plus tard? Et comment lui aussi dévora l'espace exactement de la façon qu'on avait prévue? Et comment Thompson, l'opérateur-radio, communiqua les premières nouvelles, et comment soudain il s'écria : *Damn it, but here we have got in...* — et puis rien d'autre? (Si vous le désirez, vous pouvez trouver dans le commerce les disques qui reproduisent toute cette communication désormais célèbre. La voix est limpide, tranquille, même à l'instant qu'elle crie : bon sang, mais nous voici arrivés au...! Et puis on entend le bruissement de l'appareil, et rien d'autre qu'un épouvantable silence.)

24 mars 1968

Aujourd'hui, après dix-sept années, seuls quelques entêtés s'obstinent à discuter de la signification de ces messages de mort. Si le premier semble indéchiffrable, moins de vingt-quatre heures furent suffisantes pour comprendre ce que voulait dire le second. Et du même coup le mystère que « l'œuf » avait laissé fut dévoilé. Ainsi donc désormais — si l'on veut bien excepter les irréductibles entêtés qui voudraient encore maintenir l'orgueil humain — nul ne doute plus que les trois projectiles furent cernés par un bruit auquel notre pauvre âme ne peut résister. « *An odd music*, une étrange musique », voilà ce que voulait dire l'opérateur-radio de « L. E. ». Mais juste alors son cœur se brisa. « *But here we have got in Paradise*, mais nous voici arrivés au Paradis! » voulait dire Thompson, mais en lui aussi en cet instant quelque chose de vital disparut.

Alors, de par le monde, on vit pendant quelques jours : l'affolement, des polémiques, une colère insensée, un long et très circonstancié message du Président des Etats-Unis, et enfin une véritable et effroyable panique, comme si le jour du Jugement dernier était venu. Quelle vulgarité! dirent les savants, se rebellant contre cette hypothèse absurde, nous ne sommes plus au moyen âge! Quelle honte! clamèrent les théologiens offensés par cette idée téméraire d'un règne des Cieux tellement proche qu'il suffisait de lever un peu la tête pour l'atteindre. Pourtant savants et théologiens ont fini par se taire, et depuis un bon bout de temps ils se tiennent cois.

Mais le mal est le suivant : les hommes, au lieu

de se montrer heureux de cette merveilleuse proximité de Dieu, du Tout-Puissant et de Son Règne, plutôt que de faire des fêtes et des réjouissances, ont perdu toute joie de vivre. Ils ne se battent même plus, ils ne se haïssent pas davantage. Et chacun se demande : quel est le sel de la vie désormais ? L'Eternel a dit : vous ne passerez point dans ces lieux, car ils sont Ma demeure. Et la Terre est devenue à peine plus grande qu'une noix, pauvre prison dont nous ne pourrons jamais plus nous enfuir. L'homme est triste. Jamais comme maintenant il n'a lancé ses regards vers les profondeurs de l'éternité, se perdant dans le fourmillement des astres. Et même la Lune, qui nous semblait jadis comme notre possession, a retrouvé la sévère majesté des montagnes inaccessibles. Une armée transparente de Bienheureux — nous le savons désormais — flotte au-dessus de nos têtes en chantant (et nous qui pensions que Dante Alighieri avait tout inventé!).

Nous devrions être orgueilleux : la maison des Anges s'est établie tout près de la nôtre, à la porte même de notre vieille et méchante planète, ce dernier des poux disséminés dans l'Univers. N'est-ce donc pas là le témoignage que nous sommes choisis entre toutes les créatures ? J'ai pourtant l'impression que nous sommes demeurés, tous autant que nous sommes, profondément offensés : à la façon du roquet bâtard et hargneux qui se croit le maître jusqu'à ce qu'il découvre près de lui un splendide danois à pedigree; ou bien comme ce gueux qui perd le goût de la nourriture quand un satrape couvert de bijoux s'assied à sa table; ou bien enfin comme un bouvier qui s'aperçoit soudain que derrière le bosquet, à cent pas à peine de sa masure, le roi vient de faire construire son palais. Et puis il y a le péril mortel de cette musique divine : ils chantent, ils donnent leur concert là-haut! Et il n'existe aucun rideau suffisamment épais — même s'il était comme la muraille de Chine — pour empêcher de passer ces nuits, plus belles que nous ne pouvons le supporter.

Voilà l'explication des remords du vieux Forrest, étendu sur sa terrasse, durant ses fastidieuses nuits. Voilà la cause de notre affliction. C'est parce que le Règne du Triomphe Eternel, l'Empyrée, le Divin Elysée est là, tout proche. Mais il est aussi notre frontière, qui nous barre la route; et nous sommes des hommes vivants! Avouons-le sincèrement : une coupole de fer et de rochers ne pourrait être plus pesante (plus pesante que le Paradis). Est-ce blasphémer que de le dire?

LES TENTATIONS
DE SAINT ANTOINE

Quand l'été touche à sa fin, que ces messieurs les vacanciers s'en sont partis, que les plus beaux endroits de la campagne demeurent déserts (mais les chasseurs vont tirer dans les ravins et, tandis que le coucou lance son cri, les premiers mages de l'automne descendent des montagnes, leur curieuse besace sur l'épaule), alors il se peut bien que les grands nuages se réunissent, vers cinq heures et demie-six heures du soir, pour tenter les pauvres curés de campagne.

Justement à cette heure, don Antonio, le jeune coadjuteur de la paroisse, enseigne le catéchisme aux enfants dans l'oratoire qui servait naguère de salle de récréation. Il se place d'un côté, debout, de l'autre les enfants sont assis sur des bancs, et tout au fond, montant jusqu'au plafond, donnant à l'est, se trouve le grand vitrail, au travers duquel on peut apercevoir le majestueux et tranquille col Gianna illuminé du soleil couchant.

— *In nomine Patris et Filii et...* fait don Antonio. Mes enfants, je vous parlerai aujourd'hui du péché. Quelqu'un d'entre vous sait-il ce que c'est, le péché? Toi par exemple, Vittorio, dont je ne parviens jamais à saisir pourquoi tu restes toujours au fond de la salle... Peux-tu me dire ce qu'on entend par péché?

— Le péché... le péché... c'est quand quelqu'un fait de vilaines choses.

— Oui, bien sûr, c'est à peu près cela, en effet. Mais il est plus juste de dire que le péché est une offense à Dieu, faite en désobéissant à une de ses lois...

Pendant ce temps, les grands nuages s'élèvent au-dessus du col Gianna avec une belle science de la mise en scène. Tout en parlant, don Antonio peut parfaitement les voir à travers la baie vitrée. Et une araignée les voit également, tapie avec sa toile dans un coin de la fenêtre (là où le va-et-vient des petites mouches est insignifiant); et pareillement une mouche, posée sur la vitre, tout engourdie par les rhumatismes de la saison. Pour commencer, ces nuages se présentent de la façon suivante : il y a d'abord une longue et large base, d'où surgissent diverses protubérances, semblables à des morceaux de coton démesurés dont les contours flous se perdent dans une série de tourbillons. Quelle est donc leur intention?

— Si votre maman, par exemple, vous dit de ne pas faire une chose, et que vous la faites cependant, pour votre maman c'est un chagrin... Si Dieu vous dit de ne pas faire une chose et que vous la faites, pour Dieu c'est encore un chagrin. Mais il ne vous le dira pas. Dieu se contente de voir, parce qu'il voit tout, oui, même toi, Battista qui, au lieu de m'écouter, taille le banc avec ton canif. Et alors

Dieu prend bonne note, un siècle peut passer tout entier, et il s'en souvient encore, comme si cela était arrivé à peine une minute auparavant...

Il lève les yeux par hasard et aperçoit, inondé de soleil, un nuage en forme de lit, recouvert d'un baldaquin à franges, avec des volutes et des sinuosités. Un lit d'odalisque. Le fait est que don Antonio a sommeil. Il s'est levé à quatre heures et demie du matin pour dire sa messe dans une petite église de montagne, et puis il est allé en tournée toute la journée : les pauvres, la nouvelle cloche, deux baptêmes, un malade, l'orphelinat, les travaux au cimetière, le confessionnal, etc., il s'est prodigué partout depuis cinq heures du matin, et voici maintenant ce lit tentateur qui semble l'attendre, lui, un pauvre petit curé de rien du tout.

N'y a-t-il pas de quoi rire? N'est-ce pas une singulière coïncidence : lui mort de fatigue, et ce lit préparé en plein milieu du ciel? Comme ce serait agréable de s'étendre là-haut, de fermer les yeux et de ne plus penser à rien.

Mais les têtes inquiètes des enfants, bien alignés deux par deux sur les bancs, se trouvent devant lui.

— Parler de péché, explique-t-il, n'est pas tout dire. Il y a péché et péché. Il y a par exemple un péché bien différent de tous les autres, et qu'on nomme le péché originel...

Voici qu'un second nuage avance, gigantesque, prenant l'apparence d'un palais : colonnades, coupoles, loggias, fontaines, et des oriflammes tout en haut. Les délices de la vie s'y trouvent renfermées sans doute, les banquets, les serviteurs, les musiques, des monceaux de louis d'or, les parfums, les jolies chambrières, les vases de fleurs, des paons, et les trompes d'argent qui l'appellent, lui, timide curé de campagne qui ne possède même pas un sou vaillant. (Eh, bien sûr qu'on ne doit pas s'y ennuyer dans ce château — pense-t-il — jamais rien de semblable ne m'arrivera, à moi.)

— Ainsi est né le péché originel. Mais vous allez sûrement me demander : est-ce que c'est de notre faute si Adam ne s'est pas bien tenu ? Qu'y pouvons-nous ? Pourquoi devrions-nous payer à sa place ? Mais alors, voyez-vous...

Un garçon, au second ou au troisième rang, était en train de manger en cachette : du pain, à ce qu'il semblait, en tout cas quelque chose de croustillant. On entendait son petit grignotement de souris. Mais il faisait très attention : dès que le prêtre cessait de parler, il arrêtait aussi de mastiquer.

Cet infime rappel suffit pour livrer don Antonio à une épouvantable fringale. Et, d'un coup, il aperçut un troisième nuage qui s'étendait horizontalement en prenant la forme d'un dindon. Oh, un dindon énorme, un monument, suffisant pour assouvir toute une ville. Et il tournait autour d'une broche imaginaire, rôti par le soleil couchant. Un peu plus loin un autre nuage, rougeâtre, grimpait au ciel en forme de bouteille.

— Comment commet-on le péché ? continuait don Antonio. Oh, tous les trucs que les humains ont inventés rien que pour déplaire à Dieu ! On pèche en action, quand par exemple quelqu'un vole ; on pèche en paroles, quand par exemple on dit des gros mots ; on pèche aussi en pensée... Oui, il suffit parfois d'une pensée...

Maudits impertinents que ces nuages-là. Un des plus gros, se développant tout en hauteur, ne s'essayait-il pas à imiter une mitre d'évêque? Voulait-il faire allusion à l'orgueil, à l'ambition dans la carrière? Dessiné dans les moindres détails, il trônait tout blanc sur le fond bleu du ciel, et des franges de soie et d'or s'échappaient de son rebord. Puis la mitre, grossissant encore, laissa apparaître une multitude de petites fleurs, et ce fut soudain la tiare du Saint-Père, dans toute sa mystérieuse splendeur. Le pauvre curé de campagne la regarda fixement pour un instant envieux, malgré lui.

La plaisanterie devenait plus subtile, pleine de flatteries trompeuses. Don Antonio se sentit inquiet.

A cet instant Attilio, le fils du boulanger, introduisit un grain de maïs dans une petite sarbacane de sureau qu'il porta à ses lèvres, visant la nuque d'un de ses camarades. Mais il vit don Antonio, dont le visage était devenu plus blanc que neige, et il en demeura tellement impressionné qu'il jeta son arme en toute hâte.

— ... distinguer, continuait don Antonio, le péché mortel du péché véniel... Mortel, pourquoi mortel? On en meurt peut-être? Eh bien oui... Si le corps n'en meurt pas, l'âme...

Non, non — pensait-il — ce ne peut être un hasard, un caprice des vents. Certes les puissances des ténèbres n'allaient pas se déranger pour lui, don Antonio. Toutefois cette histoire de tiare avait diablement un air de complot. Le Grand Ennemi, celui-là même qui dans les temps jadis surgissait du sable pour enflammer les pieds des anachorètes, ne s'en mêlait-il pas ?

En plein milieu de tout cet archipel de nuages, une énorme masse de vapeurs n'avait pas encore délivré son message. Etrange, s'était dit aussitôt don Antonio, tout le reste est continuellement en mouvement, mais pas celui-là ! Perdu dans ce carrousel, il demeurait tranquille, apathique, comme dans l'attente. Et le prêtre le surveillait avec angoisse.

En fin de compte le gros nuage commença de se mouvoir, prenant en s'éveillant les attitudes du python à la sournoise et fausse nonchalance, prémices de tous les maux. Il était d'une couleur de nacre rose comme certains mollusques, aux protubérances rondes et enflées. Que préparait-il ? Quelles formes allait-il choisir ? Bien qu'il n'eût encore aucun élément de jugement, don Antonio, avec ce flair propre aux gens d'Eglise, pressentait déjà ce qu'il en adviendrait.

Il s'aperçut qu'il rougissait, baissa les yeux vers le plancher, où se trouvaient des brins de paille, un mégot (venu là Dieu sait comment !), un clou rouillé, un peu de terre...

— Mais la miséricorde du Seigneur est infinie, mes enfants, dit-il, ainsi que sa grâce...

Tout en parlant, il calculait le temps qui serait nécessaire au nuage pour se compléter. Le regarderait-il alors ? Non, non, prends garde, don Antonio, ne t'y fie pas ! tu ne peux savoir ce qui t'arriverait, lui murmura cette voix gênante qui surgit du plus profond de nous-mêmes, pour nous faire des reproches, dans les heures de doute. Mais il entendit aussi cette autre voix, indulgente, accommodante, amicale, toujours prête à nous donner raison quand le courage nous a quitté. Elle disait : de quoi as-tu peur, révérend ? D'un innocent petit nuage ? Ah, si tu ne le regardais pas, oui ce serait alors un bien vilain signe pour toi, cela signifierait que tu es déjà corrompu. Un nuage, penses-y, comment un nuage pourrait-il être méchant ? Regarde-le, révérend, comme il est beau !

Il eut alors un instant de doute. Juste assez pour laisser un peu frémir ses paupières, et pointer un regard. Vit-il, ne vit-il pas ? Quelque chose comme une vision perverse, laide et splendide tout à la fois, avait déjà pénétré son âme. Cette sombre tentation le faisait haleter. Pour lui le moment des phantasmes était donc venu ? Le défiait-on dans le ciel avec des allusions impudiques ?

N'était-ce pas la grande épreuve, réservée aux hommes du Seigneur ? Mais pourquoi, parmi les milliers de curés disponibles, l'avait-on choisi, lui ? Il pensa à la Thébaïde des temps fabuleux, imagina même un destin de sainteté et de gloire tout tracé devant lui. Il sentit le besoin de demeurer seul. Il fit un petit signe de croix, pour indiquer que la leçon était terminée. Les enfants s'en allèrent en jacassant, puis tout revint au silence.

Maintenant il pouvait fuir, se renfermer par exemple dans une des pièces de l'intérieur où l'on ne pouvait apercevoir les nuages. Mais fuir ne servait de rien. C'eût été une capitulation. Il préféra chercher l'aide de Dieu. Il se mit à prier, les dents serrées, furieusement, comme s'il en était aux derniers mètres d'une course à pied.

Qui vaincrait ? Le large et doux nuage, ou bien lui avec sa pureté ? Il priait dans l'attente. Quand il pensa s'être suffisamment aguerri, il concentra ses forces et leva les yeux.

Dans le ciel, au-dessus du col Gianna, il eut l'étrange désillusion de n'apercevoir que des nuages indifférents, à l'expression idiote, tout englués de vapeurs et de nuées visqueuses s'effilochant. Ce n'étaient certainement pas des nuages capables de penser, ni même d'être méchants, ou de faire des farces aux jeunes curés de campagne. De toute évidence, ils ne pouvaient pas s'être intéressés à lui. Des nuages, rien de plus. En fait, la météo avait annoncé pour ce jour-là : ciel serein, quelques formations cumuliformes dans le courant de l'après-midi. Vent calme. Température stationnaire... Au sujet du Diable, pas un mot.

L'ENFANT TYRAN

Le petit Giorgio, dont la famille vantait pourtant la beauté, la bonté et l'intelligence, était fort craint. Il y avait le père, la mère, le grand-père et la grand-mère paternels, les bonnes Anna et Ida, qui vivaient tous dans la terreur de ses caprices, mais dont aucun n'osait le confesser, à tel point que c'était à qui affirmerait le plus haut la gentillesse, l'affection, la docilité de ce charmant bambin qui n'avait certainement pas d'égal au monde. Chacun voulait toujours lancer quelque surenchère dans cette adoration effrénée. Et de trembler à la pensée qu'on aurait pu involontairement provoquer ses pleurs : non tant pour les larmes en elles-mêmes, qu'à cause de la réprobation des autres adultes. En vérité, sous prétexte d'aimer l'enfant, ils usaient tous à l'envi leurs mauvais penchants en se contrôlant et s'espionnant les uns les autres.

Mais les colères de Giorgio étaient vraiment épouvantables. Avec toute l'astuce propre à ce genre d'enfants, il savait parfaitement mesurer l'effet de ses diverses représailles. Et il utilisait ses armes de la façon suivante : pour les petites contrariétés, il se mettait seulement à pleurer, avec quelques sanglots qui d'ailleurs semblaient lui briser la poitrine. Dans les cas plus importants, quand il fallait prolonger son action jusqu'à ce que ses désirs fussent satisfaits, il boudait complètement, sans parler, sans jouer, refusant même de manger : ce qui en moins de vingt-quatre heures jetait toute la famille dans la consternation. Quand les circonstances étaient plus graves encore, il avait le choix entre deux tactiques : ou bien il feignait d'être assailli par de mystérieuses douleurs dans les os : les douleurs à la tête et au ventre ne lui semblant pas indiquées, par crainte de purge toujours possible (et dans le choix de son mal il révélait déjà sa perfidie, peut-être inconsciente après tout, puisque, à tort ou à raison, on pensait aussitôt à une paralysie infantile). Ou bien, et c'était là le pire, il se mettait à hurler : de sa gorge sortait un cri extrêmement aigu, ininterrompu, toujours sur la même note, un cri que nous autres adultes ne saurions reproduire et qui vous brisait les tympans. En pratique, on ne pouvait y résister. Giorgio obtenait rapidement gain de cause, avec cette double volupté d'être assouvi, et de voir les grandes personnes se disputer, en se reprochant mutuellement d'avoir exaspéré ce pauvre innocent.

Giorgio n'avait jamais eu un véritable penchant pour les jouets. Il les voulait nombreux et splendides par pure vanité. Il prenait surtout plaisir à amener chez lui deux ou trois camarades, pour les épater. Il sortait l'un après l'autre d'une petite armoire, qu'il fermait précieusement à clef, tous ses trésors, dans une progression de magnificence. Ses petits amis en bavaient d'envie. Et Giorgio se divertissait à les humilier.

— Non, n'y touche pas, toi, avec tes mains sales!... Il te plaît celui-là, hein? Rends-le-moi, rends-le-moi, sinon tu finiras par le casser... Et toi, dis donc, t'en a-t-on aussi offert un? (Il savait parfaitement qu'il n'en était rien.)

Dans l'entrebâillement de la porte, parents et grands-parents le couvaient tendrement des yeux.

— Ce chéri! susurraient-ils. C'est un vrai petit homme désormais... Regardez-moi comme il se considère! comme il se rengorge!... Eh, c'est qu'il y tient à ses jouets, eh, eh, il y tient, à son petit ours que lui a offert grand-maman!

Comme si le fait d'être jaloux et avare de ses jouets représentait une vertu extraordinaire chez un enfant.

Suffit! Un ami de la famille rapporta un jour d'Amérique un jouet merveilleux dont il fit cadeau à Giorgio. C'était un « camion de lait », reproduction absolument parfaite des fourgons construits à cet effet : tout verni de bleu et de blanc, avec deux convoyeurs en uniforme qu'on pouvait enlever ou asseoir, les portières avant ouvrables, et des pneus aux roues; à l'intérieur, entassés les uns sur les autres et bien rangés, une quantité de caissons en métal, contenant chacun huit minuscules bouteilles fermées par des capsules d'étain. Sur les côtés il y avait même deux rideaux de fer, qui s'enroulaient quand on les levait, exactement comme ceux des véritables camions de lait. C'était sans aucun doute le plus beau jouet, le plus singulier, et probablement le plus coûteux, de tous ceux que possédait Giorgio.

Eh bien, un après-midi, le grand-père, colonel en retraite qui ne savait d'habitude pas quoi faire de sa personne, en passant devant l'armoire aux jouets, tira presque sans y penser, comme il arrive parfois, sur la poignée de la porte. Il s'aperçut qu'elle cédait. Giorgio l'avait bien fermée à clef, comme toujours, mais l'autre battant de la porte, supportant le côté femelle de la serrure, n'avait pas été convenablement fixé. De telle sorte que les deux battants s'ouvrirent du même coup.

Les jouets se trouvaient bien en ordre, sur quatre étagères, tout reluisants et en parfait état, pour la simple raison que Giorgio ne s'en servait presque jamais. Giorgio était sorti avec Ida, ses parents se trouvaient également dehors, et la grand-mère Elena faisait son tricot dans le salon. Anna somnolait à la cuisine. La maison demeurait tranquille et silencieuse. Le colonel jeta un regard derrière lui, comme un voleur. Puis, poussées par un désir depuis trop longtemps refréné, ses mains se tendirent vers le camion de lait qui resplendissait dans la pénombre.

Le grand-père le posa sur une table, s'assit et commença de l'examiner. Mais une sorte de loi secrète fait qu'un enfant ne peut toucher en cachette les objets des grandes personnes sans qu'aussitôt ces objets ne se rompent. Il en va de même dès que les grandes personnes s'emparent d'un jouet que pourtant un enfant peut triturer et trimbaler, avec une énergie sauvage, pendant des mois et sans aucun dommage. A peine le grand-père avait-il levé, avec une délicatesse d'horloger, un des petits rideaux de fer latéraux, qu'un *clic* se produisit : une moulure de fer-blanc verni jaillit vers l'extérieur, et le pivot autour duquel le rideau de fer aurait dû s'enrouler se détacha.

Le cœur battant, le vieux colonel se hâta de tout remettre en ordre. Mais ses mains tremblaient comme des feuilles. Et il comprit rapidement que son peu d'adresse à réparer quoi que ce fût serait insuffisant. Il ne s'agissait pas d'une avarie cachée, facile à camoufler. Son pivot désaxé, le rideau de fer refusait de se refermer et pendait tout de guingois.

Un épouvantable égarement s'empara de celui qui un jour, au pied du Montello, avait conduit ses cavaliers dans une charge désespérée contre les mitrailleuses des Autrichiens. Et un long frémissement parcourut son échine, quand une voix qui semblait celle du Jugement Dernier lui parvint :

— Mon doux Jésus! qu'as-tu fait, Antonio?

Le colonel se retourna. Sur le pas de la porte, immobile, sa femme, Elena, le regardait, les yeux dilatés d'horreur.

— Tu l'as cassé, dis, tu l'as cassé?

— Penses-tu, ce n'est... je te... ce n'est rien, gémit le vieux dur-à-cuire, empêtrant ses mains dans l'absurde espoir de réparer l'accident.

— Et maintenant? Et maintenant que fais-tu? reprit la femme inquiète. Et quand Giorgio s'en apercevra? Et maintenant que fais-tu?

— Je l'ai à peine touché, je te jure... il devait déjà être cassé... Je n'ai rien fait, moi, tenta honteusement de s'excuser le colonel.

Et si jamais il avait eu l'illusion de trouver une quelconque solidarité morale dans sa femme, cet espoir fut réduit à néant devant l'indignation de la vieille dame.

— Je n'ai rien fait je n'ai rien fait, on dirait un perroquet! Il se sera cassé tout seul, bien sûr!... Mais fais quelque chose au moins! remue-toi donc, au lieu de demeurer là comme un idiot!... Giorgio peut revenir d'un moment à l'autre... Et qui... (la colère enrouait sa voix)... et qui t'a dit d'ouvrir l'armoire aux jouets?

Il n'en fallait pas tant pour faire perdre totalement la tête au colonel. Et pour comble de malchance on était dimanche, dans l'impossibilité de trouver un ouvrier capable de réparer le camion! La grand-mère, vraisemblablement pour ne pas se trouver impliquée dans l'affaire, s'en alla. Le colonel se sentit seul, abandonné, dans l'ingrate forêt vierge de la vie. Le crépuscule approchait. Bientôt il ferait nuit, et Giorgio serait de retour.

La gorge sèche, le grand-père courut à la cuisine pour y chercher une ficelle. Grâce à cette ficelle, il parvint à attacher les extrémités du rideau de fer, de telle sorte qu'il pût demeurer à peu près fermé. Evidemment on ne pouvait plus l'ouvrir; tout au moins ne remarquait-on rien d'anormal à l'extérieur. Il remit le jouet à sa place, ferma l'armoire. Puis il se retira dans sa chambre. Juste à temps! Trois énergiques coups de sonnette annonçaient le retour du tyran.

Si au moins la grand-mère avait su tenir sa langue! Pensez donc. Au moment du souper, à part l'enfant, toute la maisonnée — y compris les domestiques — était au courant du désastre. Et même un gosse moins astucieux que Giorgio se serait vite aperçu que quelque chose d'inhabituel et de bizarre flottait dans l'air. A deux ou trois reprises, le colonel tenta d'entamer une conversation. Mais nul ne l'aidait.

— Qu'est-ce qui se passe? s'enquit Giorgio, jouant les fâcheux comme à son habitude. Vous êtes dans la lune?

— Ah elle est bien bonne, on est dans la lune, on est... ah, ah, elle est bien bonne celle-là! fit le grand-père, cherchant héroïquement à tout tourner sous forme de plaisanterie.

Mais son rire s'éteignit dans le silence général.

L'enfant ne posa aucune autre question. Avec une sagesse presque démoniaque, il sembla parfaitement comprendre qu'il était l'objet de cette gêne soudaine; que la famille tout entière, pour une raison qu'il ignorait, se sentait en faute; et qu'il les tenait tous à sa merci.

Comment fit-il pour deviner? Fut-il guidé par les regards brûlants de tous les siens qui l'observaient passionnément? Y eut-il un délateur? De toute façon, sitôt le repas terminé, Giorgio se dirigea vers l'armoire aux jouets. Il ouvrit les deux battants, demeura une bonne minute en contemplation, comme s'il savait qu'il prolongeait ainsi l'angoisse folle du coupable. Puis, après avoir fait son choix, il retira le camion et, le tenant bien serré sous son bras, partit s'asseoir sur un divan d'où il se mit à regarder fixement les grandes personnes l'une après l'autre, en souriant.

— Que fais-tu, Giorgio? dit enfin le grand-père

d'une voix éteinte. Ce n'est donc pas l'heure de faire dodo?

— Dodo? répondit évasivement le petit-fils, et son sourire se transforma en ricanement moqueur.

— Et pourquoi ne joues-tu pas alors? osa demander le vieillard, trouvant qu'une catastrophe rapide était préférable à cette agonie.

— Non, fit l'enfant d'un ton boudeur. Je n'ai pas envie de jouer!

Immobile, il attendit encore près d'une demi-heure, puis annonça :

— Je vais me coucher.

Et il sortit, en tenant toujours le camion sous son bras.

Cela devint une manie. Durant toute la journée qui suivit, puis encore la suivante, Giorgio ne se sépara pas un seul instant du véhicule. Il en vint même à exiger de le garder à table à côté de lui, ce qu'il n'avait jamais fait jusqu'alors pour aucun autre jouet. Mais il ne jouait pas, il ne le faisait pas rouler, et il ne montrait aucunement l'intention de regarder à l'intérieur.

Le grand-père vivait sur des charbons ardents.

— Giorgio, dit-il plus d'une fois, pourquoi toujours traîner derrière toi ce camion, si tu ne joues même pas avec? Qu'est-ce que c'est que cette toquade? Allons, viens ici, montre-moi les jolies petites bouteilles de lait!

Elle ne viendrait donc pas, cette heure où le petit-fils découvrirait le désastre, et où il arriverait ce qu'il arriverait? (Mais le grand-père n'osait toutefois rien confesser spontanément.) Quel poids que le tourment de l'attente! Giorgio ne bronchait pas.

— Non, je n'ai pas envie. Il est à moi ou pas, ce camion? Alors laisse-moi tranquille.

Le soir, quand Giorgio s'en était allé au lit, les grands discutaient entre eux.

— Mais dis-le-lui! lançait le père au grand-père. Plutôt que de continuer de cette manière! Dis-le-lui! On étouffe à cause de ce maudit camion!

— Maudit! protestait la grand-mère. Même pour plaisanter, ce n'est pas un mot à employer... Son jouet préféré! Pauvre petit trésor!

Le père n'en continuait pas moins.

— Dis-le-lui! répétait-il exaspéré. En auras-tu le courage, toi qui as fait deux guerres, en auras-tu le courage, oui ou non?

Non, ce ne fut pas nécessaire. Le troisième jour, quand Giorgio apparut avec son camion, le grand-père ne sut se retenir.

— Allons, Giorgio. Pourquoi ne le fais-tu pas marcher un peu? pourquoi ne joues-tu pas? Cela me fait tout drôle de toujours te voir avec cette chose sous le bras!

Alors le petit garçon se mit à bouder, comme pour se préparer à quelque caprice (était-il sincère ou jouait-il la comédie?). Puis il commença de crier en sanglotant.

— J'en fais ce que je veux de mon camion, j'en fais ce que je veux! Laissez-moi tranquille à la fin. J'en ai assez, compris? Je peux le casser, si ça me fait plaisir... Je peux le piétiner... Tiens, tiens!... regardez ce que j'en fais!

Il leva son jouet des deux mains et le jeta à terre

de toutes ses forces, puis il se mit en effet à le piétiner, le défonçant totalement. Le toit sauta, les parois se brisèrent et les bouteilles roulèrent à terre.

Alors Giorgio s'arrêta soudain, cessa de hurler, se pencha pour examiner une des parois, saisit par un bout la ficelle clandestinement attachée par le grand-père au rideau de fer. Mauvais comme la gale, livide, il jeta un regard circulaire.

— Qui est-ce? balbutia-t-il. Qui est-ce? Qui l'a touché? Qui l'a cassé?

Le grand-père, ce vieux combattant des deux guerres, un peu voûté, s'avança.

— O Giorgino, mon petit cœur, supplia la maman. Sois gentil. Le grand-père ne l'a pas fait exprès, crois-moi. Pardonne-lui, mon petit Giorgino!

La grand-mère intervint à son tour.

— Ah non, mon trésor, c'est toi qui as raison... Fais-lui pan-pan au méchant pépé qui casse tous tes joujoux... pauvre innocent. On lui casse ses joujoux, et puis on veut encore qu'il soit gentil, le pauvre petit. Fais-lui pan-pan au méchant pépé!

Du coup Giorgio redevint tranquille. Il contempla les visages anxieux qui l'entouraient. Un sourire reparut sur ses lèvres.

— Je le disais bien, s'écria la maman. Je l'ai toujours dit que c'était un ange! Et voici que Giorgio a pardonné à son grand-père! Regardez-le, cet ange descendu des cieux!

Mais le gamin continuait de les examiner l'un après l'autre : le père, la mère, le grand-père, la grand-mère et les deux domestiques...

— Regardez-le, cet ange descendu des cieux,

regardez ce petit ange! se mirent-ils à psalmodier tous à l'envi.

Giorgio donna un coup de pied à la carcasse de son camion qui vint buter contre le mur. Puis il se mit à rire frénétiquement. Il riait à s'en faire mal.

— Et regardez ce petit ange! répétait-il moqueur en sortant de la pièce.

Les grands, terrifiés, se turent.

TRIOMPHE

Mort par embolie, ou mort de faim, ou bien suicide par barbiturique : de quoi est mort Stefano Giri, soixante-sept ans, ancien opticien, demeurant au 7 de la rue Merulana, à l'entresol ? La concierge se souvint de ne pas l'avoir vu la veille, et qu'en rentrant à midi il lui avait dit : « Madame Pia, pouvez-vous m'envoyer chercher un tube de gardénal à la pharmacie ? » Mais elle avait oublié. Elle monta le voir, et le trouva étendu sur son lit, tout habillé, tout chaussé, froid comme un serpent, mort.

C'était à peine une ombre d'homme de son vivant, minable, oscillant de son pas menu sur les énormes trottoirs de la ville, perdu au milieu des hommes véritables, en chair et en os, qui mangeaient, digéraient, et parfois même faisaient l'amour. Il mangeait peut-être, Stefano Giri, avec ce visage émacié, décharné, qui le faisait ressembler à un corbeau résigné, il buvait, il digérait, il faisait peut-être l'amour aussi ? Le dernier des locataires, le plus pauvre, le moins important. Qui s'apercevait même de son existence ? Et maintenant il allait falloir aviser l'employé de l'état civil, lequel commencerait par jurer copieusement, comme à son habitude. Notifications, constatations, permis d'inhumer, se mettre d'accord avec le curé de la paroisse, il faudra bien un enterrement, ah quel ennui! Il prenait toujours soin de ne pas se négliger, pantalon bien tiré, épingle à la cravate, barbe rasée de frais, moustache gominée, eh bien! il est tout à fait correct maintenant, ce vieil imbécile, aussi raide qu'un hareng sec. Et il ne se trouve personne pour s'occuper de son expédition finale, pas un parent, pas un ami, pas d'exécuteur testamentaire ni rien d'approchant. Jamais, même pas un chien ne venait le voir ou lui écrivait, jamais aucune lettre, aucune carte postale, aucune feuille de publicité, jamais rien.

Jamais? Une heure après les premières constatations, voici qu'un monsieur vient s'enquérir de lui, sur un ton autoritaire.

— Oui, bien sûr, dit la concierge. Par ici, je vous en prie... c'est à l'entresol... excusez-nous si nous n'avons pas l'ascenseur... Mais y a-t-il quelque chose de suspect?... Que Monsieur le Commissaire me le dise : pense-t-on à un suicide?... Misère! je m'en doutais... Je le disais aussi, moi, qu'on ne devrait pas garder ce genre de meurt-la-faim... Voici la clef, si vous le désirez, je puis vous montrer le chemin...

Non, non, refusez-vous, ô humains, tant que des forces vous demeureront, refusez-vous de nommer habitation une tombe de ce genre. De l'air, faut-il appeler cela de l'air? La lumière, appellerons-nous lumière cette espèce de réverbération triste qui provient de la cour? Et dehors : du linge mis à sécher, des suintements de latrines, des voix criardes, un crétin de garçon qui siffle *Bongo* du matin au soir comme un damné, et des murs, de grands murs aux fenêtres nues, devrons-nous appeler cela une maison, une lumière et des bruits? Même en gardant la fenêtre grande ouverte on peine à distinguer, étendu sur son lit, celui qui se nommait Stefano Giri, raide désormais, vêtu de noir, portant une chemise trop propre et des bottines trop bien cirées : qui donc l'a aussi bien arrangé?

Non, n'appelez pas cela une demeure, tant que vous aurez assez de souffle pour résister : un journal sur une sorte de commode, des boîtes de médicaments, un peigne cassé sur une table, deux clefs, un étui contenant des lunettes brisées, une gravure épinglée au mur : « S. M. l'Empereur Napoléon III visite l'Observatoire astronomique de Seurat ». Ajoutez la rumeur perpétuelle que la ville s'est résignée à nommer le silence : bourdonnement, grondement, grincement, comment la définir? Et pourtant c'est un silence plus solitaire que les plus grands silences des déserts et des marécages, aujourd'hui il est soudain devenu solennel et terrible, ici, face à ce mort!

— C'est ainsi que je l'ai trouvé, je n'ai touché à rien, affirme la concierge, embarrassée de voir l'intrus immobile et silencieux. L'employé de l'état civil va bientôt arriver... Monsieur le Commissaire, veuillez m'excuser : mais vous pensez vraiment qu'il s'agit d'un suicide?

L'autre se tait, regarde, apprécie : quelle concentration exceptionnelle de misère, sans rémission, énorme, terrible.

— Monsieur le Commissaire veut-il s'asseoir? S'il le désire, voici un encrier, une plume, pour le procès-verbal...

L'homme parle enfin.

— Pas besoin d'écrire, pas de procès-verbal, dit-il avec une satisfaction mal déguisée. Et d'ailleurs je ne suis pas vraiment le commissaire... Je viens pour le triomphe.

— Le triomphe?... Que voulez-vous dire?... Et qui êtes-vous d'abord?... De quel droit vous permettez-vous?... s'exclame Mme Pia qui devient à son tour autoritaire. Vous n'êtes pas venu pour plaisanter, j'imagine!

— Le triomphe, répète-t-il fermement. Ne vous troublez pas, chère madame. Le triomphe de cet homme. Tout est prêt déjà... Regardez!

Ils s'approchèrent de la fenêtre et virent : l'immonde cour intérieure n'était plus une cour, mais une place, une avenue, un forum grandiose planté d'arbres, de plates-bandes, entouré de palais multicolores, et là où l'instant auparavant se trouvait le mur d'en face portant l'enseigne de la maison d'expédition Anfossi Ambrogio et Co, un arc somptueux était dressé, derrière lequel se trouvaient d'autres palais, des arbres, des statues inondées de soleil. Et puis le ciel, avec ses nuages. Et des milliers d'hommes, de femmes et d'enfants aux fenêtres, aux balcons, sur les terrasses, qui se saluaient.

— Mais... mais... balbutiait la concierge.

— Vous trouvez tout ceci étrange? reprit le

visiteur. Pensez-y, madame : patient, soumis, seul au monde, l'âme affligée bien que nul ne s'en aperçût, né, grandi, mort sans consolation, sans réconfort. Aujourd'hui, c'est sa récompense.

Juste en dessous de la fenêtre, une automobile attendait. C'était une voiture décapotable, flambant neuve, en comparaison de laquelle l'auto du Président des Etats-Unis n'eût semblé qu'un vieux chaudron. Du dernier cri, puissante, et pourtant traînée par des chevaux, des chevaux immenses, mesurant six mètres pour le moins, au poil blanc, à la crinière tressée, la queue traînant à terre et la tête altière. Pas plus que Mme Pia, concierge, personne n'avait jamais rien vu au monde de semblable.

A côté, d'autres chevaux, plus petits, montés par les généraux, les préfets, les ambassadeurs. Derrière : des éléphants et des girafes portant bannière au col. Une fanfare. D'autres voitures de luxe encore, tirées par des petits chevaux pur-sang. Et puis d'autres bannières, la foule, des autos, celles des personnalités de moindre importance, sans traction animale, splendides toutefois. Une fête en somme. Il n'y manquait que lui, Stefano Giri. Mais quand la concierge se retourna pour contempler le lit, le vieux défunt avait disparu.

— Mais... qui était-ce ?... Je ne savais rien... Qui aurait pu penser ?...

Alors l'autre sortit une feuille de sa poche.

— Itinéraire du cortège, se mit-il à lire. Depuis le lieu du décès par l'avenue du Pérou, le boulevard Garibaldi, la rue du Géant, etc. (Seul, dans l'immense automobile, Giri sera assis au milieu de la banquette, l'air effrayé, les mains entre les genoux, le creux des joues qui le fait ressembler à un oiseau bonasse encore plus accentué.) Des arrêts sont prévus :

« Devant le cinéma Lampo où, quand il était enfant, assistant à un film de Peaux-Rouges, il découvrit d'un coup les promesses de la vie,

« à l'angle de la rue du Maréchal-Foch où il attendit quatre soirs consécutifs une fille dénommée Anna, qui ne vint d'ailleurs pas,

« au milieu de l'avenue Hercule où, par une nuit de septembre, il lui arriva de fumer une merveilleuse cigarette,

« au siège de la société anonyme Vitumgost, articles d'optique, où il travailla durant neuf ans jusqu'à ce que son compagnon, Ermanni Egisto, se trompant pour la seconde fois dans le montage d'un niveau, prétendit, pour se sauver, que c'était Giri qui avait fait le travail. Et Giri, le voyant blanc de peur, plus vieux que lui-même, mal portant, avec cinq enfants à charge, n'osa se défendre : ainsi fut-il licencié (Le cortège pénétrera dans le laboratoire, automobiles, girafes, orchestre, tout devant se rapetisser alors à des dimensions microscopiques. Et les deux grands chevaux blancs, trépignant sur le banc d'Ermanni, ce sagouin, y déposeront leurs excréments),

« puis au rez-de-chaussée, dans le vestibule d'entrée ; pour la raison que Giri fut réemployé là cinq ans plus tard comme gardien, que ce fut son dernier emploi, et qu'il y conservait l'absurde espérance de pouvoir peu à peu remonter en grade et redevenir enfin monteur spécialisé (Le président, son adjoint, les syndics se trouveront là, en costume de cérémonie, en gants blancs, avec tout le personnel, et en leur nom à tous le déjà nommé Ermanni prononcera une chaleureuse allocution d'amour). »

Après quoi, grand défilé jusqu'au centre de la ville. Des dixièmes, vingtièmes, trentièmes étages, il pleuvra des confetti, des papiers, les feuilles arrachées des annuaires téléphoniques par des sténodactylos enthousiastes, ainsi qu'il en est, paraît-il, la coutume à Broadway. Au son des fanfares et des tambours, les superbes et les puissants de la ville, les impies, les blasphémateurs, les luxurieux, s'entasseront sur les trottoirs, en proie à une bonté irrépressible, pour acclamer. Il y aura également les filles, les plus belles, les plus excitantes, celles de grand luxe, dont il supposait qu'il les dégoûtait : elles se jetteront par grappes entières sur les marchepieds de la voiture, manifestant clairement qu'elles le désirent. Et derrière, courant, mêlés et se bousculant, les professeurs d'Université, les contrôleurs, les évêques, les magistrats, les champions de boxe, lui apportant des bouquets de jacinthes.

— Je ne comprends pas, répétait la concierge, je ne comprends vraiment pas, je ne peux m'y faire... Mais qui était-ce en somme ?

— C'était, répondit le faux commissaire, un pauvre homme, pas assez envieux pour réussir : et c'est pourquoi le Seigneur l'a élu.

La tête du cortège se trouvait déjà loin. Dans le tourbillon des étendards, des petits ballons, des cerfs-volants, des guirlandes, des oiseaux, on avait peine à distinguer Stefano Giri. Il s'était redressé, demeurait assis avec une grande dignité, ne ressemblant absolument plus à une corneille, et saluant avec bienveillance.

Mais soudain le commissaire se mit à hurler, en se penchant à la fenêtre.

— Eh là, toi, arrête! vaurien! Veux-tu bien t'arrêter!

Il faisait des signes désespérés. Le diable venait de surgir d'une ruelle, tout noir, fumant de partout, et il remontait le cortège d'un pas vif, feignant l'indifférence. Encore un peu et il allait rejoindre l'auto présidentielle. Prends garde, Stefano Giri. Ne l'écoute pas, s'il te plaît. Tu as souffert et n'a fait souffrir personne, et maintenant te voici grand parmi les grands. Malheur à toi si tu commences à t'aimer maintenant, toi qui ne t'es jamais aimé.

RIGOLETTO

A la revue militaire commémorant l'anniversaire de l'indépendance, un groupe de l'armée atomique défila pour la première fois en public.

C'était par une journée claire mais grise de février, et une lumière uniforme noyait les palais poussiéreux de l'avenue sur lesquels flottaient les drapeaux. Là où je me trouvais, le passage des chars d'assaut formidables qui ouvraient le cortège vrombissant n'eut pas l'habituel effet électrisant sur la foule. Il n'y eut que de rares et maigres applaudissements quand les magnifiques mastodontes hérissés de canons apparurent, avec leurs splendides soldats installés en haut des tourelles et coiffés de casques de cuir et d'acier. Les regards se reportaient tous plus loin, en direction de la place du Parlement, d'où le défilé était parti, dans l'attente de la nouveauté.

Le passage des chars dura près de trois quarts d'heure, les spectateurs en avaient la tête farcie. Finalement le dernier monstre s'éloigna avec son horrible fracas, et l'avenue demeura déserte. Le silence s'imposa, tandis que les drapeaux flottaient toujours aux balcons.

Pourquoi personne ne venait-il? Le fracas des chars s'était déjà perdu au loin, au milieu de vagues échos de fanfares, et l'avenue déserte attendait toujours. Y avait-il eu un contrordre?

Mais soudain une chose avança tout là-bas, au fond, sans bruit. Puis c'en fut une autre, une troisième, toute une multitude, en longue file. Chacune était dotée de quatre roues, mais ce n'étaient pas à proprement parler des automobiles, ni des camionnettes, ni des chars, ni aucun autre véhicule connu. D'étranges charrettes plutôt, à l'aspect vieillot et, d'une certaine façon, minable.

Je me trouvais dans une des premières rangées de la foule, et je pus fort bien les observer. Certaines étaient en forme de tuyau, d'autres de marmite, de cuisine de campagne, de cercueils, enfin quelque chose d'approchant. Pas très grandes, mal fichues, sans même cette allure massive qui ennoblit les plus quelconques véhicules. Les pièces métalliques qui les revêtaient semblaient presque « arrangées » et je me souviens d'une certaine petite portière, complètement bosselée, qui ne parvenait évidemment pas à fermer et bringuebalait avec un bruit de ferblanc. Le tout était d'une couleur jaunâtre, avec de curieux dessins verts ressemblant vaguement aux fougères, pour le camouflage sans doute. Les hommes, deux par deux, étaient enfoncés au maximum dans la partie postérieure des véhicules et seul leur buste émergeait. Uniformes, casques et armes absolument normaux : fusils automatiques du modèle réglementaire que ces soldats portaient évidemment en guise d'objet décoratif, de même qu'on voyait encore peu d'années auparavant des cavaliers armés de sabres et de lances.

Deux choses firent aussitôt une grande impression : le silence total dans lequel avançaient ces instruments, propulsés vraisemblablement par une énergie inconnue ; et surtout l'aspect physique des militaires qui s'y trouvaient. Ce n'étaient absolument pas, comme ceux des chars, des jeunes gens vigoureux et sportifs, ils n'étaient pas bronzés par le soleil, ne souriaient pas avec une arrogance ingénue, ne semblaient même pas glacés par une rigidité toute militaire. Ils étaient maigres pour la plupart, plutôt du genre « étudiant en philosophie », avec de vastes fronts, portant tous une sorte de casque de télégraphiste et, pour la plupart, leur grand nez chaussé de lorgnons. Ils semblaient ignorer, à en juger par leur allure, qu'ils étaient des soldats. Une préoccupation résignée pouvait se lire sur leurs visages. Ceux qui ne s'occupaient pas de la manœuvre des véhicules regardaient tout autour d'eux avec une expression incertaine et apathique. Les seuls qui répondaient, un peu, à ce qu'on attendait d'eux étaient les conducteurs de certains fourgons plats : ils avaient la tête entourée d'une sorte d'écran transparent, en forme de calice, évasé, ouvert vers le haut, qui leur donnait une curieuse allure de mascarons, de figures grotesques de foire.

Je me souviens d'un petit bossu, installé sur le deuxième ou le troisième véhicule, un peu plus en haut que les autres, vraisemblablement un officier. Sans prêter aucune attention à la foule, il se retournait constamment, pour vérifier sans doute que tout le convoi marchait comme il le fallait.

— Eh, Rigoletto! cria quelqu'un du haut d'un balcon.

Il leva les yeux, salua d'une main, avec un sourire un peu forcé.

Ce fut justement l'extrême pauvreté de ce convoi — alors que nous savions tous parfaitement quelle puissance de destruction se trouvait enfermée dans ces bastringues de fer-blanc — qui créa une sorte d'effarement. Je veux dire que si les soldats avaient eu plus de panache, nul n'eût ressenti cette impression de trouble et de puissance. C'est ce qui explique l'attention presque anxieuse dans laquelle se trouvait la foule. Il n'y eut pas un applaudissement, pas un bravo.

Dans un tel silence il me sembla, comment dire? il me sembla qu'un faible grincement provenait des véhicules mystérieux. Cela ressemblait aux appels de certains oiseaux migrateurs, bien qu'il n'y eût aucun oiseau. D'abord extrêmement ténu, puis de plus en plus distinct, toujours scandé toutefois au même rythme.

Je regardais l'officier bossu. Je le vis retirer son casque de télégraphiste et palabrer vivement avec le garçon qui se trouvait assis près de lui. Je notai également des signes évidents d'énervement à bord de quelques autres chars. Comme si quelque chose d'anormal avait lieu.

Ce fut alors que six à sept chiens, dans les maisons des environs, se mirent à aboyer tous à la fois. Et comme les balcons étaient noirs de monde et que toutes les fenêtres se trouvaient grandes ouvertes, les cris de ces animaux vinrent résonner dans la rue. Qu'avaient donc ces sales bêtes ? Qui appelaient-elles à la rescousse avec tant de fureur ? Le petit bossu eut un geste d'impatience.

A ce moment — je m'en aperçus du coin de l'œil — un objet obscur glissa derrière moi. En me retournant, j'eus le temps de remarquer trois ou quatre souris qui fuyaient en toute hâte, en passant par la lucarne d'une cave à ras de terre.

Un vieux monsieur, à côté de moi, leva le bras, pointant l'index au ciel. Nous vîmes alors qu'au-dessus des appareils atomiques, en plein milieu de la rue, des colonnes de poussière rougeâtre grimpaient à pic, semblables aux trombes d'air des tornades, mais immobiles, verticales, sans faire de volutes. En quelques secondes elles prirent une forme géométrique, grossissant encore davantage. Il est bien difficile de les décrire : imaginez la fumée contenue à l'intérieur d'un haut fourneau, mais sans le haut fourneau. Ces inquiétantes tours d'épais brouillard, cauchemardesques, s'élevaient désormais à une trentaine de mètres, dépassant le toit des maisons, et nous pouvions distinguer des sortes de ponts de la même matière couleur de suie, qui s'élançaient entre tous les sommets. Tout un entrelacs d'immenses ombres se forma ainsi, se prolongeant à perte de vue au-dessus du cortège. Et les chiens, renfermés dans les maisons, continuaient leur tapage.

Que se passait-il ? La file de voitures s'arrêta. Le petit bossu descendit de son observatoire, remontant en toute hâte la colonne et criant des ordres multiples en une langue qui semblait étrangère.

Les militaires commencèrent à se démener

autour de leurs appareils, en cachant mal leur anxiété.

Désormais les minarets de brouillard, de poussière — émanations évidentes des chars atomiques — s'élevaient à des hauteurs inimaginables au-dessus de la foule, avec une précision, une rigueur toute mathématique d'autant plus sinistre. Une nouvelle fournée de souris passa par la lucarne, se jetant dans une fuite éperdue. Comment ces gratte-ciel de mauvais augure n'étaient-ils pas secoués par le vent qui faisait claquer les drapeaux?

La foule, au demeurant inquiète, se taisait encore. En face de moi, au troisième étage d'un immeuble, une fenêtre s'ouvrit soudain et une jeune femme ébouriffée parut. Elle demeura un instant, comme en extase, à regarder les montagnes de nuages entassés et les ponts aériens qui les reliaient. Puis elle porta les mains à sa chevelure, dans un geste d'épouvante, et lança un cri désolé : « Sainte Vierge. Oh, Sainte Vierge! »

Quelle voix! Je reculai, cherchant à me dominer. Je lançai un dernier regard aux militaires qui s'agitaient de plus en plus fébrilement autour de leurs engins, comme s'ils ne parvenaient plus à les dominer (je compris plus tard qu'on pouvait les considérer eux aussi comme de vrais soldats, aussi laids et pâles fussent-ils). Allais-je avoir le temps? D'un pas rapide, mais prenant bien garde de ne pas me faire remarquer, vite, de plus en plus vite, je me dégageai de la foule, me sauvant par des rues latérales.

J'entendais derrière moi le tapage de tous ces gens, horrifiés soudain, pris par la panique. Après trois cents mètres environ, j'eus la force de caractère de me retourner et de regarder : au-dessus de cette multitude en fuite, les tours d'ombre rougeâtre commençaient à branler, les ponts qui les reliaient se tordaient lentement : comme en un effort suprême, semblait-il. Leur mouvement hallucinant s'accélérait de plus en plus, devenant frénétique. Alors un hurlement sombre, un atroce hurlement jaillit de partout à la fois.

Il advint ensuite ce que nul n'ignore.

LES CINQ FRÈRES

Au retour d'un long voyage, le prince Caramasàn traversait le désert avec son escorte, attendant d'un instant à l'autre que les tours de sa ville vinssent enfin se présenter à l'horizon, quand il aperçut un vieil ermite, nu, assis sur une pierre. Ce personnage était si maigre qu'on pouvait distinguer sous la peau son squelette dans les moindres détails. Tout autour de lui, certains agenouillés, d'autres debout, se trouvaient plusieurs pèlerins, cachant la plupart leur tête sous un capuchon, sans doute parce qu'ils étaient venus là pour se libérer de remords trop pesants et qu'ils craignaient d'être reconnus.

Caramasàn, homme d'une grande piété, ne manqua pas d'offrir ses services au vieillard.

— Saint ermite, lui dit-il, c'est Dieu peut-être qui m'a guidé jusqu'à toi pour te venir en aide. Veux-tu boire de l'eau, veux-tu manger, que veux-tu?

— Je te remercie, prince Caramasàn, répliqua l'ermite. Mais la bienveillance de l'Eternel m'a épargné jusqu'ici les affres de la faim et de la soif. Cependant, pour te montrer ma gratitude, je te dirai quelque chose : vois-tu là-bas, en direction de la ville, ce nuage de poussière qui s'éloigne?

Caramasàn regarda et ne vit rien.

— Tes yeux, dit alors l'ermite, ne sont pas assez puissants. Mais il n'est pas temps d'en discuter. C'est Ubu Murru, le sorcier, le génie du mal, qui soulève cette poussière. Il galope vers ton palais. Je l'ai vu passer tout à l'heure et je lui ai demandé : où vas-tu, maudit, avec tant de hâte? Et lui : je vais à la maison de Caramasàn, pour lui prendre ses cinq fils. Il est écrit que si Ubu Murru parvient à surprendre les cinq frères Caramasàn tous ensemble, il pourra les emmener aussitôt en enfer. Si au contraire l'un des cinq est absent, Ubu Murru n'aura aucun pouvoir sur eux. Eh bien, je sais qu'aujourd'hui ils se sont réunis pour attendre le retour de Caramasàn, leur père. Je vais pouvoir les prendre...

« Voilà ce qu'Ubu Murru m'a répondu, continua l'ermite. Et le Malin ne peut me mentir. Aussi, honnête prince, saute en selle sur le meilleur de tes chevaux, hâte-toi si tu veux revoir tes enfants en vie. Ubu Murru galope, mais tu dois galoper davantage. Suis-le, dépasse-le, précède-le au seuil de ta demeure. »

Son petit cheval, excité par les éperons, dévorait merveilleusement les immensités du désert, mais il n'y avait toujours pas trace d'Ubu Murru. Déjà Caramasàn commençait à se désespérer quand, tout au fond de l'horizon, un minuscule voile de poussière fit son apparition.

— Courage, courage, Désir d'amant! supplia le prince, et le cheval augmenta encore son allure, bien qu'il sentît son cœur tout près de se rompre.

Le voile devint un petit nuage, le nuage devint immense et Caramasàn aperçut enfin Ubu Murru tout proche, noir de peau, montant son cheval sans selle à la façon des sauvages, une longue crinière de cheveux hirsutes flottant comme un étendard derrière sa tête.

Dans l'acharnement de leur course, les huit sabots battaient le désert avec une telle force que leur grondement s'entendait au lointain. Mais le prince comprit que son petit cheval était à bout, qu'il ne pourrait plus résister longtemps à ce train d'enfer. Il voulut alors recourir à l'astuce et, se penchant vers une oreille de sa bête, il murmura : Pour l'amour de Dieu, fais encore un effort et porte-moi devant ce cavalier !

Le cheval fit un dernier effort et devança Ubu Murru, lui faisant manger la poussière. Rapidement le prince Caramasàn retira sa longue ceinture d'argent et la jeta derrière lui. Le cheval d'Ubu Murru s'y empêtra aussitôt les pattes, s'affaissant sur les pierrailles du désert en un bruit qui semblait le tonnerre.

De la sorte, le prince distança le néfaste génie et n'eut plus besoin de maltraiter son cheval pour arriver le premier au palais. Il trouva là ses cinq fils qui l'attendaient : Andrea, Barnabò, Calisto, Dario et Enrico dans l'ordre alphabétique et de naissance. Aussitôt terminées les salutations d'usage, il leur dit.

— Mes chers enfants, il ne m'est hélas pas permis de jouir plus longtemps de votre présence. A moins d'une demi-journée de route d'ici, j'ai rencontré dans le désert un ermite qui m'a fait une révélation... Et il leur expliqua tout en détail.

Dès que Caramasàn eut terminé son histoire — tout au long de laquelle il guettait sans cesse à une fenêtre, dans la crainte de voir arriver Ubu Murru — ses cinq fils, poussés par la crainte d'être trouvés ensemble par le génie du mal, se séparèrent en hâte.

— J'irai sur les montagnes, annonça Andrea, l'aîné.

— Je me retirerai au bord de la mer, reprit Barnabò, le second.

Et ainsi de suite, chacun choisissant sa demeure de telle sorte qu'une rencontre commune ne pût se produire en aucune façon. Quelques instants plus tard le prince Caramasàn, qui avait tant désiré tout au long de son voyage la compagnie de ses enfants, se retrouva seul de nouveau. Et ce lui fut un faible réconfort que d'apercevoir enfin Ubu Murru tout défait, déguenillé, qui marchait dans la rue en conduisant par la bride son cheval encore en plus mauvais état que lui.

Dès lors les cinq fils de Caramasàn, qui s'étaient jusque-là tendrement aimés, vécurent séparés par crainte de la mort. Ils ne se rencontraient que fort rarement, avec une multitude de précautions, et jamais plus de quatre à la fois. Le père s'en trouvait fort affligé.

Mais les années passèrent, avec cette épouvantable rapidité qui leur est coutumière, et le moment vint pour le prince Caramasàn de se préparer à mourir. Sentant sa fin prochaine, il ordonna à un messager :

— Va chercher mes cinq fils. Dis-leur de se

hâter pour venir au chevet de leur vieux père qui s'apprête à quitter cette terre.

Les cinq frères se consultèrent par lettres. Comment éviter qu'Ubu Murru les trouve tous réunis devant le lit du vieillard moribond? Ils décidèrent ce qui suit : dans l'intérêt général, l'un d'entre eux, tiré au sort, demeurerait éloigné de la ville. Le sort désigna Calisto.

Hélas! la vieillesse et la maladie avaient quelque peu brouillé la mémoire du prince Caramasàn, à tel point qu'il ne se souvenait plus des recommandations de l'ermite. En n'apercevant que quatre fils près de son lit, il s'écria :

— Je vois bien Andrea, Barnabò, Dario et Enrico, mais je ne vois point Calisto. Où est Calisto? La mort de son vieux père ne lui fait donc aucun effet?

Andrea, l'aîné, s'apprêtait à expliquer la chose, quand les autres le poussèrent du genou. Il se tut. Alors Caramasàn, croyant que ses fils ne pouvaient justifier l'absence de leur frère, leva sa main décharnée et dit :

— Calisto a manqué à son devoir le plus sacré. Je le déshérite donc. Mes richesses ne seront réparties qu'entre vous quatre...

Et il rendit le dernier soupir, après quelques recommandations d'ordre général.

Dès qu'il sut ce qui s'était passé, Calisto ne se fit pas faute d'interroger ses frères.

— Pourquoi n'avez-vous pas expliqué à notre père les raisons de mon absence? Ses injustes reproches m'eussent été épargnés. De toute façon, faites-moi savoir quand je pourrai venir chercher ma part de l'héritage.

Ses frères lui répondirent :

— De quel héritage parles-tu ? Notre père t'a renié, et de nombreux témoins étaient présents à cet instant.

Ils ne lui donnèrent pas un sou. La douleur et la rage du malheureux Calisto furent telles qu'il pensa en perdre la raison. Réduit à la pauvreté, il s'adonna au brigandage, bien décidé, quitte à mourir lui-même, à surprendre ses frères réunis tous ensemble : Ubu Murru pourrait venir alors s'emparer d'eux.

Les autres se mirent à le craindre. Ils espacèrent d'autant plus leurs rencontres secrètes. Ils décidèrent même de ne jamais se rencontrer à plus de trois, puisque s'ils étaient quatre, et si Calisto parvenait à les rejoindre, le nombre fatal serait atteint.

Mais ce ne fut pas suffisant. Peu à peu ils en vinrent à abhorrer la présence même d'un seul autre des leurs. Et chaque fois que chacun d'eux se voyait dans l'obligation de se déplacer d'un lieu à un autre, il envoyait d'abord des serviteurs pour bien s'assurer qu'aucun des frères ne se trouvait en cet endroit. S'il n'en avait la certitude, il renonçait à son voyage.

Une haine réciproque naquit ainsi entre eux. Et, tout au long de leur vie désormais angoissée, il ne leur restait qu'une seule espérance : qu'un des autres frères vînt à disparaître. Ainsi donc, à la peur d'être réunis s'ajouta, d'une façon encore plus folle, celle d'être assassinés. Et chacun se mit à comploter, à préparer des guets-apens, des traquenards, des embûches et des poisons.

Cela dura jusqu'au jour où Andrea, l'aîné, lassé et dégoûté d'une condition tellement précaire et humiliante, se rendit dans le désert pour demander conseil à l'ermite. Dans le désert il trouva le rocher, et sur le rocher un pénitent assis. Ce n'était pas le vieillard que son père avait décrit, mais un jeune homme qui souriait doucement. Tout autour de lui d'autres pèlerins, encapuchonnés parce qu'ils venaient pour se libérer de secrets trop pesants et qu'ils craignaient d'être reconnus.

Andrea s'approcha, s'agenouilla aux pieds du jeune homme et lui demanda :

— Saint ermite, sais-tu où s'en est allé le vieil anachorète qui se trouvait assis jadis à ta place?...

Et il lui raconta toute son histoire.

— Malheureux prince! répondit le jeune homme sans même une hésitation, ton père et vous autres, les cinq frères, avez été victimes d'une tromperie. Le vieillard dont t'a parlé ton père n'était pas un ermite. C'était Ubu Murru en personne : le démon, le génie du mal, déguisé en ascète. Et quand ton père courut pour rejoindre au plus vite sa maison, ce maudit vola au-devant de lui pour apparaître sous la forme du cavalier qui galopait. Il ne possédait sur vous aucun pouvoir. Il désirait seulement, par son mensonge, semer la discorde et la haine entre vous. Aujourd'hui il triomphe. Allons! prince Andrea, cours auprès de tes frères, prends-les dans tes bras, révèle-leur la supercherie!

A ces mots, Andrea remercia hautement le ciel de l'avoir enfin délivré de ses malheurs. Au même instant quatre pèlerins qui avaient tout entendu, perdus parmi les autres, retirèrent leur capuchon et entonnèrent avec la même foi un hymne à l'Eternel. L'un d'eux s'approcha d'Andrea.

— Embrasse-moi, lui dit-il en sanglotant. Ne reconnais-tu pas ton frère Barnabò?

Et les trois autres en firent de même.

Mais, à mieux se regarder, à bien se reconnaître, les cinq frères sentirent toute allégresse les quitter. Car dans la course des années, ils étaient devenus vieux, après avoir traîné toute une vie misérable de peur et de haine. A cela, il n'y avait aucun remède. Le soleil commençait à descendre, au bout du désert infini, et de l'autre côté se levait l'ombre de la nuit.

LE MUSICIEN ENVIEUX

Le compositeur Augusto Gorgia, homme envié, au sommet de la gloire et dans la plénitude de son âge, se promenant un soir, seul, dans son quartier, entendit jouer du piano dans un grand immeuble voisin.

Augusto Gorgia s'arrêta. C'était une musique moderne, mais différente de la sienne et de celle que composaient ses confrères. Il n'en avait jamais entendu de semblable. On ne pouvait même pas discerner, sur le moment, s'il s'agissait de musique sérieuse ou bien légère : elle rappelait quelques airs populaires, par une certaine trivialité, mais contenait aussi comme un mépris amer, et semblait plutôt s'amuser, bien que dans le fond on devinât qu'elle avait été écrite avec une conviction passionnée. Toutefois ce qui frappa surtout Gorgia, c'était le langage de cette musique, un langage libéré des antiques conventions et des lois harmoniques, souvent perçant, arrogant, et s'imposant tout à la fois avec une totale évidence. Musique également caractérisée par son élan, son allure juvénile, son absence de fatigue à la création. Mais le piano se tut rapidement et Gorgia continua de se promener inutilement aux environs, dans l'espoir de l'entendre à nouveau.

Bah, ce doit être encore une invention américaine ! se dit-il. Là-bas, en fait de musique, ils ne savent combiner que des mixtures abominables... Et il reprit le chemin de sa maison. Pourtant une gêne demeura dans son esprit pendant toute la soirée, et même le lendemain : de même qu'un chasseur, après avoir trébuché dans les bois contre une pierre ou une souche, trop pris par sa chasse n'y prend garde et se retrouve la nuit, geignant de douleur, sans parvenir à se remémorer comment ni où cette blessure a pu lui arriver. Et une bonne semaine est nécessaire pour que la cicatrice disparaisse.

A quelque temps de là, s'en revenant chez lui vers six heures du soir, Gorgia, sitôt franchie la porte d'entrée, remarqua que la radio était allumée au salon : et immédiatement, avec la promptitude d'un expert, il reconnut les sonorités. Cette fois, c'était une musique d'orchestre, et non plus seulement de piano, mais elle ressemblait étrangement à ce qu'il avait entendu l'autre soir, avec le même accent sportif et plein de superbe, avec toujours le même rythme bizarre et cette autorité presque outrageante, cette fougue qui semblait le galop d'un cheval extrêmement pressé d'arriver.

Gorgia n'eut pas le temps de refermer la porte que déjà la musique avait cessé. Et sa femme vint à lui, sortant du salon avec une précipitation insolite.

— Bonsoir, chéri, dit-elle. Je ne savais pas que tu reviendrais si vite...

Mais pourquoi faisait-elle cette mine embarrassée? Avait-elle quelque chose à cacher?

— Que se passe-t-il? demanda Gorgia, intrigué.

— Comment, que se passe-t-il? Et que devrait-il se passer?

— Je ne sais pas, tu m'as reçu d'une telle façon... Enfin, dis-moi donc : que jouait-on à la radio?

— Ah, si tu crois que j'écoute!

— Alors pourquoi as-tu fermé le poste quand je suis entré?

— Tu procèdes à un interrogatoire? s'esclaffa-t-elle. Si tu veux vraiment le savoir, je l'ai fermé en venant à ta rencontre. J'étais là-bas, dans ma chambre, et j'avais oublié de l'éteindre.

— On jouait une musique, dit Gorgia pensif, une curieuse musique...

Et il se dirigea vers le salon.

— Ah le saint homme! Tu n'en as donc pas tout ton saoul de la musique... du matin au soir, de la musique... il t'en faut toujours davantage... Mais laisse donc tranquille cette radio! dit-elle en le voyant qui s'apprêtait à brancher de nouveau le poste.

Il se retourna alors pour l'observer : elle semblait inquiète, comme si elle craignait quelque chose. Il tourna le bouton, le cadran s'illumina, la rumeur habituelle sortit de l'appareil, puis une voix : « ...vons transmis un programme de musique de chambre. Notre prochain concert vous sera gracieusement offert par les produits Hutchin... »

— Content maintenant? s'écria Maria qui semblait soudain soulagée.

Le soir même, sortant après dîner avec son ami

Giacomelli, Gorgia acheta un journal de programmes de radio, y cherchant ce qui l'intéressait.

A 16 h 45, était-il écrit, concert de musique de chambre dirigé par le maître Sergio Anfossi. Œuvres de Hindemith, Kunz, Meissen, Ribbenz, Rossi et Stravinski...

Non, la musique qu'il avait entendue n'était certes pas de Stravinski. Les noms dans le journal étaient disposés dans l'ordre alphabétique, évidemment les morceaux n'avaient pas été joués dans le même ordre lors du concert. Mais ce n'était pas non plus de la musique d'Hindemith, ni de Meissen. Gorgia les connaissait trop bien. Ribbenz alors ? Non : Max Ribbenz, son vieux camarade du Conservatoire, s'était risqué, il y avait plus de dix ans, dans une grande cantate polyphonique, travail honnête mais académique ; puis il avait cessé de composer ; après un si long silence il venait seulement de réapparaître, parvenant à faire prendre une œuvre par le Théâtre d'Etat ; on allait la jouer justement dans les jours à venir ; mais il était facile de prévoir, d'après les lointains précédents, ce que ce pourrait être. Donc pas davantage de Ribbenz. Restaient Kunz et Rossi. Qui étaient-ils ? Gorgia n'en avait même jamais entendu parler.

— Que cherches-tu ? lui demanda Giacomelli, en le voyant tellement absorbé.

— Rien. Aujourd'hui, j'ai entendu de la musique à la radio. J'aimerais en connaître l'auteur. Une musique curieuse. Mais on ne comprend rien là-dessus.

— Quel genre de musique ?

— Mais je ne saurais pas le dire justement. Une musique mal éduquée, je dirais...

— Allons, allons, n'y pense plus! railla Giacomelli qui le savait fort susceptible. Tu sais aussi bien que moi que le musicien qui te surpassera n'est pas encore né.

— Au contraire, répliqua Gorgia qui avait parfaitement saisi l'ironie. J'en serais heureux! J'espérais que quelqu'un, au bout du compte... (il lui vint une idée ennuyeuse)... A propos, c'est demain la première de l'œuvre de Ribbenz?

Giacomelli ne répondit pas immédiatement.

— Non, non, dit-il avec indifférence. Je crois qu'ils l'ont reportée...

— Et tu iras?

— Ah non! Tu sais, dit Giacomelli, c'est au-dessus de mes forces!

Cette phrase remit Gorgia de bonne humeur.

— Pauvre Ribbenz, s'exclama-t-il, pauvre vieux Ribbenz, je suis vraiment content pour lui. Il aura au moins cette satisfaction... Et pan, et pan!...

Le lendemain soir, chez lui, Gorgia s'essayait mollement à jouer du piano quand il lui sembla entendre soudain, de l'autre côté de la porte fermée, comme un murmure. Pris de soupçon, il s'approcha pour écouter.

Sa femme et Giacomelli bavardaient à voix basse dans le petit salon.

— Mais il viendra quand même à l'apprendre, tôt ou tard, disait l'homme.

— Plus tard ce sera, mieux cela vaudra, répliqua-t-elle. Il ne se doute encore de rien...

— Tant mieux!... Mais les journaux? Vous ne

pouvez tout de même pas l'empêcher de lire les journaux !

Gorgia ouvrit alors brusquement la porte. Les deux autres se levèrent d'un coup, comme des voleurs pris sur le fait. Ils étaient livides.

— Eh bien, questionna Gorgia, qui est-ce qui ne doit pas lire les journaux ?

— Mais... mais..., dit Giacomelli. Je parlais d'un de mes cousins qui vient d'être arrêté pour faux et usage de faux. Son père, qui est mon oncle, n'en sait encore rien.

Gorgia soupira. Rien de grave. Il se sentit même empli de honte pour cette irruption un peu cavalière. A force de tout soupçonner, il allait finir par s'empoisonner l'existence. Mais par la suite, tandis que Giacomelli poursuivait son histoire, il se sentit de nouveau mal à l'aise ; et si l'aventure du cousin n'était elle-même qu'un faux ? Giacomelli ne pouvait-il l'avoir inventée, là, sur le coup ? Comment expliquer ces parlotes à voix basse ?

Il se tenait sur ses gardes, ainsi qu'un malade à qui les médecins et la famille cachent un diagnostic fatal : il se sent entouré de mensonges, mais les autres rusent mieux que lui, ils dévient sa curiosité, et s'ils ne parviennent pas à le tranquilliser, tout au moins lui épargnent-ils l'horrible vérité.

Même hors de chez lui, il lui semblait surprendre des indices suspects : par exemple certains regards ambigus que lançaient ses collègues, ou le silence dont ils s'entouraient dès qu'il approchait, ou les discours embarrassés que lui faisaient des personnes habituellement fort loquaces. Gorgia parvenait toutefois à se contrôler, se demandant si cette méfiance qui le tenait n'était pas simplement un signe de neurasthénie : en vieillissant, certains hommes croient se découvrir des ennemis dans tous les coins. Et qu'avait-il à craindre d'ailleurs? Il était célèbre, respecté, à l'abri des soucis matériels. Les théâtres, les organisations de concerts se disputaient ses œuvres. Sa santé était à toute épreuve. Il n'avait jamais rien fait de mal. Alors? Quel danger pouvait-il bien le menacer? Mais raisonner ainsi ne lui suffisait plus.

La panique l'assaillit de nouveau le lendemain, après le dîner. Il était déjà presque dix heures. En parcourant le journal, il lut que la nouvelle œuvre de Ribbenz était représentée ce soir-là. Comment? Giacomelli ne lui avait-il pas dit que la première avait été reportée? Et comment se faisait-il que personne ne l'avait averti, sollicitant son intervention? Et pourquoi la direction du théâtre ne lui avait-elle pas envoyé de place, comme à l'accoutumée?

— Maria, Maria! se mit-il à appeler, le cœur battant. Tu savais que la première de Ribbenz était pour ce soir?

Maria accourut, inquiète.

— Moi, moi? Oui, mais je croyais...

— Que croyais-tu?... Et les billets de faveur? Se peut-il qu'on ne m'ait pas envoyé de billet de faveur?

— Mais si, bien sûr. Tu n'as donc pas vu l'enveloppe? Je l'avais mise sur ton bureau...

— Et tu ne m'en as rien dit?

— Je pensais que ça ne t'intéressait pas... Tu disais que tu ne voulais pas y aller... Ils peuvent toujours courir, disais-tu... Et puis j'ai oublié, quoi, je l'avoue...

Gorgia était hors de lui.

— Je ne comprends pas... je ne comprends pas! répétait-il. Et il est déjà dix heures cinq... je n'arriverai plus à temps... Quel crétin, ce Giacomelli... (les craintes qui le tourmentaient depuis quelque temps s'étaient enfin localisées : il devait y avoir dans l'œuvre de Ribbenz, pour une cause qu'il ne parvenait pas à comprendre, quelque chose de néfaste. Il regarda de nouveau le journal, comme pour mieux se convaincre). Ah, mais la radio retransmet le concert! Je veux me payer ce luxe...

Maria prit une voix contrite.

— Augusto, je suis navrée : la radio ne marche plus...

— Elle ne marche plus? Et depuis quand ne marche-t-elle plus?

— Depuis cet après-midi. A cinq heures j'ai voulu l'allumer, il y a eu à l'intérieur un *clic* et je n'ai plus rien entendu. Une lampe doit être grillée.

— Justement ce soir! Mais vous vous êtes donc tous mis d'accord pour...

— Mettre d'accord pour quoi donc? se mit à pleurnicher Maria. Est-ce ma faute?

— Parfait, je sors. Je trouverai bien une radio qui marche quelque part.

— Non. Augusto... Il pleut... et tu es enrhumé... Il est trop tard... Tu auras tout ton temps pour l'entendre, cette maudite musique...

Mais Gorgia avait déjà pris son parapluie, il se trouvait déjà dans la rue.

Il marcha au hasard, jusqu'à ce qu'il se sentît

attiré par les illuminations d'un café. Il n'y avait pas grand monde. Toutefois au fond, dans le salon de thé, un petit groupe s'était formé. De la musique provenait de cette pièce. Etrange, pensa Gorgia. Je n'ai jamais remarqué tant d'intérêt pour la radio que le dimanche, pour les retransmissions de compétitions sportives. Puis ce doute : n'écoutaient-ils pas l'œuvre de Ribbenz? Quelle absurdité! Les gens qui écoutaient, immobiles, là-bas, étaient au-dessus de tout soupçon : deux garçons en maillot de corps par exemple, une fille de joie, une serveuse en blouse blanche...

Et Gorgia fut soudain la proie d'une sensation obscure, comme s'il avait toujours su, depuis de nombreux jours, et même des mois et des années, qu'il allait devoir se trouver là, en ce lieu et pas dans un autre, à cette heure précise choisie par le destin. Et à mesure que la musique se précisait, tandis qu'il avançait lentement vers elle, l'homme sentait son cœur se serrer toujours davantage.

C'était une musique absolument nouvelle pour lui, et dans le même temps tapie au plus profond de son âme comme un cancer. C'était l'étrange musique qu'il avait entendue dans la rue, puis à la maison ce fameux soir. Mais maintenant elle se montrait encore plus orgueilleuse, dégagée, libre, chargée d'une dose explosive de vulgarité sauvage. Même les ignorants, les métallos, les femmes légères, les bonniches, nul ne s'y trompait. Abasourdis, pris par un sortilège, ils demeuraient là, bouche bée. Le génie! Et ce génie avait pour nom Ribbenz; et ses amis, sa femme, avaient tout tenté pour que Gorgia n'en sût rien, parce qu'ils avaient pitié de lui. C'était le génie que l'humanité attendait depuis au moins un demi-siècle, mais pas lui, Gorgia, non! un autre, du même âge, ignoré jusque-là et même méprisé. Ah que cette musique le dégoûtait, comme il eût été beau de la démasquer, de montrer ce qu'elle avait de factice, de la couvrir de rires et de sarcasmes! Pourtant elle fendait les flots du silence comme une caravelle victorieuse, et elle ne tarderait pas à conquérir le monde.

Un garçon de café le prit par le bras.

— Pardon, monsieur, vous ne vous sentez pas bien?

En vérité, Gorgia chancelait.

— Non, non, merci...

Et il sortit, sans avoir rien bu, sous la pluie, en proie au désespoir. Sainte Mère! murmurait-il à part soi, conscient que pour lui toute joie était à jamais envolée. Il ne pouvait pas même offrir cette douleur intime à Dieu : car Dieu s'indigne devant ce genre de souffrance.

LA MACHINE

Au printemps, quand il fait beau, j'aime me promener à bicyclette dans les bruyères de Laiate qui se trouvent à une quinzaine de kilomètres de Milan. N'est-il pas extraordinaire que des endroits tellement solitaires et sauvages existent presque aux portes de la ville? Il n'y a pas de maison, on n'y rencontre personne. Et comme le terrain est tout en bosses, en petits vallons, en coteaux, on ne peut même pas voir les villages qui sont pourtant tout proches : on peut se croire dans un pays lointain. De petits sentiers, offrant de multiples surprises romantiques, serpentent dans ces bois, ces prairies, ces ravins, ces collines; c'est un vrai plaisir que de les parcourir à bicyclette.

Un après-midi je m'y rendis en compagnie de Pietro Trevigniani, mon cousin et ami. J'allais devant, il suivait dans ma roue, et quand la route était suffisamment large et dégagée, il venait se mettre à côté de moi pour bavarder. Mais la journée était à un tel point plaisante, la campagne tellement inondée de soleil, que nous ne sentions pas le besoin de parler.

Aux abords de Primana, après avoir quitté la route départementale, nous prîmes un petit chemin vicinal d'où, quatre cents mètres après le croisement, nous nous engageâmes sur un sentier que nous avions déjà exploré en d'autres occasions.

Ce que ce chemin a de merveilleux, c'est qu'il pénètre d'abord au plus profond d'un bois de petits sapins pour surgir ensuite à l'improviste à l'orée de la vieille Cava dei Mori qui offre à la vue ses blanches carrières et son immense solitude. On pourrait se croire alors en Afrique, aux approches de ces oueds mystérieux. La carrière a dû être exploitée jusqu'à il y a quelques dizaines d'années. On y voit encore les ruines d'une baraque qui devait servir de refuge aux ouvriers; et, envahis par les mauvaises herbes, les rails d'une vieille *decauville*. Pour le reste, ce ne sont que pierrailles, maigres bosquets, couleuvres.

Je pédalais lestement, jouissant de l'air frais et parfumé, quand, le bois de sapins se terminant soudain, je me trouvai en plein soleil. Le sentier, je m'en souvenais parfaitement, faisait une rapide descente dans un petit renfoncement herbeux, pour regrimper à pic au bord de la carrière, puis la descente commençait, au milieu des graviers, jusqu'au centre de l'excavation.

— Nous y sommes! criai-je à mon compagnon, et je m'élançai à toute vitesse dans le renfoncement, pour profiter de mon élan sur l'autre versant.

Je goûtais d'avance la descente sans fatigue dès que j'aurais atteint la carrière... Mais quand je parvins sur mon élan au bord de cette carrière, et que mes regards se jetèrent en avant, je serrai le frein en toute hâte. Projetés à terre, mon cousin et moi demeurions silencieux, profondément étonnés.

Juste au milieu de la carrière, à moins de quatre cents mètres de nous, là où jusqu'à la semaine passée, et depuis au moins quinze ans, il ne s'était jamais trouvé que des pierres, des broussailles, des oiseaux et des papillons, une immense machine était installée. Elle semblait compliquée à l'extrême, étrange, aussi haute qu'une maison de cinq étages.

Ce qui surprenait surtout, c'était sa couleur : noire, mais pas funèbre, éclatante. Je n'aurais jamais imaginé qu'une chose aussi noire pût exister. Peut-être après tout cet excès de couleur n'était-il dû qu'au contraste avec les pierrailles blanches d'alentour. La plus infime de ses parcelles semblait avoir été briquée, polie, astiquée comme les automobiles de grand luxe.

L'aspect général était exceptionnel et inquiétant. Au centre, se trouvait une sorte de coupole lisse et épaisse, sans ouvertures ni fenêtres ; et tout autour de la coupole, à intervalles réguliers, un enchevêtrement d'antennes obliques rayonnaient, se levant comme les bras d'une grue, toutes parfaitement semblables. Ces antennes étaient composées de très longs fuseaux enchaînés les uns aux autres dans un ordre décroissant d'épaisseur. L'ensemble pouvait évoquer un gazomètre vide, mais était bien plus grandiose. Ce qui surprenait également, c'était de ne voir, dans une mécanique aussi gigantesque, rien qui ressemblât à une roue, à un axe, à un engrenage, à une transmission, ni même à une cabine de commande, à un escalier, à un siège, à tout autre signe de la présence humaine. Que diable ce pouvait être ? La coupole hermétiquement fermée, et surtout la couronne d'antennes, en une double rangée circulaire qui semblaient des baleines de parapluie repliées, ou plutôt des compas fermés, tout cela donnait une impression de puissance, de force considérable. Et toutes les surfaces, tous les joints, tous les embranchements étaient absolument lisses, nets, parfaits, sans aucune trace de boulons, comme dans les machines les plus perfectionnées de ce temps.

Elle demeurait immobile, il n'en sortait aucune fumée, aucun bruit, pas un ouvrier ne semblait s'y trouver. Qui avait pu la monter en aussi peu de temps ? Et comment ? Aucune baraque, aucun dépôt de matériel, d'outils, aucune trace de travail. C'était à croire que cet immense engin était tombé du ciel.

— Sainte Mère ! s'écria mon cousin. Qu'est-ce que c'est ? Ecoute... allons-nous-en !

— Nous en aller ? Mais je veux voir ce que c'est !

— Il n'y a personne, reprit Trevigniani. Et puis, si c'était une centrale électrique...

— Ces antennes, veux-tu dire ? Mais je ne vois pas de fils.

— Pourtant, bien curieux qu'il n'y ait personne ! bougonna mon cousin, hostile à toute aventure.

Hérissée de ces incompréhensibles bras partant dans tous les sens, noire à en frémir, cette machine trônait avec splendeur dans la solitude. Tout autour, les bruyères demeuraient tranquilles et désertes, parcourues par l'incessant bourdonnement des insectes. Je pris ma bicyclette d'une main et m'engageai sur la descente. Trevigniani, indécis, ne bougea pas.

Mes pas rompaient avec trop de force le silence, il faisait chaud. A mesure que j'approchais, la machine me semblait toujours plus grande, toujours plus étrange. Le soleil scintillait sur le miroir verni de la coupole, des jointures arrondies, des antennes, et tout restait immobile, empli de mystère et de silence.

Je contemplai la base de cette extraordinaire architecture, m'étonnant de n'y voir aucune trace de piedestal ni de plate-forme. Les antennes extérieures, dont une extrémité se trouvait réunie à la base de la coupole avec d'autres plus grosses, allaient s'appuyer directement sur les graviers de la carrière, s'y accrochant par des harpons recourbés. Je n'en étais plus éloigné maintenant que de trois cents mètres. Je m'étais arrêté. Un souffle de vent passa, et il me sembla l'entendre siffler doucement dans tout cet enchevêtrement. La curiosité me fit reprendre ma route.

Je fis encore quatre ou cinq pas, et la voix de Trevigniani me parvint avec force. Elle avait un tel accent de panique que je sentis mon sang se geler.

— Giovanni! criait-il. Attention! attention!

Et le bruit de ses pas s'éloigna en toute hâte, après qu'il eut jeté sa bicyclette à terre pour mieux fuir.

Je regardai, et une immense terreur me cloua sur place. Une des antennes extérieures se mettait à remuer, comme si elle avait été mue par une force autonome. Elle se souleva lentement des graviers sur lesquels elle était appuyée, laissa planer son harpon terminal pour le faire retomber avec une égale lenteur sur d'autres pierres quelques mètres plus loin. Dans le même instant le bras intérieur qui, tout en la soutenant, la faisait manœuvrer, s'inclina.

Ce mouvement me suffit pour mesurer toute l'horreur de la situation. Il ne s'agissait pas d'une machine, mais bel et bien d'une araignée gigantesque.

J'étais à découvert, en plein soleil. Le guidon, la sonnette de ma bicyclette reluisaient. Il n'y avait autour de moi pas la moindre fissure, pas le moindre fossé, pas le moindre endroit pour me cacher. Et c'était de la folie que de penser à se défendre contre un monstre d'une telle envergure. Je tentai alors, en m'appliquant à ne pas remuer de caillou, de rejoindre un buisson sur le bord du sentier. Mes jambes hésitaient à m'obéir. Quand je fus au buisson, je m'accroupis, déposant ma bicyclette à terre avec des précautions infinies. Fuir, ainsi que mon instinct me le disait ? Je compris que ce serait pire. Je pensai à mon cousin, qui devait s'être suffisamment éloigné. Allait-il courir pour chercher de l'aide ? Mais à quoi cela servirait-il ? Qui pourrait entamer la lutte ? Les canons n'y eussent pas suffi.

Et de nouveau (ah, mon âme tout engourdie de peur) la machine se remit à remuer. Les antennes palpitaient avec ensemble maintenant (étaient-elles huit, comme c'est la coutume chez les araignées, ou bien des centaines ? j'étais tellement angoissé que je ne parvenais plus à le discerner) et, en s'étirant paresseusement, elles soulevèrent de quelques mètres l'épouvantable coupole qui n'était rien d'autre que l'abdomen. L'araignée s'était éveillée. Je haletais, je tremblais tant mon cœur battait fort. Et ces antennes, toutes ensemble grouillaient, ouvrant et refermant le jeu de leurs articulations.

Pourtant le monstre n'avançait pas. Après s'être retourné d'un quart de tour, il alla se caler de nouveau au fond de la carrière, ramenant à soi ses pattes repliées qui reprirent leur position primitive, semblant les anses d'un immense panier.

Je priai de toute la force de mon âme pour que l'immonde créature se rendormît. Mais combien de temps allait-il me falloir attendre? Jusqu'à la nuit? Et où pourrai-je alors puiser suffisamment de courage pour me sauver au milieu des ténèbres, dans les bruyères? En regardant au travers des branchages du noisetier qui me cachait jusqu'alors, je m'aperçus soudain d'une chose épouvantable : à la base de la coupole noire qui se présentait maintenant sous un nouvel angle, un corps cylindrique pointait dont l'extrémité se trouvait garnie de deux globes, eux aussi noirs et brillants, gros comme des roues d'automobile. C'étaient les yeux, et je constatai qu'ils me regardaient fixement.

Ou bien était-ce ma peur qui créait cette crainte? L'araignée regardait-elle vraiment dans une direction déterminée? Il était possible aussi que, malgré les dimensions de ses yeux, elle eût une vue peu acérée, et même qu'elle n'entendît rien, auquel cas je pourrais tranquillement m'en aller avec ma bicyclette. Mais ce n'était qu'une hypothèse extrême, et je ne devais pas trop m'y fier. En tout cas un silence parfait régnait dans la carrière, je n'entendais que le flot de mon sang et le bourdonnement pacifique des insectes.

Cette trêve n'était que d'un faible réconfort. Même si je parvenais personnellement à me sauver, le péril n'en demeurait pas moins. Quoi ou qui pourrait s'opposer à cette araignée quand elle se mettrait en mouvement? Les maisons ne seraient même pas des cachettes suffisantes, et aucune arme ne pourrait servir à grand-chose. L'immobiliser par le feu, en l'arrosant de fleuves de pétrole? Mais comment s'en approcher? Il lui suffirait d'un coup de patte pour briser un char d'assaut. Bientôt sans doute, me disais-je, quand Trevigniani aura répandu la nouvelle, la population sera prise de panique. D'abord évidemment les gens n'y croiront pas, ils le prendront pour un fou. Puis un paysan, ou bien un couple de gendarmes s'en viendront constater. Un coup d'œil lancé du bord extérieur de la carrière leur suffira. Ils retourneront en toute hâte, haletants, le préfet en sera informé, la radio avertira le monde entier. Cette nouvelle en elle-même et l'aspect abominable de la chose causeront une angoisse plus profonde encore que toutes les guerres, les déportations ou les bombardements. Les gens se renfermeront dans les abris anti-aériens, ou bien s'enfuiront au lointain. Nul ne pensera plus à l'argent, au travail, à la politique, à l'amour. Ils ne penseront qu'à se sauver. Mais comment?

Un bruissement dans les branchages, à quelques mètres de moi, sur le côté, me provoqua un coup au cœur. Je regardai et vis un petit garçon, d'une douzaine d'années, qui avançait à pas de loup dans les buissons, tenant quelque chose à la bouche. C'était un pauvre mioche décharné, au visage pâle, et il marchait directement vers le monstre. Que diable voulait-il?

J'éprouvai une joie immonde à l'idée que quelqu'un se trouvait dans la même situation que moi. Je n'étais donc plus seul. Et la fureur aveugle de l'araignée pourrait peut-être s'abattre sur lui, et non plus sur moi. Ce serait ses viscères, et non plus les miens, qu'elle triturerait pour s'en nourrir : peut-être alors serait-elle rassasiée pour quelques instants.

Toutefois j'éprouvai également une sorte d'amitié pour ce garçon (un petit paysan vraisemblablement). Ces brefs instants de danger suffisaient mieux que de longues années de vie en commun à rapprocher nos âmes : il serait mon compagnon, peut-être, dans cette atroce mort. Mais le garçon semblait m'ignorer.

— Psst, Psst! fis-je pour l'aviser de ma présence.

Il s'arrêta d'un trait, s'aplatit au sol, aussi épouvanté que je l'avais été moi-même à son passage l'instant d'auparavant. Je lui fis signe d'une main, pour lui demander ce qu'il était en train de faire. Il retira l'engin qu'il serrait entre ses dents, et je découvris que c'était une fourche de bois garnie d'un gros élastique : une fronde. Puis il me répondit d'un charmant sourire, un peu forcé il est vrai, mais suffisamment incroyable cependant si l'on pensait au démon qui nous couvait des yeux. Enfin il fourra une main dans la poche de sa veste, qui était emplie à en éclater, et en sortit quelque chose qu'il me montra : je vis que c'était une grenade, de celles dont se servent les soldats, toute striée de bandes bleues et blanches. Et il fit signe du pouce en direction du monstre.

Etait-il fou ? Que pensait-il faire avec ses petites bombes ? Il ne pouvait que hâter la catastrophe. J'agitai un bras pour lui indiquer de s'abstenir, de renoncer. Il me sourit encore, remit la grenade dans sa poche et rampa de nouveau dans les buissons.

— Non, non ! attends ! lui ordonnai-je à voix basse.

Mais il ne sembla pas m'entendre.

Un instant, je me demandai si cela ne valait pas la peine de risquer le tout pour le tout, de m'enfuir : le garçon, plus près de l'araignée, se trouvait désormais dans une situation plus périlleuse que la mienne. Son supplice, de seconde en seconde plus probable, me garantissait un certain avantage. Mais étais-je bien sûr que le monstre choisirait plutôt l'enfant que moi ? Les bêtes sont souvent d'une astuce sordide. L'araignée pouvait parfaitement préférer celui qui s'enfuyait plutôt que celui qui la défiait.

Inutile. Le courage me manqua et je demeurai. Le garçon s'était déjà rapproché avec souplesse d'une centaine de mètres encore. Je ne le distinguais plus sous les épais buissons, mais l'ondoiement des arbustes m'indiquait sa progression. L'araignée ne bronchait pas, lorgnant toujours, semblait-il, dans notre direction.

Soudain l'enfant se releva. Il avait décidé de se perdre ! L'ombre du monstre le touchait presque. Il n'en était plus qu'à une quarantaine de mètres.

Je le vis qui armait sa fronde. Il leva son bras

gauche, qui tenait la fourche de bois, tendant l'élastique du bras droit. Un petit point noir s'envola, partant en ligne courbe avec une extrême lenteur. C'était une grenade. Elle tomba entre les pattes antérieures du monstre, demeurant sur les pierres sans exploser. Un instant plus tard le bruit qu'elle avait fait en tombant me parvint. L'araignée n'avait pas remué.

Le garçon demeura debout à regarder. Puis il sortit de sa poche une nouvelle grenade, la plaça dans la fronde, tira encore. Cette fois le projectile vola en ligne droite, à trois mètres environ du sol.

Je ne parvins pas à voir où elle était allée. Mais d'un coup, une des gigantesques pattes pliée en V s'effondra, comme si elle avait été amputée à la base, s'abattant sur les graviers où elle demeura démantelée. C'était incroyable. Je n'avais vu ni flamme ni fumée, je n'avais entendu aucune explosion. Rien qu'un bruit de verre cassé.

Dans le même instant, les membres squelettiques du démon se mirent tous à remuer. Je ne distinguai qu'un tremblement confus : l'abdomen eut trois ou quatre soubresauts successifs, comme pour prendre son élan. Le garçon ne s'émouvait pas. Splendide, il tira une troisième grenade de sa poche. Quand le coup partit, l'araignée était déjà sur lui.

Je hurlai alors, mais ce ne fut qu'un faible râle qui sortit de ma gorge. En plein milieu de cette longue chose noire qu'était l'abdomen de l'araignée, une petite lumière jaune flambait. La vallée tout entière retentit de l'explosion. Et ce que je vis était tellement extraordinaire que je crus rêver. La tête de l'araignée, dans sa totalité, avec ses yeux globuleux, roula comme un bouchon qui saute. C'était une chose noire de la taille d'un wagon. Elle s'abattit à terre, se fracassant horriblement, tintant comme si elle avait été en cristal.

Tout le reste s'affaissa, avec des secousses grotesques, au milieu de tombereaux de viscères verdâtres qui jaillissaient de la blessure béante. Les antennes se raidirent, puis se décomposèrent à leur tour. Il ne restait du monstre, de ce léviathan, qu'une boule noire parcourue des derniers soubresauts annonciateurs de la mort.

Sans bien comprendre ce qui me poussait, je sautai hors de mon buisson et courus, trébuchant, vers l'immonde cadavre. J'arrivai tout essoufflé près du garçon.

— Il était drôlement gros, s'pas? me dit-il en riant. Vous avez vu comment que je l'ai eu?

La pesante masse de la charogne demeurait imposante encore, avec son immense caverne centrale et le labyrinthe de ses pattes enchevêtrées. Le tout était englué d'une bave spongieuse et de filaments. Une puanteur insupportable en émanait.

— Et qu'on en finisse! cria le garçon en lançant une bouteille qu'il venait de retirer de sa poche, et qui vint s'abattre sur les horribles débris.

C'était du pétrole. Puis il lança une dernière grenade.

Alors la carcasse sursauta, se brisant comme du mica, tandis que se levaient les flammes. Elle prit feu tout entière et ses pattes, volant en morceaux, crépitaient comme un bois de genêts.

— Mon Dieu! murmurai-je, pris soudain d'une immense fatigue.

Je regardai tout autour de moi. Le soir. Combien de temps avait passé? Quand le bûcher se fut éteint, il ne restait que des monceaux de cendres noires, légères, que peu à peu le vent dispersa.

Je courus pour rattraper le jeune garçon qui avait presque rejoint déjà l'entrée de la carrière. Le monstre était détruit, mais un sentiment d'oppression demeurait en moi cependant. Et, tandis qu'à l'horizon se levait une grande lune jaune, je pris conscience qu'il ne me quitterait pas de sitôt.

NUIT D'HIVER A PHILADELPHIE

Dans les premiers jours de juillet 1945 le guide alpin Gabriele Franceschini, s'étant rendu seul tout en haut du Val Canali pour étudier les possibilités d'une nouvelle voie d'accès sur les parois de la cime del Coro, découvrit, à environ deux cents mètres de la base des rochers, une chose blanche accrochée à une petite pointe surplombant le vide. En regardant mieux, il comprit qu'il s'agissait d'un parachute et se souvint de ce qu'en janvier de la même année un quadrimoteur américain, retour d'Autriche, s'était écrasé dans cette région : sept ou huit des aviateurs avaient été retrouvés sains et saufs près de Gosaldo. On en avait aperçu deux autres, emportés par le vent, qui descendaient de l'autre côté de la Croda Grande et on n'avait plus jamais rien su d'eux.

Franceschini vit les fils blancs qui pendaient, soutenant une petite chose noire : un sac pour les provisions de secours ? Ou bien le cadavre même de l'aviateur, réduit à cet état par le soleil, les corbeaux, les tempêtes ? En cet endroit la paroi était extrêmement raide, mais pas tellement difficile d'accès, une paroi de « troisième degré ». Franceschini parvint rapidement sur place, constata que la chose noire n'était rien d'autre que les courroies d'attache emmêlées, et que l'aviateur avait sans doute coupées net avec son couteau. Il tira le parachute. Sur une mince terrasse, plus en bas, il découvrit un objet d'un rouge vif : c'était une sorte de combinaison de caoutchouc, munie de deux curieuses petites poignées métalliques. Il en souleva une et, avec un sifflement, la combinaison se gonfla d'air en un instant. Ces mots s'y trouvaient inscrits : Lt. F. P. Muller, Philadelphia (Pa). Plus bas encore, Franceschini trouva un chargeur de pistolet complètement vidé, et au fond, à l'endroit où les rochers rejoignaient le vallon empli de neige, un foulard militaire de flanelle verte. Et puis encore : une petite baïonnette à la pointe brisée. Aucune trace de l'homme.

(C'était Franklin G. Gogger qui avait sauté le premier, et lui aussitôt après. Et les autres? Son immense mouchoir blanc s'était déjà ouvert que les autres n'avaient pas encore sauté. Gogger descendait à une cinquantaine de mètres plus bas. Le vrombissement s'éteignait déjà, semblant s'enfoncer dans du coton.

Il s'aperçut que le vent le poussait, à mesure qu'il descendait, hors de la vallée, vers les montagnes enneigées. Ces montagnes se dressaient à perte de vue : hérissées de pointes étranges, coupées par des vallées ombreuses, tapissées partout du bleu de la neige.

— Gogger, Gogger! appela-t-il.

Mais, à l'improviste, une muraille se dressa entre lui et son compagnon. C'était une paroi à pic, jaune et grise. D'un coup, le vent l'abattit contre elle. Il tendit les mains pour amortir le choc.)

Sitôt qu'il fut descendu dans la vallée, Franceschini avertit le commandement américain le plus proche. Il retourna là-haut douze jours plus tard. Entre-temps, la neige avait en grande partie fondu. Mais ses longues recherches demeurèrent vaines. Il s'apprêtait à redescendre quand il vit enfin, sur le côté droit du vallon, le cadavre à moitié sorti de la neige. Il était presque intact, les yeux seuls avaient disparu ; il portait une horrible blessure, en haut de la tête, un trou rond et large comme une timbale. Un jeune homme dans les vingt-quatre ans, brun, plutôt grand. Quelques mouches commençaient déjà à tournoyer autour de lui.

(Il s'étala contre le rocher, mais le coup fut moins brutal qu'il n'avait craint. Il ne parvint pas à s'agripper et se trouva, par le choc en retour, de nouveau suspendu. Mais immobile. Le parachute s'était accroché sur une minuscule pointe. Il pendait ainsi dans le vide.

Tout autour de lui, d'absurdes rochers, ciselés, découpés depuis des temps immémoriaux, sans qu'on parvînt à comprendre comment ils pouvaient tenir en équilibre. Ils étaient inondés de soleil. Il regarda le fond de la vallée (vue d'en haut elle lui semblait toute plate), ce tapis blanc, et lisse, et affectueux. La pensée lui vint qu'il devait être bien ridicule, suspendu ainsi comme une marionnette. Une petite aiguille de pierre, toute de travers, ressemblant à un moine, juste en face de lui, le regardait. Mais sans participer à rien.

Trop de silence. Il retira son casque, espérant entendre quelque son humain, même lointain. Rien. Pas un cri, pas un coup de feu, pas même le bruit d'une cloche, le ronronnement éloigné d'un moteur. Il hurla de toutes ses forces :

— Gogger ! Gogger !

— Gogger, Goggergoggergog ! Gog ! Gog !... répondirent les échos froids, comme scientifiques, et semblant vouloir dire : il n'y a que nous, les rochers, inutile d'appeler...)

Quand le commandement américain fut informé, une dizaine d'hommes conduits par un lieutenant grimpèrent avec Franceschini. C'étaient des novices, peu habitués à la montagne, ils peinèrent à arriver. Le guide et l'officier, pour se comprendre, parlaient l'un et l'autre en un français douteux. On mit le cadavre dans un sac, et la descente commença dans le défilé raide encore empli de neige. A un certain endroit, le vallon est coupé par un énorme rocher. Le lieutenant ordonna un arrêt. Franceschini en profita pour contempler « sa » paroi, cherchant des yeux à y frayer un chemin. Du coin de l'œil il s'aperçut qu'une chose remuait tout près. Quand il se retourna, le sac contenant la dépouille roulait vers le bas, en sautant de rocher en rocher. Franceschini regarda le lieutenant, mais ce dernier demeurait impassible.

(A un mètre et demi en dessous de ses pieds, courait une minuscule corniche, recouverte par endroits d'un petit coussin de neige. La seule chose à faire était d'essayer. Il coupa les sangles qui le retenaient. Suspendu par les mains aux fils du parachute, il se laissa pendre et trouva enfin un point d'appui. Il était sur la corniche.

Mais, en dessous de lui, la paroi était absolument à pic. Même en se penchant, il ne parvint pas à voir où *elle allait finir. Ah, les montagnes! Il ne les avait jamais vues de près! elles lui demeuraient étrangères, trop belles, mensongères. Il les haïssait. Pourtant il fallait bien en sortir. Il aurait pu se servir des fils de son parachute, mais le tout pendait au-dessus de lui maintenant : comment faire pour ramper et les reprendre?*

Quand il vit qu'il commençait à faire plus sombre, il prit peur. Il avait froid.

— Aooh! appela-t-il avec une sorte de fureur.

— Aooaaoooh! répétèrent sept à huit voix de la montagne, même de l'autre côté de la vallée.

Alors l'espoir revint en lui. Il tira son revolver, tendit le bras en haut, de façon qu'on pût mieux l'entendre, et tira, à intervalles réguliers, toutes ses balles. Les échos répétèrent. Puis ce fut le silence.

Il n'avait jamais rien vu d'aussi immobile que ces montagnes, même les maisons étaient incapables de demeurer ainsi. Il n'était pas suffisamment vêtu et se mit à battre des bras pour se réchauffer. Il prit une cigarette, mais n'en tira aucun soulagement. Quand se décideraient-ils donc à venir, à le faire prisonnier, ces cochons d'Allemands?)

Ils retrouvèrent le corps tout en bas de la paroi rocheuse. Dans sa chute, il était sorti du sac. Ils le remirent comme ils purent. Franceschini l'attacha à deux ceinturons et le traîna jusqu'à l'endroit où la neige s'arrêtait. Là, on mit la dépouille sur une civière. Et la petite troupe s'arrêta de nouveau.

(Ce fut seulement lorsque même le plus haut pic se trouva abandonné par la lumière, et que la nuit se déversa à flots dans les ravins, que l'aviateur comprit qu'il était seul. Les hommes, les pays, le feu, les lits

douillets, les jeunes filles, tout cela devint d'absurdes histoires d'un autre monde.

Il mangea le peu de choses qu'il avait sur lui, engloutit à grandes rasades le gin d'une petite bouteille. Bien sûr : quelqu'un viendrait demain. Il s'accroupit sur la corniche, tenta une fois encore d'appeler, mais les échos, maintenant qu'il ne pouvait plus rien voir, l'énervèrent. L'alcool, la fatigue, la jeunesse : il s'endormit peu après.)

Le lieutenant pria Franceschini de descendre jusqu'à la Malga Canali : de là, il pourrait faire envoyer un mulet. Les soldats, avec le cadavre, continueraient plus lentement leur chemin. Il était clair qu'ils se trouvaient tous terriblement fatigués. Franceschini partit, mais il entendit rapidement des cris derrière lui. C'étaient les Américains qui descendaient en courant, sans la civière. Et le cadavre? demanda-t-il. On l'a laissé là, derrière ce rocher. Et quand viendrez-vous le reprendre? Le lieutenant répondit : quand il pèsera moins lourd.

(Il s'éveilla et vit Philadelphie. Sa ville, misère de Dieu! comme elle avait changé! Et pourtant, il était impossible de s'y tromper. Il voyait dans la nuit les façades des gratte-ciel resplendir sous la lune, et de l'autre côté les murs courir tout en bas jusqu'aux rues, aux boulevards blancs, mais pourquoi étaient-ils tellement blancs? Il voyait les places et les monuments, les coupoles et les curieux échafaudages publicitaires en haut des toits, tout près des étoiles... Oui, là-bas, de l'autre côté du mur de la Dutchin Inc., derrière cette forêt de cheminées, il y avait sa maison! La famille dormait-elle? Pourquoi pas une lumière?

Pourquoi pas une lumière, une fenêtre éclairée, le

moindre petit reflet d'un lighter? *Et ces rues tellement désertes, sans une auto traversant les carrefours blancs. Par endroits, très hautes, semblant des lames bleues de quartz, scintillent les verrières des jardins suspendus de milliardaires, mais là-bas aussi tout semble engoncé dans un sommeil peureux.*

Philadelphie est morte. Un mystérieux cataclysme l'a rendue ainsi, avec ses moteurs arrêtés, ses ascenseurs bloqués au beau milieu des vertigineux palaces de ciment armé, ses chaudières éteintes, ses vieux Quakers pétrifiés, récepteur du téléphone en main. Le froid pénètre par aiguillons dans ses bottines doublées de peau. Mais quelle est donc cette voix, qui semble une sourde respiration? C'est le vent, il caresse presque timidement les hautes colonnades, il en tire un gémissement, une plainte. Ou bien est-ce une voix humaine? Par instants, il semble qu'on entende une sorte de musique confuse, violons et guitare mêlés, sortie des salons secrets des palais environnants. Sur les plus hautes crêtes une poudre d'argent s'envole, taillée par le vent qui coupe comme un couteau. Et Dieu, dont on m'a tant parlé, où donc est Dieu? Malédiction, ceci n'est pas Philadelphie, c'est l'horrible, la dernière fosse de cette terre.)

Ainsi le sous-lieutenant Muller demeura-t-il seul, exposé au soleil, en plein milieu des montagnes qui le contemplaient. Les pâtres, qui s'en vont passer là-haut tous les étés avec leurs troupeaux, lui retirèrent ses bottes de cuir car elles étaient encore en bon état. Puis, comme ils ne parvenaient pas à supporter l'épouvantable odeur qui émanait du cadavre, ils le brûlèrent. Les Américains revinrent trois mois plus tard et emportèrent les ossements.

(*L'aube, mais à quoi sert-elle? La nuit l'a tant pénétré que des milliers d'étés ne suffiraient plus à le réchauffer. Il ne reste plus rien du sous-lieutenant Muller qu'un automate endormi. Les sommets, les crêtes, les murailles dorment encore. Nul ne viendra. Il mesure maintenant l'abîme qui s'étend sous ses pieds. Il fait tout comme par devoir, sans conviction. Il retire ses bottes, dégaine sa petite baïonnette pour la planter entre les pierres et trouver ainsi un point d'appui. Il choisit une large fissure qui se prolonge en entonnoir. Peut-être, en s'y encastrant?... Sans grande conviction, il commence la descente en se tenant agrippé par les mains. Mais ses mains sont tellement engourdies qu'elles lui semblent appartenir à quelqu'un d'autre. Centimètre par centimètre, il se laisse glisser. Il voit pour un instant le soleil qui frappe une plaque de rochers suspendue à une hauteur vertigineuse.*

Combien de temps lui faudra-t-il pour atteindre le fond de cet abîme? Sous son pied droit, quelque chose qui le soutenait vient de se détacher. Il entend les cailloux tomber en pluie. La pointe de sa baïonnette gratte avec peine, sans rien trouver. Une force lente et persuasive le renverse en arrière. Et voilà, la paroi s'abaisse devant lui, comme si elle devenait soudain horizontale. Libre! Un grand rire s'enfuit sur trois, cinq et dix parois de la montagne, il s'étale partout, bouffon, puis s'éteint. La baïonnette vole de rocher en rocher, tintant avec allégresse. Puis tout redevient tranquille et silencieux, comme auparavant.)

Maintenant, en cet endroit, il ne reste plus rien. Pour qu'un souvenir demeure malgré tout, le gardien du refuge « Treviso » a marqué d'une croix, peinte en rouge sur les pierres perdues dans l'herbe, l'endroit où le cadavre fut laissé pendant trois mois. Et il a écrit le nom : F. P. Muller. Puis au-dessous, par erreur : England. Il est vrai qu'au milieu des mystérieux rochers du Val Canali, l'Amérique et l'Angleterre semblent également lointaines, si lointaines, à des milliards de kilomètres : il est facile de faire la confusion.

L'AVALANCHE

La sonnerie du téléphone l'éveilla. C'était le directeur du journal.

— Partez immédiatement en auto, lui dit-il. Une grande avalanche s'est produite dans la Valle Ortica... Oui, la Valle Ortica, près du bourg de Goro... Tout un village est enseveli, il doit y avoir des morts... Vous verrez par vous-même. Ne perdez pas de temps. Et faites vite!

C'était la première fois qu'on lui confiait un reportage important, et cette responsabilité le préoccupait. Cependant, en étudiant le temps dont il disposait, il se rassura. Il aurait environ deux cents kilomètres de route : en trois heures il serait arrivé. Il pourrait passer tout son après-midi à faire l'enquête, puis à écrire son « papier ». Reportage facile, pensa-t-il. Il s'en tirerait parfaitement.

Il partit dans la froide matinée de février. Comme les routes étaient presque désertes, il pouvait forcer l'allure. Il vit, plus tôt qu'il n'avait prévu, les collines se profiler au loin. La neige qui couvrait les sommets lui apparut bientôt au travers d'un voile de brouillard.

Il pensait à l'avalanche. C'était peut-être une véritable catastrophe, avec des centaines de victimes : de quoi remplir plusieurs colonnes pendant deux ou trois jours. Il avait beau ne pas être méchant, la douleur de tant de personnes ne l'attristait guère. Il se préoccupait davantage des concurrents possibles, des confrères des autres journaux qu'il imaginait déjà sur les lieux, plus rapides, plus à la page que lui, recueillant de précieuses informations. Il se mit à surveiller avec anxiété toutes les automobiles qui allaient dans la même direction. Elles se rendaient sans aucun doute à Goro, pour l'avalanche. Quand il apercevait une voiture au bout de la route, il forçait l'allure pour la rattraper et voir qui se trouvait à l'intérieur. A chaque fois il était persuadé qu'il allait y reconnaître un confrère, mais ce n'étaient jamais que des visages inconnus, en général des gens de la campagne, des gros fermiers, des marchands de bestiaux, et une fois un curé. Ils avaient tous une expression ennuyée, somnolente : comme si l'épouvantable catastrophe n'avait eu, pour eux, pas la moindre importance.

Enfin il quitta la route goudronnée et obliqua sur la gauche, prenant la route de la Valle Ortica, chemin étroit et poussiéreux. Bien que la matinée fût assez avancée désormais, il ne nota aucun signe anormal : pas de détachement de soldats, pas d'ambulances, pas de camions de secours, rien de ce qu'il avait imaginé. Tout demeurait dans une sorte de léthargie hivernale, parfois seulement un filet de fumée sortait des fermes sur le bord du chemin.

Les bornes indiquaient : Goro 20 km, Goro 19 km, Goro 18 km, et rien d'alarmant ne se montrait encore. Giovanni avait beau inspecter du regard les flancs abrupts des montagnes, pour découvrir la cassure, la blanche cicatrice de l'avalanche, il ne voyait rien.

Il arriva à Goro aux environs de midi. C'était une de ces bourgades qu'on trouve dans certaines vallées abandonnées, et qui semblent être demeurées arriérées d'un siècle : farouches, inhospitalières, oppressées par des montagnes délavées, sans forêt pour l'été, sans neige pour l'hiver, où seules trois ou quatre familles désespérées viennent passer leurs vacances.

La petite place centrale était déserte quand il y pénétra. Etrange, se dit Giovanni, peut-être cette catastrophe a-t-elle fait fuir tous les habitants? A moins que l'avalanche ne se soit produite dans un village voisin, et que toute la population s'y soit rendue? Un soleil pâle illuminait la façade d'une auberge. Giovanni descendit de voiture, pénétra dans l'auberge et se trouva environné d'un vacarme insensé, comme si une foule joyeuse festoyait.

De fait, l'aubergiste était en train de manger avec sa nombreuse famille. Des clients, en cette saison, il n'y avait évidemment pas trace. Giovanni lança un bonjour à la cantonade, déclina sa qualité de journaliste et demanda des renseignements sur l'avalanche.

— L'avalanche? fit l'aubergiste, un gros bonhomme plutôt quelconque mais affable. Pas d'avalanche ici... Mais vous désirez sans doute vous restaurer, prenez place, prenez place. Mettez-vous à notre table, faites-nous ce plaisir. Dans la salle à manger, de toute façon, le feu n'est pas allumé.

Tandis qu'il insistait pour que Giovanni vînt manger avec eux, deux garçons d'une quinzaine d'années, sans prêter la moindre attention au visiteur, provoquaient de grands éclats de rire parmi les convives en racontant des histoires de famille. L'aubergiste désirait vraiment faire asseoir Giovanni à sa table : il lui affirma qu'il n'était pas facile de trouver ailleurs, dans cette vallée, pendant cette saison, un repas déjà prêt. Toutefois notre garçon commençait à se sentir inquiet. Il mangerait, bien sûr, mais voulait d'abord voir l'avalanche. Comment se pouvait-il qu'on n'en sût rien à Goro ? Le directeur lui avait donné des indications suffisamment claires.

Comme ils ne parvenaient pas à se mettre d'accord, les adolescents assis à table lui prêtèrent enfin attention.

— L'avalanche ? dit soudain un petit garçon de douze ans environ. Mais si, mais si, elle est plus haut, à Sant'Elmo ! continua-t-il presque en criant, heureux de pouvoir se montrer mieux informé que son père. C'est à Sant'Elmo que ça s'est passé : Longo le disait justement hier !

— Qu'est-ce que tu veux qu'en sache Longo ? répliqua l'aubergiste. Tais-toi donc. Qu'est-ce que tu veux qu'en sache Longo ? Il y a bien eu une avalanche, quand tu étais tout petit, mais plus en bas dans la vallée, voyons ! Monsieur l'a certainement aperçue, à une dizaine de kilomètres d'ici, là où la route fait...

— Mais si, papa, je te dis! insistait le garçon. A Sant'Elmo!

Ils auraient continué à se disputer ainsi si Giovanni ne les avait interrompus.

— Bon, dit-il, je vais voir à Sant'Elmo...

L'aubergiste et tous ses enfants l'accompagnèrent sur la place, s'intéressant visiblement à son auto, d'un nouveau modèle, dont on n'avait pas encore vu de semblable dans ce pays.

Sant'Elmo n'était éloigné de Goro que de quatre kilomètres, mais la route parut interminable à Giovanni. Elle serpentait avec des tournants en épingle à cheveux tellement raides qu'il lui fallut souvent faire la manœuvre. La vallée devenait toujours plus sombre et farouche. Les lointaines résonances d'une cloche rassurèrent quelque peu Giovanni.

Sant'Elmo était encore plus petit que Goro, plus abandonné, plus misérable. Il était à peine une heure moins le quart, et le soir semblait déjà tout proche; peut-être à cause de l'ombre envahissante des montagnes environnantes, peut-être simplement parce qu'un tel abandon apparent provoquait à lui seul le malaise.

Giovanni se sentait désormais très inquiet. Où donc était tombée cette avalanche? Le directeur pouvait-il l'avoir envoyé avec tant de hâte, s'il n'était pas certain de la nouvelle? Ou bien s'était-il trompé en lui indiquant l'endroit? Le temps courait vite, il risquait maintenant de ne pas avoir envoyé l'article avant la sortie du journal.

Il arrêta sa voiture, demanda des renseignements à un petit garçon qui sembla comprendre aussitôt.

— L'avalanche ? Elle est là-bas, répondit-il en désignant du doigt les hauteurs. Vous y arriverez en vingt minutes... (Puis, comme il voyait que Giovanni s'apprêtait à remonter dans l'auto, il l'avertit :) Les voitures ne peuvent pas passer, il faut y aller à pied, il n'y a qu'un sentier.

Il accepta de lui servir de guide.

Ils sortirent du village, grimpèrent sur un chemin muletier tout boueux, à flanc de coteau. Giovanni peinait à suivre l'enfant et ne parvenait même pas à trouver son souffle pour lui poser quelques questions. Qu'importait après tout ? Il verrait bientôt l'avalanche, pourrait faire son article à temps, et même en toute exclusivité puisque aucun de ses confrères n'était arrivé avant lui. (Etrange pourtant : personne à l'horizon ! Fallait-il en déduire qu'il n'y avait pas eu de victime, qu'on n'avait pas demandé de secours, que tout au plus quelques maisons avaient été abandonnées ?)

— Voilà, dit enfin le garçon, quand ils arrivèrent près d'une sorte de talus.

Il fit un signe du doigt. En face d'eux, sur l'autre côté de la vallée, une gigantesque avalanche de terre rougeâtre s'étalait. Elle avait bien trois cents mètres du haut en bas. Mais il était difficile de penser qu'aucun village eût jamais été construit là. Et une pauvre végétation poussait entre les énormes blocs de pierre.

— Vous le voyez, monsieur, le pont ? demanda le garçon, indiquant les ruines d'une construction démantelée tout au fond de la vallée.

— Et il n'y a personne ? s'enquit Giovanni stupéfait de ne voir âme qui vive.

Il n'apercevait que des terres nues, des rochers, des plaques d'eau stagnante, des petits murs de pierre soutenant les rares endroits cultivés, partout une couleur de fer rouillé, et un ciel qui se remplissait lentement de nuages.

Le garçon le regardait sans comprendre sa question.

— Mais quand cela est-il arrivé? insista Giovanni. Depuis plusieurs jours?

— Qui sait! dit le garçon. Certains prétendent trois cents ans, d'autres quatre cents même. Mais il en tombe encore des bouts de temps en temps.

— Crétin! hurla Giovanni hors de lui. Tu ne pouvais pas le dire plus tôt?

C'était une avalanche vieille de trois cents ans qu'on l'avait emmené voir, la curiosité géologique de Sant'Elmo, peut-être même indiquée sur les guides touristiques! Et ces ruines, là-bas au fond de la vallée, n'étaient sans doute que les restes d'un pont romain! Quelle stupide erreur, et pendant ce temps le soir venait! Mais où était-elle, où était-elle cette avalanche?

Il redescendit le chemin muletier en toute hâte, suivi par le garçon tout pleurnichant à l'idée d'avoir peut-être manqué son pourboire. La peur de ce garçon était insensée: il ne parvenait pas à comprendre pourquoi Giovanni s'était fâché, il courait à ses basques en le suppliant, espérant le radoucir.

— Le monsieur cherche l'avalanche! clamait-il à tous ceux qu'ils rencontraient, désignant Giovanni. Je ne sais pas quoi, moi! Je croyais qu'il voulait voir celle du vieux pont, mais c'est une autre qu'il cherche. Est-ce que vous savez où elle est?

— Attends voir, attends voir ! répondit enfin une petite vieille qui se trouvait sur le pas de sa porte. Attends, je vais appeler mon homme...

Peu de temps après un homme d'une cinquantaine d'années, déjà tout rabougri, à l'expression rageuse, apparut sur le seuil, précédé d'un grand bruit de sabots.

— Ah, ils y viennent voir, se mit-il à hurler en apercevant Giovanni. Pas suffisant que tout aille mal, il faut que les beaux messieurs viennent jouir du spectacle ! Bien sûr, bien sûr, venez-y !

Il criait en regardant le journaliste, mais il était bien clair que sa hargne s'adressait à tout le genre humain plutôt qu'à un individu en particulier.

Il attrapa Giovanni par un bras et le traîna sur un nouveau sentier, semblable au précédent, s'étirant entre des petits murs de pierres à peine taillées. En portant la main gauche à sa poitrine, pour refermer son manteau (le froid se faisait en effet sentir) Giovanni jeta un coup d'œil sur sa montre-bracelet. Il était déjà cinq heures et quart, bientôt la nuit tomberait, et il ne savait toujours rien, mais absolument rien de cette avalanche, ni même de l'endroit où elle avait pu se produire. Pourvu que cet affreux paysan le conduisît vraiment là où il fallait !

— Vous êtes satisfait ? La voilà, vous pouvez la regarder, votre maudite avalanche ! dit soudain le paysan, en s'arrêtant.

Et il désigna du menton, en signe de haine et de mépris, la chose qui lui apportait tant de souci. Giovanni se trouvait à l'entrée d'un petit champ de quelques centaines de mètres carrés, un bout de terre absolument négligeable s'il n'y avait eu également, à flanc de coteau, un autre terrain, artificiellement regagné pouce par pouce et soutenu par un mur de pierre. L'endroit était cependant envahi sur un bon tiers par un amoncellement de terre et de cailloux. Les pluies peut-être, ou l'humidité de la saison, ou qui sait quoi, avaient fait glisser un morceau de la montagne sur le champ.

— Vous la voyez, vous êtes content maintenant? criait toujours le paysan, indigné non contre Giovanni dont il ignorait les intentions, mais contre cette calamité qui allait lui coûter des mois et des mois de travail.

Et Giovanni, tout ébahi, regardait cette avalanche, cette égratignure de la montagne, ce rien misérable. Ce n'est pas encore celle-ci, se disait-il désespéré, il doit encore y avoir une erreur. Mais le temps continuait de filer, et il lui faudrait bien téléphoner quelque chose au journal avant la nuit.

Il planta là le paysan, retourna en courant jusqu'à la petite place où il avait laissé son auto, interpella anxieusement trois vachers qui étaient en train de tâter ses pneus.

— Mais où est-elle, cette avalanche? hurlait-il comme s'ils en étaient les responsables.

L'obscurité commençait à engloutir les montagnes environnantes.

Un type dégingandé, et à peu près correctement vêtu, se leva alors d'une des marches de l'église sur laquelle il était demeuré jusque-là à fumer. Il s'avança vers Giovanni.

— Qui vous l'a dit? De qui tenez-vous la

nouvelle ? s'enquit-il sans autre préambule. Qui est-ce qui parle d'une avalanche ?

Il posait ces questions d'un ton ambigu, presque menaçant, comme s'il lui était particulièrement désagréable d'entendre toucher cet argument. Et soudain une pensée réconfortante vint à l'esprit de Giovanni : il devait y avoir quelque chose de louche, de coupable, dans cette histoire d'avalanche. Voilà pourquoi ils s'étaient tous mis d'accord pour faire dévier ses recherches, voilà pourquoi les autorités n'avaient pas été averties, voilà pourquoi personne ne se trouvait sur les lieux. Oh, se pourrait-il qu'au lieu d'une simple chronique relatant la catastrophe, avec ses inévitables lieux communs, il eût la chance de découvrir un complot romanesque, d'autant plus extraordinaire en un tel endroit, complètement retiré du monde ?

— L'avalanche ! reprit l'individu avec une sorte de mépris, avant même que Giovanni eût le temps de lui répondre. Je n'ai jamais entendu une bêtise pareille ! Et vous, qui vous mettez à y croire !

Ce fut sa conclusion, il tourna les épaules et s'en alla à pas lents. Aussi intrigué qu'il fût, Giovanni n'eut pas le courage de l'aborder.

— Que voulait-il dire ? demanda-t-il à un des trois petits vachers, celui dont le visage lui semblait le moins obtus.

— Ehi, ricana le garçon, la vieille histoire ! Eh, moi je ne dis rien ! Je ne veux pas d'ennuis ! Je ne sais rien de rien !

— Tu as peur de cet autre-là ? rétorqua un de ses compagnons. C'est parce que c'est un malhonnête que tu veux te taire ? L'avalanche ? Bien sûr, monsieur, qu'il y a une avalanche !

Et le vacher expliqua tout à Giovanni, qui piaffait d'impatience. Ce type là-bas avait deux maisons à vendre, aux abords immédiats de Sant'Elmo, mais dans un coin où le terrain ne tenait pas : tôt ou tard les murs crouleraient, des fissures s'étaient déjà produites, et pour tout remettre en état il faudrait de gros travaux, beaucoup d'argent. Tout le monde ne le savait pas, mais le bruit en avait vite couru, et nul ne voulait plus acheter. Voilà pourquoi le bonhomme niait avec tant d'insistance.

C'était là le mystère ? Mélancolique soirée dans les montagnes, au milieu d'une peuplade bizarre et stupide. L'obscurité montait, un vent glacial soufflait. Les humains, ombres incertaines, s'évanouissaient l'un après l'autre, les portes de leurs masures se fermaient en grinçant, même les trois vachers s'étaient lassés d'examiner l'auto et avaient disparu d'un coup.

Pas la peine de demander encore, se dit Giovanni. Chacun me donnerait une réponse différente, comme c'est arrivé jusqu'ici, chacun me conduirait vers des choses absolument inintéressantes pour le journal. (En vérité, c'est que chacun a sa propre avalanche, pour l'un c'est la terrasse qui s'est écroulée, pour l'autre le fumier qui s'en va, un autre encore voit travailler une carrière ancienne, chacun possède sa propre misérable avalanche, mais ce n'est jamais celle qui intéresse Giovanni, la grande avalanche, sur laquelle il pourrait écrire trois colonnes à la une, qui serait le début d'une merveilleuse carrière.)

Dans l'immense silence il entendit encore l'appel lointain d'une cloche, et plus rien. Giovanni s'était de nouveau installé dans sa voiture, il alluma ses phares, mit le moteur en route et reprit le chemin du retour.

Comme c'est triste, pensait-il, comment ces choses arrivent-elles! La nouvelle d'un fait insignifiant, peut-être ce minuscule éboulement dans le champ du paysan rageur, était curieusement descendue jusqu'à la ville, par des voies inexplicables, déformée de plus en plus tout au long du voyage, pour devenir enfin une tragédie. Des histoires semblables n'étaient pas rares, en fin de compte elles entraient dans le train-train journalier de la vie. Maintenant Giovanni devrait payer. Il n'y était pour rien, bien sûr, mais enfin il revenait les mains vides et allait faire une piètre figure. A moins que... mais il sourit, mesurant l'absurdité de sa pensée.

La voiture avait laissé les maisons de Sant'Elmo, s'enfonçant sur la route dans les replis de la vallée où ne se trouvait âme qui vive. Le gravier crissait sous les roues, les phares allumés éclairaient le paysage, s'en allant parfois illuminer l'autre versant de la montagne, les nuages qui couraient bas, de sinistres rochers, des arbres morts. Il roulait lentement, s'attardant comme dans un ultime espoir...

Jusqu'à ce que, soudain, le moteur se tût, du moins ce fut ce qui sembla à Giovanni quand il entendit, derrière lui (ce n'était peut-être qu'une hallucination, mais peut-être pas), quand il entendit donc derrière lui le commencement d'un immense écroulement qui semblait secouer la terre tout entière. Et son cœur s'embrasa, pris par une étrange sensation, qui ressemblait à de la joie.

ILS N'ATTENDAIENT
RIEN D'AUTRE

Il faisait chaud. Après leur long voyage, toujours debout dans le couloir, Antonio et Anna parvinrent épuisés à cette grande ville où il allait leur falloir passer la nuit. Le train qui assurait la correspondance ne viendrait que le lendemain matin.

Ils sortirent de la gare et se trouvèrent sur une grande place brûlante. D'une main l'homme portait leur unique valise, de l'autre il soutenait Anna qui n'en pouvait plus, les pieds gonflés par la fatigue. Il faisait chaud. Et maintenant, trouver tout de suite un hôtel, se reposer!

Des hôtels, il y en avait une quantité aux abords de la gare. Et ils semblaient tous vides, à en juger par les fenêtres fermées, l'absence d'automobiles à l'arrêt et la solitude de leurs halls d'entrée. D'un coup d'œil, ils en choisirent un à l'aspect modeste. Il s'appelait « Hôtel Strigoni ».

Dans le hall, personne. Tout demeurait assoupi et immobile. Puis ils découvrirent le portier qui dormait derrière son bureau, affalé sur un fauteuil.

— S'il vous plaît, dit Antonio sans hausser la voix.

L'autre ouvrit péniblement un œil, se leva avec lenteur, devint tout noir et immense.

Avant même qu'Antonio eût parlé, le portier secoua la tête; et il considéra fixement le couple comme on regarde des ennemis.

— Complet! annonça-t-il en montrant du doigt le plan de l'hôtel étalé sur son bureau. Excusez-moi, mais il n'y a même pas un trou de souris...

Il semblait prononcer avec lassitude une formule répétée sans interruption depuis des années et des années.

Il n'y avait pas de place non plus dans les autres hôtels. Pourtant les halls demeuraient vides, personne n'entrait ni ne sortait, aucun signe d'humanité, aucun bruit ne venait des escaliers. Les portiers somnolaient pour la plupart, en sueur, le visage triste et renfrogné. Ils montraient tous le plan des chambres, pour bien expliquer qu'il ne restait pas le moindre petit réduit. Et tous regardaient le couple de la même manière.

Ils errèrent ainsi pendant près d'une heure dans les rues torrides, et leur fatigue croissait d'autant.

Finalement, au septième portier qui leur répondait encore non, Antonio demanda s'il n'était pas possible de prendre au moins un bain.

— Un bain? fit l'autre. C'est un bain que vous cherchez? Mais alors, pourquoi n'allez-vous pas à l'*albergo diurno*[1]? C'est tout près, à deux pas...

Et il leur expliqua le chemin.

---

1. *Albergo diurno :* emplacement, le plus souvent au sous-sol des gares, où l'on peut à toute heure du jour prendre un bain, se restaurer, se faire coiffer. (*N.D.T.*)

Ils s'y rendirent. Anna montrait désormais un visage dur et se taisait, signes qu'elle était exaspérée. Ils trouvèrent enfin le grand écriteau polychrome à l'entrée du *diurno*, l'escalier qui y menait. Là non plus, ils ne rencontrèrent personne.

Mais, dès qu'ils furent descendus, le découragement les prit. Devant les deux guichets où le mot « bains » était écrit, ils aperçurent une longue file d'attente. D'autres gens, qui évidemment étaient déjà munis de leur ticket d'entrée, attendaient eux aussi, assis et bavardant.

Il y avait un guichet pour les hommes, l'autre pour les femmes.

— Mon Dieu, je n'en puis plus, dit Anna.

— Courage! répondit-il. Nous allons d'abord nous rafraîchir un peu et puis, si Dieu le veut, nous trouverons un hôtel.

Ils se mirent donc à la queue.

Même là, l'air était humide et oppressant, empli des vapeurs chaudes qui venaient des salles de bains. Antonio s'aperçut bien vite que les personnes assises les examinaient tous les deux, et plus particulièrement Anna : elles jetaient un bref coup d'œil et se mettaient à jacasser à voix basse. Sans malice, à ce qu'il semblait, puisque personne ne souriait.

Anna avançait plus rapidement que lui. Il la vit, au bout d'une demi-heure, qui le dépassait et s'approchait enfin du guichet. La jeune femme, quand ce fut son tour, déposa un billet de cent lires sur le guichet.

A cet instant Antonio fut distrait par une brève prise de bec entre celui qui le précédait et l'employé des bains. L'employé n'avait pas de monnaie, l'autre n'avait que des billets de mille.

— Je vous en prie, mettez-vous de côté, laissez passer les autres...

Ils discutaient à voix basse, comme craintifs d'être entendus. Enfin l'homme s'effaça en bougonnant et laissa la place à Antonio.

Celui-ci s'aperçut seulement alors qu'Anna discutait à son tour au guichet voisin. Elle avait le visage enflammé soudain, et cherchait anxieusement quelque chose dans son sac.

— Tu as perdu ton argent? demanda-t-il.

— Non, mais ils veulent les papiers d'identité ici! Et je ne parviens plus à retrouver ma carte!

— Dépêchez-vous, monsieur, murmura l'employé, encourageant Antonio. Un bain?... quatre-vingts lires...

— Et il faut mes papiers?

L'employé eut un vague sourire.

— Je pense bien... répondit-il avec un rien de sous-entendu.

Antonio lui montra sa carte d'identité, dont l'autre recopia les numéros sur un registre.

Pendant ce temps, par la faute d'Anna, la file d'attente au guichet des femmes se trouvait bloquée et un murmure de protestations commençait à en sortir. Jusqu'à ce qu'une voix aigre sortît de derrière le guichet.

— Mademoiselle, si vous n'avez pas de papiers, allez-vous-en, s'il vous plaît.

— Mais je ne me sens pas bien, j'ai besoin... insistait Anna, souriant avec peine, pour l'apitoyer.

Ce monsieur, là, me connaît bien, et il a ses papiers...

L'employée lui coupa la parole.

— Je n'ai pas de temps à perdre. Faites-moi le plaisir...

Antonio vint tirer doucement la jeune femme par le bras. Alors elle perdit tout son calme.

— Quelles façons! cria-t-elle à l'employée. On n'est tout de même pas des criminels!

Sa voix haute tomba avec éclat dans le silence général. Tout le monde se retourna, stupéfait, et les papotages reprirent avec force.

— Ah, ça devait arriver, bien sûr! disait Antonio. Et maintenant, comment vas-tu faire?

— Qu'est-ce que j'en sais? fit Anna au bord des larmes. On ne peut même pas prendre un bain dans cette maudite ville... Toi, au moins, est-ce que tu l'as, ton ticket?

— Moi, oui... Tiens, on va essayer quelque chose : tu n'as qu'à prendre ma place...

Ils s'approchèrent de la femme qui percevait les tickets à l'entrée des bains, appelant d'une voix rauque les numéros au fur et à mesure.

— Je vous en prie, dit Antonio suppliant. J'ai déjà pris mon ticket, mais je dois m'en aller... Mademoiselle ne pourrait-elle pas l'utiliser?

— Certainement, répondit la femme. Elle n'a qu'à se rendre au guichet des réclamations, faire noter les numéros de sa carte d'identité...

— Ecoutez, intervint Anna. Soyez gentille... je l'ai perdue, ma carte d'identité!... laissez-moi prendre mon bain quand même... je ne me sens pas bien... regardez mes chevilles...

— Mais je ne peux pas, mon enfant, répliqua la préposée aux bains. Si on s'en apercevait, c'est moi qui aurais des ennuis, sinon vous pensez bien...

— Allons-nous-en! s'écria Antonio, exaspéré à son tour. C'est une vraie caserne ici!

Tous les regards étaient plus que jamais concentrés sur le couple, et quand les deux jeunes gens s'approchèrent de l'escalier qui remontait à l'air libre, le murmure général se tut pour un instant.

— Oh, asseyons-nous quelque part, je t'en supplie, se lamentait Anna. Je n'en puis plus de rester debout... Tiens, regarde : un jardin!

La rue débouchait en effet sur un jardin public qui semblait, de loin, presque désert. En réalité les bancs bien ombragés étaient tous occupés. Ils durent se contenter d'un siège à moitié protégé par une branche. Dès qu'elle se trouva assise, la première chose que fit Anna fut d'enlever ses chaussures. Tout autour les cigales chantaient dans la poussière et la désolation.

Un peu en retrait, devant eux, ils aperçurent une grande fontaine circulaire, avec un jet en plein milieu. Cet endroit avait beau se trouver exposé au soleil, c'était dans tout le jardin le seul où la foule se pressait. Des femmes et même des hommes d'âge mûr, assis sur le rebord, plongeaient dans l'eau leurs mains pour les rafraîchir. Et, en plein dans la fontaine, toute une bande turbulente et hurlante de gosses à moitié nus jouaient avec des petits bateaux. Ils barbotaient, heureux, s'éclaboussant à qui mieux mieux, certains plongeant même dans l'eau tout habillés, soudain sourds aux appels de leurs mères.

Des vapeurs cotonneuses stagnant au-dessus de la ville — elles provenaient peut-être des rizières en putréfaction des environs — faisaient comme un rideau qui retenait les rayons du soleil. Mais la chaleur n'en était que plus pesante.

— Oh regarde... de l'eau! dit soudain Anna. Attends-moi un instant...

Et laissant ses chaussures, sans qu'Antonio eût même la possibilité de la retenir, elle se dirigea vers la fontaine en souriant, s'excusa près des gens qui se trouvaient sur le bord, enjamba ce dernier et pénétra dans l'eau en soulevant légèrement son jupon.

— Ah, quelle consolation! cria-t-elle à Antonio qui s'était aussitôt approché avec la petite valise et les chaussures.

De l'eau, où ils cherchaient un réconfort, les regards de la foule se portèrent sur cette belle fille, la jaugeant. Les têtes, l'instant d'avant somnolentes et inertes, s'animèrent en des conversations passionnées. Puis une voix forte, bien timbrée, s'éleva.

— Mademoiselle, veuillez revenir, la fontaine est réservée aux enfants!

C'était une femme d'une quarantaine d'années, une bonne grosse ménagère au visage énergique.

Mais Anna se trouvait trop heureuse dans l'eau. Perdue dans le vacarme que faisaient les enfants, elle n'entendit pas cet appel.

— Mademoiselle, répéta la femme avec encore plus de force. Prenez garde qu'on ne peut entrer dans la fontaine. Elle est réservée aux enfants!

D'autres femmes firent aussitôt des signes d'approbation.

Anna se retourna, étonnée, le visage encore épanoui.

— Enfants ou pas, répliqua-t-elle, j'ai besoin de me rafraîchir un peu, si vous le permettez!

Le ton était cordial, avec un accent faussement cérémonieux, mais blagueur en réalité. Puis elle s'avança vers le milieu de la fontaine, là où l'eau devenait progressivement plus profonde.

Une autre femme, au visage rusé, agita les mains en l'air.

— Cette fontaine est aux enfants! criait-elle. Avez-vous compris? aux enfants!

D'autres firent écho.

— Sortez de la fontaine! Dehors! Elle est réservée aux enfants!

Et même les gamins, pour qui cela n'avait eu d'abord aucune importance, se mirent à regarder la jeune fille qui se trouvait au milieu d'eux. Ils interrompirent leurs jeux, comme s'ils attendaient quelque chose.

— Revenez! C'est interdit! Dehors!

Anna se trouvait déjà presque sous le jet d'eau, là où les enfants étaient le plus nombreux. L'eau lui arrivait aux genoux. Ces cris la firent se retourner de nouveau et, qui sait comment, elle ne vit pas à quel point le visage des femmes alentour s'était transformé : elles suaient toutes, semblaient frappées d'apoplexie, en proie à une indicible colère, un pli odieux abaissant la commissure de leurs lèvres. Elle ne vit pas, elle n'eut pas peur. « Eh! » répondit-elle, faisant d'une main un geste d'impatience et d'ennui.

Sur le bord de la fontaine, Antonio, pour éviter toute dispute, lança d'un ton accommodant :

— Anna, Anna, reviens maintenant. Tu t'es suffisamment rafraîchie!

Elle comprit qu'Antonio avait honte d'elle, qu'il justifiait en quelque sorte les cris des femmes. Elle lui répondit, en sautillant dans l'eau comme une gamine :

— Non, non, encore un moment!

Elle n'allait tout de même pas laisser le dernier mot à ces sorcières!

Clac! quelque chose de grisâtre vola au-dessus de l'eau et, aussitôt, le dos d'Anna fut souillé d'une grande tache de boue qui dégoulina le long de sa robe bleue à fleurs. Qui avait fait cela? Une de ces femmes, vulgaire mais belle, grande, robuste, avait soudain plongé sa main dans l'eau pour y ramasser de la boue. Et puis elle l'avait lancée.

Ce fut un concert de rires et de cris.

— Dehors! Sortez de la fontaine! Dehors!

Il y avait même des voix d'hommes maintenant. Tout ce beau monde s'énervait : joie d'humilier cette arrogante jeune fille dont l'allure et l'accent montraient bien qu'elle était étrangère.

— Lâches! cria Anna, en se retournant d'un bloc.

Et elle tentait d'enlever avec son mouchoir cette plaque de boue. Mais la plaisanterie avait plu. Un nouveau jet vint la toucher à une épaule, un troisième au cou sur le bord de sa robe. Elle était devenue une cible.

— Dehors! Dehors! criait-on avec jubilation.

Et un immense éclat de rire les secoua tous

quand une belle poignée de boue vint s'aplatir sur une oreille d'Anna, lui salissant tout le visage. Ses lunettes de soleil volèrent, puis disparurent sous l'eau. Sous la tempête, la jeune fille tentait de se protéger, haletante, criant des phrases incompréhensibles.

Antonio intervint. Mais, ainsi qu'il arrive quand on se trouve trop ému, il prononça des mots sans suite.

— Je vous en prie, je vous en prie! commença-t-il. Laissez-la! Que vous a-t-elle fait, je vous en prie!... Je vous dis que... Ecoutez... Je vous conseille... Anna, Anna, reviens immédiatement!

Antonio était étranger et tous, en cet endroit, parlaient dans leur dialecte. Ses paroles rendirent un son curieux, presque ridicule.

Juste à côté de lui, quelqu'un se mit à rire.

— Je vous en prie, hein, je vous en prie?

Et il le tournait en dérision. C'était un jeune homme d'une trentaine d'années, en canotier, au visage pointu et fourbe d'apache.

Les lèvres d'Antonio se mirent à trembler.

— Qu'est-ce que c'est? Qu'est-ce que c'est? demanda-t-il.

Mais, dans le même instant, il entrevit une femme, le bras levé, qui s'apprêtait à lancer encore de la boue. Il la serra au poignet, les doigts de la femme se desserrèrent, laissant tomber la boue.

— Avec les femmes, hein? Tu t'en prends aux femmes? railla le jeune homme au canotier. Tu es peut-être son petit ami?

Il lui vint tout contre, menaçant, mettant une main tout près du visage d'Antonio pour le braver.

Antonio voulut le repousser d'un coup de poing. Mais son poing glissa et frappa maladroitement l'autre sur une épaule.

Le jeune homme ne broncha même pas. Il riait, semblant s'amuser énormément : et il commença à sautiller, un peu plié en avant à la façon des boxeurs, faisant des moulinets avec ses poings.

— Viens-y, je t'en prie, viens-y!

Il allongea le bras gauche. Lentement, semblait-il, sans ardeur. Pourtant Antonio, Dieu sait comment, ne parvint pas à l'éviter. Cela semblait un coup de poing pour rire, un petit coup en direction du foie. Mais aussitôt, le souffle coupé, il ressentit une épouvantable douleur qui lui tenait les entrailles : profonde, nocive, dangereuse.

« Je vous en prie, je vous en prie! » ricanait l'autre, se moquant à nouveau. Il allongea l'autre bras. Son poing ne fit que l'effleurer, semblait-il encore. Mais un instant plus tard, Antonio se plia en deux, gémissant. Et il se sentit en proie à une horrible nausée. Il ne vit plus qu'une grande confusion d'ombres. Il recula jusqu'à l'arbre le plus proche pour s'y appuyer.

Quand il revint un peu à lui, quelques secondes à peine plus tard, quelque chose de nouveau était en train de se passer à la fontaine.

Anna n'avait toujours pas quitté le centre. Barbouillée de boue, le visage grimaçant d'angoisse, elle tentait parfois de se protéger avec les mains, et parfois de lancer de l'eau à ses persécuteurs. Mais elle se remuait avec gêne, comme prise soudain d'une immense fatigue. Elle était allée se mettre au milieu des enfants, pensant que les mères l'épargneraient enfin, par crainte de les toucher aussi.

— Antonio, Antonio! criait-elle. Regarde en quel état ils m'ont mise! Seigneur, à quoi m'ont-ils réduite!

Elle répétait mécaniquement ce cri, incapable semblait-il de rien dire d'autre.

— Dehors! Dehors! Va-t'en de là! Attrape!... Dehors!... Tu es souillée, dis, tu es souillée?... Dehors, dehors!... Et toi, mon petit chou, viens! Viens!... Venez par ici les enfants! criaient les femmes.

Et les enfants commencèrent à se retirer, laissant Anna toujours plus seule.

Désormais, même si Anna se décidait enfin à sortir, les choses se compliqueraient. La laisserait-on passer? Ne s'acharnerait-on pas encore? Soudain les cigales des arbres environnants se mirent à crisser avec encore plus de vigueur, comme si quelque panique venait de s'installer entre les feuilles. Au même instant un garçonnet de huit à neuf ans, excité par les cris, s'approcha d'Anna en tenant en l'air son rudimentaire bateau de bois. Quand il fut près d'elle, sans un mot, il lança son jouet à toute force sur un tibia de la jeune fille. La quille, renforcée par une lame de fer, vint frapper l'os d'un coup sec.

Bien des choses peuvent arriver en une minute ou deux, les êtres humains parviennent à faire bien des choses vraiment en un si bref instant, même lorsqu'il fait trop chaud et que les lourdes émanations des rizières pourrissent au-dessus de la ville, rendant odieuse la vie. Un cri voulut jaillir de la gorge de la jeune fille : mais ce ne fut qu'un souffle sans bruit, une sorte de sifflement. Dans sa terreur, elle prit furieusement l'enfant à bras-le-corps, le jetant tout de son long dans l'eau. La tête disparut pour un instant.

Un hurlement de bête, horrible, répondit aussitôt de la terre ferme.

— Elle assassine mon petit! Elle assassine mon petit! A l'aide! A l'aide!

N'avait-on pas trop chaud? Le prétexte était merveilleux. Rien n'empêchait désormais de montrer le fond de son âme: l'affreux relent de méchanceté qui s'y tapit depuis des années et dont personne ne soupçonnait la présence. Une agitation frénétique s'empara des femmes. Celle qui avait un visage de fouine se mit à sautiller, tournant sur elle-même et criant à tue-tête: Bourreau d'enfant! Bourreau d'enfant!

A quelques dizaines de mètres, Antonio haletait encore sous la douleur qui tardait à s'éteindre. Il ne fit qu'entrevoir la scène, sans comprendre. Mais il prit conscience que les gens ne s'exprimaient plus de la même façon. Jusqu'alors il les avait entendus parler le dialecte habituel du pays. Maintenant les bouches semblaient curieusement se gonfler, se tordre, et d'autres mots en sortaient, des sons rauques et informes: on eût dit non pas des mots, mais un écho abject venu des plus profondes bouches d'égout de la ville. L'ignoble voix des antiques bas-fonds revenait soudain à la surface, chargée de tous les crimes. Antonio se retrouva au milieu d'étrangers, dans une terre lointaine, inconnue, inexplicable, féroce.

Et les hurlements continuaient à s'accroître. Et la

foule, escaladant le rebord de la fontaine, se jetait dans l'eau. Cela fit une masse informe. Puis tout ce monde sortit à la suite d'Anna, brutalement tenue par deux ou trois femmes qui la battaient. Elle était sale, souillée, toute défaite, ébouriffée, son visage avait pris une teinte terreuse et son regard une angoisse mortelle. Pleurait-elle? Sanglotait-elle? Criait-elle? Les hurlements de la foule couvraient sa voix, on n'en pouvait rien entendre. Elle trébuchait parfois sous les coups, mais les autres l'entraînaient, lui serrant les bras derrière le dos. Où la conduisait-on?

Antonio regardait avec effarement. Autour de lui ce n'étaient que visages durcis par la haine, regards mauvais qui le fixaient. Le cœur battant, il courut à la recherche des gendarmes. Une nouvelle explosion de vociférations lui parvint tandis qu'il s'éloignait. Il lui sembla qu'on criait : *dans la cage!* Mais peut-être avait-il mal entendu. Qu'est-ce que cela pouvait signifier?

Il n'avait pas fait deux cents mètres qu'il aperçut deux gardes municipaux venant à sa rencontre, attirés par tout ce bruit. Mais sans aucune hâte. Il leur cria, et les mots peinaient à sortir de sa gorge :

— Vite, je vous en prie! Ils sont en train de tuer une jeune fille! Ils l'ont prise, ils l'emportent!

Les deux hommes le regardèrent avec stupeur, comme s'ils ne le comprenaient pas, ils ne hâtèrent même pas l'allure. La horde des femmes qui traînaient Anna venait pourtant à leur rencontre. La jeune fille n'était plus qu'une loque, elle semblait ivre.

— Maman, maman! répétait-elle sans arrêt.

Et les autres la poussaient comme une bête de somme.

Un autre groupe suivait, composé en majorité de femmes qui portaient en triomphe un petit enfant. C'était le garçon qu'Anna avait jeté dans l'eau. Sa mère lui caressait les jambes.

— Tonino! Mon cœur! criait-elle. Mon trésor! Cette cnn qui lev mmmmmmm! (Tout se mêlait dans un beuglement incompréhensible.)

Les autres femmes opinaient de la tête, battant des mains, et puis l'une d'elles courait rejoindre Anna, la frappait avec ses poings, cherchant à lui faire le plus de mal possible.

Mais qu'attendaient donc les gendarmes? D'un pas incertain, ils s'étaient mis à côté du cortège, faisant d'étranges gestes des mains. Un petit bonhomme bossu vint vers eux.

— On l'a prise! expliqua-t-il en haletant. Elle voulait mmegh n enf ghh mmmm mmmm! (Lui aussi se mettait à confondre tous ses mots dans un affreux beuglement.)

Les policiers pâlirent. L'un d'eux se retourna alors vers Antonio, comme pour s'excuser. Mais le visage défait du jeune homme sembla le rappeler à son devoir. Il fit un signe à son collègue pour lui indiquer que c'était le moment d'agir. Il prit une des femmes par le bras.

— Un instant, un instant! ordonna-t-il d'une voix mal assurée.

La femme ne se retourna même pas. Une force profonde, immense, aveugle, la poussait comme les autres. Tout le monde parlait à la fois. Le policier lâcha sa prise. Des nuages de poussière soulevée par tous ces pieds en marche se mêlaient à des relents pestilentiels.

On entraînait Anna vers le vieux château qui se dressait au bout du jardin. Là, pendue au-dessus du pont-levis, soutenue par une sorte de treuil, se trouvait une petite cage en fer, sans doute réservée jadis à l'usage des condamnés au pilori. Ainsi plaquée contre le mur, elle semblait une gigantesque chauve-souris.

La foule se massa en cet endroit, cachant complètement Anna, puis la cage se mit à osciller, descendant par à-coups. Les hurlements prirent un ton de triomphe. Quelques minutes encore, les câbles se tendirent, la cage remonta contenant une créature humaine : vêtue de bleu, agenouillée, secouée par des sanglots, les mains accrochées aux barreaux. Et des centaines de bras vengeurs se tendaient, lançant vers elle n'importe quoi qui pût la frapper, lui faire mal.

Mais quand elle se trouva à un mètre environ au-dessus de leurs têtes, la vieille crémaillère se mit à grincer, à céder, laissant tourner à vide la roue de bois. Et les câbles filèrent, la cage tomba de l'autre côté du pont, dans les fossés noirs du château. Alors la mécanique résista soudain en crissant et la cage s'arrêta, battant contre le mur extérieur du fossé, quatre mètres en dessous du niveau de la terre. La populace se mit à hurler, de crainte d'être frustrée. C'était à qui se précipiterait vers la rampe de fer qui longeait le fossé, pour se pencher, regarder vers le bas. D'aucuns se mirent à cracher en direction d'Anna.

On pouvait voir tressaillir les maigres épaules de

la jeune fille, la tête affaissée. Sur ses cheveux défaits pleuvaient la terre, la boue, les détritus.

— Regardez-la, regardez-la! criait la foule. Elle n'a même pas les cragghh cragghh guaaaaah!

Et on portait de nouveau en triomphe le petit Tonino qui, n'y comprenant rien, regardait autour de lui avec épouvante.

Antonio parvint enfin à rejoindre à son tour le parapet! Il pouvait voir la cage maintenant.

— Anna! Anna! appela-t-il au milieu du vacarme. Anna! Anna! C'est moi!

Il appela par trois fois, puis quelqu'un lui toucha l'épaule. C'était un monsieur d'une cinquantaine d'années, aux allures désolées. Il secouait la tête.

— Non, non, disait-il (et Antonio lui fut reconnaissant d'entendre quelqu'un parler enfin correctement), je vous en prie, n'en faites rien!

Antonio était intrigué.

— Quoi donc? Quoi donc? balbutiait-il.

L'autre secoua de nouveau la tête, se mit un doigt aux lèvres pour recommander le silence.

— N'en faites rien, non... Mieux vaut vous en aller, il fait chaud ici, beaucoup trop chaud...

— Je? Je?...

Antonio, tremblant, aperçut alors six à sept visages horribles, tendus vers eux pour écouter. Il s'éloigna du parapet.

Le crépuscule approchait, sans rien rafraîchir et rien consoler. Peu à peu les cris s'apaisaient, il ne resta qu'un murmure sourd, profond, planant sur cette foule penchée à la rampe de fer sans en bouger. Un peu à l'écart, les deux gendarmes faisaient nerveusement les cent pas. Attendaient-ils le départ de cette foule? On leur en avait peut-être donné la consigne en haut lieu, pour éviter tout désordre.

— Mon Dieu, quel malheur, murmurait Antonio en cherchant de nouveau à rejoindre la balustrade.

Il y parvint au bout de quelques minutes. Mais assez loin de la cage. Il essaya malgré tout d'appeler : Anna! Anna!

On le frappa d'un coup à la nuque. C'était encore le jeune homme au canotier.

— Tu es là, tu es là toi? dit celui-ci avec un sourire empoisonné. Cela ne te suf sff cedinn mm caaaahhhggg!

— C'est le complice, arrêtez-le! Faites-lui guisc guisc ellèh... mmm... mmmmm! cria la foule.

— Lui aussi! proposa quelqu'un.

— Lui aussi! répondit la foule.

Antonio voulut s'éloigner. On l'arrêta, on le retint. On lui lia les mains, on le renversa de l'autre côté de la balustrade, attaché au-dessus du fossé, retenu par une corde. On le fit descendre le long de la muraille jusqu'à la cage : là, on lâcha prise. Il tomba d'un bloc dans la cage, broyant un pied d'Anna qui ne broncha même pas. Un nouveau meuglement sauvage tonna au-dessus d'eux. La lumière du jour commençait à disparaître.

Antonio, après s'être difficilement détaché de ses liens, étreignit la jeune fille aux épaules, sentant sous ses doigts les immondices qui la souillaient. Anna continuait à baisser la tête : Maman, Maman..., répétait-elle comme une litanie inexpressive. Puis elle se mit à tousser et secoua la tête. Là-haut, on gueulait toujours.

La plupart des gens, rassasiés et enfin dégoûtés, commençaient à s'en aller. Les oiseaux de nuit piaillaient autour du château. La trompette du couvre-feu égrena ses notes dans une lointaine caserne. Le soir tombait enfin sur la ville poussiéreuse. Mais une petite vieille apparut, tenant un gros paquet. Elle riait, joyeuse.

— Tonino! Tonino! clamait-elle en désignant son paquet comme s'il contenait une chose merveilleuse.

La foule lui laissa le passage.

Quand elle fut près de la balustrade, la vieille ouvrit son paquet, montrant un petit vase de nuit. Elle l'abaissa pour bien faire voir ce qu'il contenait : « Tonino! Tonino! », répétait-elle en désignant le vase.

Puis elle se pencha, tendit le bras au-dessus de la cage, visant bien.

— Ils ne le méritent même pas! dit-elle, et les excréments tombèrent avec un bruit mou, sur les épaules d'Anna. Mais la jeune fille ne réagit pas, ne protesta pas. On n'entendit que sa toux, profonde et sèche, rauque.

Il y eut un moment d'indécision dans la foule. Puis la vieille s'en alla, en ricanant, et tout le monde se mit à rire aussi.

Dans le silence qui suivit, un faible chant s'éleva du petit mur du fossé contre lequel la cage se trouvait appuyée, l'appel d'un grillon. Cri-cri... Il semblait s'approcher.

Au travers des barreaux, Anna tendit lentement une petite main tremblante vers le grillon, comme pour lui demander son aide.

LA SOUCOUPE SE POSA

C'était le soir, la campagne s'endormait déjà à moitié, des voiles de brouillard se levaient des collines, la grenouille solitaire lançait son appel pour se taire aussitôt (c'était l'heure où même les cœurs de pierre s'attendrissent, avec un ciel limpide, l'inexplicable tranquillité du monde, l'odeur de fumée, les chauves-souris et, dans les vieilles demeures, les pas feutrés des fantômes) quand soudain la soucoupe volante se posa sur le clocher de l'église paroissiale qui surplombe le village.

A l'insu des humains, qui étaient déjà rentrés chez eux, la chose tomba verticalement du ciel, hésita un instant, émettant une sorte de ronronnement, puis toucha le clocher sans bruit, comme eût fait une colombe. Elle était grande, luisante, épaisse, semblable à une gigantesque lentille, laissant encore échapper par des soupapes un petit souffle sifflant. Puis elle se tut, demeura immobile, morte pour ainsi dire.

Là-haut, dans sa chambre qui donne sur le toit de l'église, le curé, don Pietro, était en train de lire, un cigare toscan aux lèvres. Quand il perçut le ronflement insolite, il se leva et vint se mettre à la fenêtre. Il vit alors cette chose extraordinaire, d'une couleur bleu ciel et d'un diamètre approchant les dix mètres.

Il n'eut pas peur, il ne cria pas, ne demeura pas même étonné. S'est-il jamais laissé surprendre par quelque chose, l'intrépide, le bouillant don Pietro? Il resta là, cigare au bec, pour observer. Et quand il vit s'ouvrir un petit portillon, il n'eut qu'à allonger le bras : son fusil à deux coups était appuyé là, contre le mur.

On ne possède aucun renseignement précis sur le signalement des deux êtres étranges qui sortirent de la soucoupe. Don Pietro est d'un esprit tellement brouillon! Il n'a cessé de se contredire par la suite. Une seule chose demeure certaine : ils étaient minces, de petite taille, un mètre, un mètre dix au maximum. Évidemment don Pietro prétend qu'ils pouvaient tout aussi bien s'allonger ou se rétrécir comme des élastiques... Quant à leur forme, on n'a pas bien compris :

— Ils avaient l'air d'un jet d'eau, plus gros en haut, et plus petits en bas.

Voilà ce qu'a dit don Pietro. On aurait dit des feux follets, on aurait dit des insectes, on aurait dit des petites bruyères, on aurait dit des grandes allumettes...

— Est-ce qu'ils avaient des yeux comme nous?
— Bien sûr, un de chaque côté, mais très petits...
— Et la bouche? Et les bras? Et les jambes?

Don Pietro n'arrive jamais à se décider.

— Parfois je voyais deux jambes. Une seconde après : je ne les voyais plus!... En fin de compte, qu'est-ce que j'en sais? Laissez-moi tranquille une fois pour toutes!

Le curé, toujours silencieux, les laissa sortir de leur disque. Ils bavardaient entre eux à voix basse, une conversation qui ressemblait à un grincement. Puis ils se mirent à ramper sur le toit, qui n'est pas très en pente, et parvinrent à la croix tout en haut de la façade. Ils tournèrent autour, la touchèrent, firent mine de la mesurer. Don Pietro, son fusil à deux coups bien en main, les laissa faire pendant un moment. Mais il changea soudain d'idée.

— Eho! cria-t-il de sa grosse voix sévère. Partez de là, jeunes gens! Qui êtes-vous?

Les deux êtres se retournèrent pour le regarder, sans paraître très émus. Toutefois ils revinrent aussitôt, s'approchant de la fenêtre du curé. Puis le plus grand se mit à parler.

Don Pietro — il l'a lui-même reconnu — en eut le souffle coupé : le Martien (car dès le premier instant, Dieu sait pourquoi, le prêtre s'était persuadé que la soucoupe venait de Mars : à tel point qu'il ne pensa même pas à en obtenir confirmation) le Martien donc parlait en une langue inconnue. Etait-ce même une véritable langue? Des sons, rien de plus, pas désagréables à entendre d'ailleurs, mais à la file, collés les uns aux autres. Eh bien! le curé comprit aussitôt tout ce qu'on lui disait, comme si ç'avait été dans son dialecte natal. Transmission de pensée? Ou bien une sorte de langage universel, automatiquement compréhensible?

— Du calme, du calme, disait l'étranger, nous allons partir bientôt. Tu sais : il y a longtemps que nous tournons autour de vous, que nous vous observons, que nous écoutons votre radio, nous avons presque tout appris désormais. Tu parles, par exemple, et je te comprends... Il n'y a qu'une chose que nous ne sommes pas parvenus à déchiffrer. C'est justement pour cela que nous sommes descendus. A quoi servent ces antennes? (Il désignait la croix.) Vous en avez mis partout, en haut des tours et des clochers, au sommet des montagnes, et puis vous en déposez des armées entières par endroits, enfermées par des murs, comme dans un vivier. Peux-tu me dire, ô humain, à quoi elles servent?

— Mais ce sont des croix! s'exclama don Pietro.

Il s'aperçut alors qu'ils portaient sur la tête une sorte de touffe, comme une petite brosse, haute d'une vingtaine de centimètres. Non, ce n'étaient pas des cheveux, on eût dit plutôt des petites tiges végétales, tremblantes, extrêmement vivaces, qui vibraient sans cesse. C'étaient peut-être aussi des rayons, ou une couronne d'émanations électriques?

— Des croix, dit lentement l'étranger. Et à quoi servent-elles?

Don Pietro posa son fusil à terre, de façon toutefois qu'il restât à portée de sa main. Puis il se releva de toute sa hauteur, cherchant à paraître le plus solennel possible.

— Elles servent à nos âmes, répondit-il. Elles sont le symbole de Notre-Seigneur Jésus-Christ, fils de Dieu, qui est mort en croix pour nous.

Les touffes se mirent à vibrer sur la tête des martiens. Etait-ce un signe d'intérêt, d'émotion? Ou bien leur manière de rire?

— Et où cela, oui : où cela serait-il arrivé?

s'enquit encore le moins petit des deux, avec une sorte de jappement qui semblait une émission de morse et contenait un vague accent d'ironie.

— Ici, sur la Terre, en Palestine.

— Dieu, veux-tu dire, serait venu ici, parmi vous?

Son ton incrédule irrita don Pietro.

— Ce serait une trop longue histoire, répliqua-t-il, une histoire bien trop longue pour des savants tels que vous...

La délicieuse, charmante petite couronne oscilla deux ou trois fois sur la tête des étrangers : elle semblait agitée par le vent.

— Oh, mais ce doit être une histoire magnifique, fit l'autre avec condescendance. Homme, j'aimerais vraiment l'entendre...

L'espoir de convertir cet habitant d'une autre planète jaillit-il dans le cœur de don Pietro? C'eût été un fait historique, lui assurant une gloire éternelle.

— Si ça peut vous faire plaisir, dit-il avec rudesse. Mais approchez-vous, entrez même dans ma chambre, je vous en prie!

Ce fut certainement une scène extraordinaire : le curé assis devant son bureau, Bible en main, éclairé par une vieille lampe, et les deux Martiens debout sur le lit (car don Pietro les avait invités à s'asseoir là, ce qu'ils n'étaient pas parvenus à faire). Aussi, pour ne pas refuser son offre, avaient-ils grimpé sur le lit et s'y tenaient-ils bien droits, leur touffe ondulant plus que jamais.

— Ecoutez, mes petits balayeurs! dit le prêtre en ouvrant le livre. — Puis il lut : *L'Eternel prit donc l'homme et le mit dans le jardin d'Eden... et Il lui ordonna ceci : tu peux goûter au fruit de tous les arbres de ce jardin, mais garde-toi de toucher au fruit de l'arbre de la connaissance du Bien et du Mal : car si tu en mangeais, en vérité je te le dis, ce serait alors ta mort. Puis l'Eternel...*

En levant les yeux de sa page, il s'aperçut que les deux touffes se trouvaient fort agitées.

— Dis-moi, s'enquit le Martien, vous en avez mangé au contraire? Vous n'avez pas su résister? Cela s'est passé ainsi, n'est-ce pas?

— Oui, ils en ont mangé, reconnut le curé, et sa voix s'emplit de colère. J'aurais voulu vous y voir! Il n'a peut-être pas poussé chez vous, l'arbre du Bien et du Mal?

— Bien sûr, il a poussé chez nous aussi. Il y a des millions et des millions d'années. Il fleurit toujours d'ailleurs...

— Et vous? Les fruits, hein, vous n'y avez pas goûté?

— Jamais, répliqua l'étranger. C'est interdit.

Don Pietro, humilié, poussa un soupir. Ainsi donc, ces deux-là étaient purs, semblables aux anges du ciel, ils ignoraient le péché, ne connaissaient rien de la méchanceté, de la haine, du mensonge? Il regarda autour de lui, comme pour chercher un secours, et reconnut dans la pénombre, au-dessus du lit, son crucifix noir.

Il reprit courage.

— Oui, nous nous sommes perdus à cause de ce fruit... Mais le fils de Dieu, tonna-t-il (et il sentait que sa gorge se nouait), le fils de Dieu s'est fait homme parmi les hommes! Il est descendu jusqu'à nous!

L'autre demeurait impassible. Seule sa petite touffe se balançait de part et d'autre comme une flamme moqueuse.

— Il est venu ici, sur la Terre, dis-tu? Et vous, qu'en avez-vous fait? L'avez-vous proclamé votre roi?... Si je ne me trompe, tu m'as bien dit qu'il était mort en croix... Vous l'avez donc tué alors?

Don Pietro luttait farouchement.

— Près de deux mille ans sont passés depuis lors! C'est pour nous qu'Il est mort, pour notre vie éternelle!

Il se tut, ne sachant plus que dire. Et dans leur coin, les mystérieuses chevelures des Martiens brillaient, brûlaient, brûlaient vraiment d'une lueur extraordinaire. Il y eut un grand silence que vint seul troubler du dehors le chant des grillons.

— Rien de plus, s'enquit encore le Martien, avec la patience d'un professeur, rien de plus et ça suffit?

Don Pietro ne répondit pas. Il se contenta de faire un geste désolé de la main droite, comme pour dire : que veux-tu? Nous sommes ainsi, nous sommes des pécheurs, de pauvres vers coupables qui ont besoin de la pitié de Dieu. Puis il tomba à genoux, se couvrant le visage des mains.

Combien de temps cela dura-t-il? Des heures, des minutes? Don Pietro fut rappelé à lui par la voix de ses hôtes. Il leva les yeux et les vit qui s'apprêtaient à franchir la fenêtre pour s'en aller sans doute. Leurs touffes tremblotaient devant le ciel de la nuit, avec une grâce fascinante.

— Homme, s'enquit encore le plus bavard des deux, que fais-tu?
— Qu'est-ce que je fais? Je prie!... Vous ne priez pas, vous? Vous ne priez pas?
— Prier? Et pourquoi prier?
— Même Dieu, vous ne le priez jamais?
— Mais non, reprit l'étrange créature et, curieusement, sa petite couronne sur la tête cessa aussitôt de trembler, s'affaissa, flasque et décolorée.
— Oh les pauvres petits, murmura don Pietro, mais de sorte que les autres ne l'entendissent point ainsi qu'on fait pour les malades incurables. Il se leva, son sang se mit de nouveau à courir dans ses veines. L'instant auparavant, il s'était senti un pauvre vermiceau. Maintenant, il se trouvait heureux : Eh, eh, souriait-il intérieurement, vous ne possédez pas le péché originel et toutes ses complications. Héros, savants, irréprochables! Le démon, vous ne l'avez jamais rencontré! Mais quand vient le soir j'aimerais connaître ce que vous ressentez! Misérablement seuls, je pense, morts d'ennui et d'oisiveté... (Pendant ce temps les deux Martiens s'étaient déjà faufilés dans leur soucoupe, ils en avaient refermé la porte, le moteur ronronnait agréablement. Et lentement, lentement, comme par miracle, l'engin se détacha du toit, s'éleva dans les cieux comme un ballon d'enfant : puis il se mit à tourner sur lui-même pour partir enfin, à une incroyable vitesse, très haut, très haut, en direction de la constellation des Gémeaux.) Oh, continuait à marmotter le curé, c'est sûrement nous que Dieu préfère! Mieux vaut des cochons de notre espèce après tout, avares, méchants, menteurs, plutôt que

ces premiers-de-la-classe qui ne lui adressent jamais la parole. Quelle satisfaction Dieu peut-il trouver près de telles gens ? Et que signifie la vie, s'il n'y a pas le mal, le remords, les pleurs ?

Tout à sa joie, il s'empara de son fusil, visa la soucoupe volante qui n'était plus qu'un petit point brillant en plein firmament, appuya sur la gâchette. Et le hurlement des chiens lui répondit des collines lointaines.

L'écroulement de la Baliverna	9
Le chien qui a vu Dieu	19
Jusqu'à la dernière goutte de sang	61
Garage Erebus	69
Il était arrivé quelque chose	78
La grosse couleuvre	86
Le frère transformé	94
Sic transit	103
Un ver à la maison	111
La machine à arrêter le temps	121
Les souris	131
Un corbeau au Vatican	140
Rendez-vous avec Einstein	150
L'obscurité	158
La fillette oubliée	167
Les amis	173
Les gladiateurs	183
Le dénonciateur	189
A l'hydrogène	200

L'homme qui voulut guérir	209
24 mars 1968	218
Les tentations de saint Antoine	226
L'enfant tyran	234
Triomphe	245
Rigoletto	253
Les cinq frères	260
Le musicien envieux	268
La machine	278
Nuit d'hiver à Philadelphie	291
L'avalanche	300
Ils n'attendaient rien d'autre	313
La soucoupe se posa	332

COLLECTION FOLIO

Dernières parutions

3260. Philippe Meyer — *Paris la Grande.*
3261. Patrick Mosconi — *Le chant de la mort.*
3262. Dominique Noguez — *Amour noir.*
3263. Olivier Todd — *Albert Camus, une vie.*
3264. Marc Weitzmann — *Chaos.*
3265. Anonyme — *Aucassin et Nicolette.*
3266. Tchekhov — *La dame au petit chien et autres nouvelles.*
3267. Hector Bianciotti — *Le pas si lent de l'amour.*
3268. Pierre Assouline — *Le dernier des Camondo.*
3269. Raphaël Confiant — *Le meurtre du Samedi-Gloria.*
3270. Joseph Conrad — *La Folie Almayer.*
3271. Catherine Cusset — *Jouir.*
3272. Marie Darrieussecq — *Naissance des fantômes.*
3273. Romain Gary — *Europa.*
3274. Paula Jacques — *Les femmes avec leur amour.*
3275. Iris Murdoch — *Le chevalier vert.*
3276. Rachid O. — *L'enfant ébloui.*
3277. Daniel Pennac — *Messieurs les enfants.*
3278. John Edgar Wideman — *Suis-je le gardien de mon frère ?*
3279. François Weyergans — *Le pitre.*
3280. Pierre Loti — *Le Roman d'un enfant* suivi de *Prime jeunesse.*
3281. Ovide — *Lettres d'amour.*
3282. Anonyme — *La Farce de Maître Pathelin.*
3283. François-Marie Banier — *Sur un air de fête.*
3284. Jemia et J.M.G. Le Clézio — *Gens des nuages.*
3285. Julian Barnes — *Outre-Manche.*
3286. Saul Bellow — *Une affinité véritable.*
3287. Emmanuèle Bernheim — *Vendredi soir.*
3288. Daniel Boulanger — *Le retable Wasserfall.*
3289. Bernard Comment — *L'ombre de mémoire.*
3290. Didier Daeninckx — *Cannibale.*
3291. Orhan Pamuk — *Le château blanc.*

3292. Pascal Quignard — *Vie secrète.*
3293. Dominique Rolin — *La Rénovation.*
3294. Nathalie Sarraute. — *Ouvrez.*
3295. Daniel Zimmermann — *Le dixième cercle.*
3296. Zola — *Rome.*
3297. Maupassant — *Boule de suif.*
3298. Balzac — *Le Colonel Chabert.*
3299. José Maria Eça de Queiroz — *202, Champs-Élysées.*
3300. Molière — *Le Malade Imaginaire.*
3301. Sand — *La Mare au Diable.*
3302. Zola — *La Curée.*
3303. Zola — *L'Assommoir.*
3304. Zola — *Germinal.*
3305. Sempé — *Raoul Taburin.*
3306. Sempé — *Les Musiciens.*
3307. Maria Judite de Carvalho — *Tous ces gens, Mariana...*
3308. Christian Bobin — *Autoportrait au radiateur.*
3309. Philippe Delerm — *Il avait plu tout le dimanche.*
3312. Pierre Pelot — *Ce soir, les souris sont bleues.*
3313. Pierre Pelot — *Le nom perdu du soleil.*
3314. Angelo Rinaldi — *Dernières nouvelles de la nuit.*
3315. Arundhati Roy — *Le Dieu des Petits Riens.*
3316. Shan Sa — *Porte de la paix céleste.*
3317. Jorge Semprun — *Adieu, vive clarté...*
3318. Philippe Sollers — *Casanova l'admirable.*
3319. Victor Segalen — *René Leys.*
3320. Albert Camus — *Le premier homme.*
3321. Bernard Comment — *Florence, retours.*
3322. Michel Del Castillo — *De père français.*
3323. Michel Déon — *Madame Rose.*
3324. Philipe Djian — *Sainte-Bob.*
3325. Witold Gombrowicz — *Les envoûtés.*
3326. Serje Joncour — *Vu.*
3327. Milan Kundera — *L'identité.*
3328. Pierre Magnan — *L'aube insolite.*
3329. Jean-Noël Pancrazi — *Long séjour.*
3330. Jacques Prévert — *La cinquième saison.*
3331. Jules Romains — *Le vin blanc de la Villette.*
3332. Thucydide — *La Guerre du Péloponnèse.*
3333. Pierre Charras — *Juste avant la nuit.*

3334.	François Debré	*Trente ans avec sursis.*
3335.	Jérôme Garcin	*La chute de cheval.*
3336.	Syvie Germain	*Tobie des marais.*
3337.	Angela Huth	*L'invitation à la vie conjugale.*
3338.	Angela Huth	*Les filles de Hallows Farm.*
3339.	Luc Lang	*Mille six cents ventres.*
3340.	J.M.G. Le Clézio	*La fête chantée.*
3341.	Daniel Rondeau	*Alexandrie.*
3342.	Daniel Rondeau	*Tanger.*
3343.	Mario Vargas Llosa	*Les carnets de Don Rigoberto.*
3344.	Philippe Labro	*Rendez-vous au Colorado.*
3345.	Christine Angot	*Not to be.*
3346.	Christine Angot	*Vu du ciel.*
3347.	Pierre Assouline	*La cliente.*
3348.	Michel Braudeau	*Naissance d'une passion.*
3349.	Paule Constant	*Confidence pour confidence.*
3350.	Didier Daeninckx	*Passages d'enfer.*
3351.	Jean Giono	*Les récits de la demi-brigade.*
3352.	Régis Debray	*Par amour de l'art.*
3353.	Endô Shûsaku	*Le fleuve sacré.*
3354.	René Frégni	*Où se perdent les hommes.*
3355.	Alix de Saint-André	*Archives des anges.*
3356.	Lao She	*Quatre générations sous un même toit II.*
3357.	Bernard Tirtiaux	*Le puisatier des abîmes.*
3358.	Anne Wiazemsky	*Une poignée de gens.*
3359.	Marguerite de Navarre	*L'Heptaméron.*
3360.	Annie Cohen	*Le marabout de Blida.*
3361.	Abdelkader Djemaï	*31, rue de l'Aigle.*
3362.	Abdelkader Djemaï	*Un été de cendres.*
3363.	J.P. Donleavy	*La dame qui aimait les toilettes propres.*
3364.	Lajos Zilahy	*Les Dukay.*
3365.	Claudio Magris	*Microcosmes.*
3366.	Andreï Makine	*Le crime d'Olga Arbélina.*
3367.	Antoine de Saint-Exupéry	*Citadelle (édition abrégée).*
3368.	Boris Schreiber	*Hors-les-murs.*
3369.	Dominique Sigaud	*Blue Moon.*
3370.	Bernard Simonay	*La lumière d'Horus (La première pyramide III).*
3371.	Romain Gary	*Ode à l'homme qui fut la France.*

3372. Grimm	*Contes.*
3373. Hugo	*Le Dernier Jour d'un Condamné.*
3374. Kafka	*La Métamorphose.*
3375. Mérimée	*Carmen.*
3376. Molière	*Le Misanthrope.*
3377. Molière	*L'École des femmes.*
3378. Racine	*Britannicus.*
3379. Racine	*Phèdre.*
3380. Stendhal	*Le Rouge et le Noir.*
3381. Madame de Lafayette	*La Princesse de Clèves.*
3382. Stevenson	*Le Maître de Ballantrae.*
3383. Jacques Prévert	*Imaginaires.*
3384. Pierre Péju	*Naissances.*
3385. André Velter	*Zingaro suite équestre.*
3386. Hector Bianciotti	*Ce que la nuit raconte au jour.*
3387. Chrystine Brouillet	*Les neuf vies d'Edward.*
3388. Louis Calaferte	*Requiem des innocents.*
3389. Jonathan Coe	*La Maison du sommeil.*
3390. Camille Laurens	*Les travaux d'Hercule.*
3391. Naguib Mahfouz	*Akhénaton le renégat.*
3392. Cees Nooteboom	*L'histoire suivante.*
3393. Arto Paasilinna	*La cavale du géomètre.*
3394. Jean-Christophe Rufin	*Sauver Ispahan.*
3395. Marie de France	*Lais.*
3396. Chrétien de Troyes	*Yvain ou le Chevalier au Lion.*
3397. Jules Vallès	*L'Enfant.*
3398. Marivaux	*L'Île des Esclaves.*
3399. R.L. Stevenson	*L'Île au trésor.*
3400. Philippe Carles et Jean-Louis Comolli	*Free jazz, Black power.*
3401. Frédéric Beigbeder	*Nouvelles sous ecstasy.*
3402. Mehdi Charef	*La maison d'Alexina.*
3403. Laurence Cossé	*La femme du premier ministre.*
3404. Jeanne Cressanges	*Le luthier de Mirecourt.*
3405. Pierrette Fleutiaux	*L'expédition.*
3406. Gilles Leroy	*Machines à sous.*
3407. Pierre Magnan	*Un grison d'Arcadie.*
3408. Patrick Modiano	*Des inconnues.*
3409. Cees Nooteboom	*Le chant de l'être et du paraître.*
3410. Cees Nooteboom	*Mokusei!*
3411. Jean-Marie Rouart	*Bernis le cardinal des plaisirs.*

3412.	Julie Wolkenstein	*Juliette ou la paresseuse.*
3413.	Geoffrey Chaucer	*Les Contes de Canterbury.*
3414.	Collectif	*La Querelle des Anciens et des Modernes.*
3415.	Marie Nimier	*Sirène.*
3416.	Corneille	*L'Illusion Comique.*
3417.	Laure Adler	*Marguerite Duras.*
3418.	Clélie Aster	*O.D.C.*
3419.	Jacques Bellefroid	*Le réel est un crime parfait, Monsieur Black.*
3420.	Elvire de Brissac	*Au diable.*
3421.	Chantal Delsol	*Quatre.*
3422.	Tristan Egolf	*Le seigneur des porcheries.*
3423.	Witold Gombrowicz	*Théâtre.*
3424.	Roger Grenier	*Les larmes d'Ulysse.*
3425.	Pierre Hebey	*Une seule femme.*
3426.	Gérard Oberlé	*Nil rouge.*
3427.	Kenzaburô Ôé	*Le jeu du siècle.*
3428.	Orhan Pamuk	*La vie nouvelle.*
3429.	Marc Petit	*Architecte des glaces.*
3430.	George Steiner	*Errata.*
3431.	Michel Tournier	*Célébrations.*
3432.	Abélard et Héloïse	*Correspondances.*
3433.	Charles Baudelaire	*Correspondance.*
3434.	Daniel Pennac	*Aux fruits de la passion.*
3435.	Béroul	*Tristan et Yseut.*
3436.	Christian Bobin	*Geai.*
3437.	Alphone Boudard	*Chère visiteuse.*
3438.	Jerome Charyn	*Mort d'un roi du tango.*
3439.	Pietro Citati	*La lumière de la nuit.*
3440.	Shûsaku Endô	*Une femme nommée Shizu.*
3441.	Frédéric. H. Fajardie	*Quadrige.*
3442.	Alain Finkielkraut	*L'ingratitude.* Conversation sur notre temps
3443.	Régis Jauffret	*Clémence Picot.*
3444.	Pascale Kramer	*Onze ans plus tard.*
3445.	Camille Laurens	*L'Avenir.*
3446.	Alina Reyes	*Moha m'aime.*
3447.	Jacques Tournier	*Des persiennes vert perroquet.*
3448.	Anonyme	*Pyrame et Thisbé, Narcisse, Philomena.*

*Impression Bussière Camedan Imprimeries
à Saint-Amand (Cher),
le 19 mars 2001.
Dépôt légal : mars 2001.
1ᵉʳ dépôt légal dans la collection : mai 1978.
Numéro d'imprimeur : 011447/1.*

ISBN 2-07-037027-5./Imprimé en France.